W0224874

Harper
Collins

Mirjam Oldenhave

Und wenn es nicht gut ist, ist es nicht das Ende

Roman

Aus dem Niederländischen von
Andrea Kluitmann

Harper
Collins

HarperCollins®

Der Verlag dankt der niederländischen Literaturstiftung
für die Förderung der Übersetzung.

Nederlands letterenfonds
dutch foundation
for literature

FSC
MIX
Papier
FSC® C014496

2. Auflage: Mai 2019
Deutsche Erstausgabe
Copyright © 2019 für die deutsche Ausgabe by HarperCollins
in der HarperCollins Germany GmbH, Hamburg

Copyright © 2017 by Mirjam Oldenhave
Originaltitel: »Alles goed en wel«
erschienen bei: Ambo Anthos, Amsterdam

Published by arrangement with
Ambo Anthos Uitgevers, Amsterdam

Umschlaggestaltung: bürosüd, München
Umschlagabbildung: www.buerosued.de
Lektorat: Maya Gause
Satz: GGP Media GmbH, Pößneck
Printed in Germany
Dieses Buch wurde auf FSC®-zertifiziertem Papier gedruckt.
ISBN 978-3-95967-239-9

www.harpercollins.de

Werden Sie Fan von HarperCollins Germany auf Facebook!

Mit Dank an Monique

1

Im Wohnzimmer sitzt ein Mädchen auf dem Sofa, kerzengerade im Schneidersitz auf einem runden Kissen, wie ein Vogel in seinem Nest. Reflexartig mache ich die Tür wieder zu und öffne sie danach langsam erneut.

»Hallo«, sage ich.

Ganz kurz schaut sie mich an, danach starrt sie wieder auf den schwarzen Fernsehschirm. Ich zögere, ist es vielleicht doch ein Junge? Nein, sie hat bloß eine kurze Stoppelfrisur.

Gerade saß an genau derselben Stelle eine dicke, schwarze Katze, die hatte mir auch schon so einen Schrecken eingejagt. Wahrscheinlich war sie reingehuscht, als ich mir den Garten ansah. Sie tat noch eine Weile, als würde sie mich nicht bemerken, aber als ich sie streicheln wollte, lief sie an mir vorbei zur Hintertür.

»Wartest du auf jemanden?«, frage ich das Mädchen.

Fast unmerklich wiegt sie sich vor und zurück. Etwas stimmt mit ihr nicht, vielleicht ist sie schwach begabt. »Ein unglückliches Kind« würde meine Mutter sagen.

Ich setze mich neben sie. »Wie heißt du?«

Sie starrt weiterhin unverwandt auf den Fernseher. Auf ihrem rosa T-Shirt steht in abgeblätterten Silberbuchstaben *FREEDOM*.

»Ich heiße Julia.«

Keine Reaktion.

»Wie alt bist du?«

In beiden Händen hält sie ein paar Schlümpfe, die sie sorgfältig neben sich auf die Couch legt, bevor sie dann sieben Finger in die Luft streckt, vier rechts und drei links. Zeigen nicht eher Kindergartenkinder ihr Alter mit den Fingern an? Sie wartet einen Moment, als bräuchte ich Zeit zum Zählen.

»Ich bin dreiundvierzig.« Ich mache dasselbe – vier rechts und drei links. Witzig, finde ich, aber sie lässt es kalt. Ich kann nicht so gut mit Kindern umgehen – eigentlich konnte ich als Kind schon nicht so gut mit Kindern umgehen.

»Wie bist du hier reingekommen?«

Sie schnaubt, wie man es sonst bei unglaublich dummen Fragen macht, und deutet mit dem Kopf Richtung Tür.

Ich muss lachen. »Oh ja, wie sonst.«

Was soll ich tun? Einfach einen Moment nichts, denke ich.

»Wissen deine Eltern, dass du hier bist?«

Sofort fährt sie ihre langen, dünnen Beine unter sich aus, steht auf und geht aus dem Zimmer. Ihre enge Jeans ist ein wenig zu kurz. Ich folge ihr, aber sie ist schon weg, als ich in die Küche komme. Die Tür nach draußen steht noch offen, also kann die dicke Katze wieder reinhuschen. Schnell legt sie sich auf dasselbe Kissen wie zuvor und starrt griesgrämig vor sich hin.

Draußen wird gerufen: »John, Johnnie, wo bist du denn!«

Einen Moment lang denke ich, es war vielleicht doch ein Junge, aber als die Frau noch mal ruft, weiß ich sicher, dass sie die Katze meint: »John, nun komm schon, muschmuschmuschmusch!«

»Hörst du, John? Dein Frauchen ruft, los, ab mit dir nach draußen!«

Der Kater starrt grimmig weiter vor sich hin, mit seinem hervorstehenden Kinn erinnert er ein bisschen an *E.T.* Ich drehe das Kissen langsam um, er bleibt liegen, solange es nur irgendwie möglich ist, und lässt sich dann unwillig auf den Boden fallen.

Ich folge ihm bis in die Küche, aber als ich dort ankomme, ist er schon weg, also schließe ich die Tür ab und koche Tee. An allen auch nur entfernt logischen Stellen schaue ich nach, aber es gibt hier nur Earl-Grey-Tee, und die Geschäfte sind schon geschlossen. Pech gehabt, dann eben Earl Grey.

»Julia, ich muss dir was sagen.«

Mit diesem Satz endete heute Morgen mein bisheriges Leben. Ich stand auf der Türschwelle zum Wohnzimmer, Stan saß am Tisch. Ohne Handy, Tablet oder Zeitung, und ich wusste sofort, dass etwas nicht stimmte. »Ich habe mit einer Frau geschlafen.«

Das klingt komisch, hatte ich gedacht. Er hätte sagen sollen: »Mit einer *anderen* Frau.« Ich setzte mich auf die Lehne unseres funkelnagelneuen orangefarbenen Sofas. Sein Mund bewegte sich, offensichtlich sagte er noch etwas, wahrscheinlich, dass es ihm leidtat oder so, aber ich verstand ihn nicht, es war, als wäre ich unter Wasser.

»Mit wem?«, fragte ich zu laut.

»Du kennst sie nicht, Anouk heißt sie.« Er klang besorgt.

Ich wartete, aber es wollte nicht wirklich zu mir durchdringen. Vielleicht begriff ich da schon, dass ich keinen Streit mehr wollte, keine Vorwürfe, Schimpfkanonaden, Drohungen … Es war aus.

»Liebling, es tut mir so leid, aber davon hast du natürlich auch nichts«, sagte er mit einem schuldbewussten Lachen.

»Moment mal«, sagte ich. »Doch keine Patientin, oder?«

Sag Nein, sag Nein, sag Nein …

»Ehemalige.« Er sprach klar und deutlich und schaute mir in die Augen, um zu beweisen, dass er jetzt aufrichtig war.

»Himmel, Stan!«

Er nickte. Mir fiel ein, dass er eigentlich hätte sagen müssen: Ich habe schon wieder mit einer anderen Frau geschlafen, es war nämlich schon öfter passiert, bloß noch nie mit einer früheren Patientin. Ja, gut, ein einziges Mal, aber das war ich selbst gewesen, vor sechs Jahren.

»Mir ist wichtig, dass du weißt, wie schlimm auch ich …«

»Bist du verliebt?« Ich stand auf und setzte mich ihm gegenüber an den Tisch.

»Nein, nein!« Es klang fast wie ein Vorwurf, wie ich denn bloß auf diese Idee kommen konnte.

»Warum war sie bei dir in Behandlung?« Meine eiskalte Stimme klang wie die einer betrogenen Frau in einer Seifenoper.

Er schüttelte kurz den Kopf. Berufsgeheimnis. Unter gar keinen Umständen würde er das preisgeben, da hatte er seine Prinzipien.

Eine Weile schwiegen wir, wie zwei Fremde in einem Wartezimmer. Es gibt da eine Folge der belgischen Comicserie

Suske und Wiske, in welcher der Muskelmann Jerom so fest er kann auf einen Felsen schlägt, ohne dass etwas passiert. »Stein weiß es noch nicht«, erklärt er. Einen Moment später explodiert der Felsen in tausend Stücke.

Stan legte die Hände vor sich auf die Tischplatte und schaute darauf. Wäre ich Gerichtszeichner, würde ich diese Pose festhalten: schuldbewusst und gewillt, alles wiedergutzumachen. Ich schaute auf seine Armbanduhr, ein Geburtstagsgeschenk von mir. Ganz kurz dachte ich, der kleine Zeiger würde fehlen, weil es fünf vor elf war. Vollkommen unwichtig eigentlich, aber normalerweise erzählten wir uns solche Dinge: *»Weißt du, was ich gerade gedacht habe?«*

Jetzt schwiegen wir. Hatte ich meinen letzten Morgen genossen? Ja, ich hatte in meinem Atelier gut gearbeitet.

»Tja, das war's dann«, sagte ich.

»Julia, bitte, ich will reden.«

»Nein, Stan, du willst vögeln.«

Mein Herz hämmerte in meinen Ohren.

»Es tut mir wirklich furchtbar leid«, sagte er auch noch.

»Da schau mal einer an, das ändert natürlich alles!«

Gift, Gift, Gift. Ich wollte ihn vollspritzen, er sollte sich winden und dann verschrumpeln ...

Er räusperte sich. »Ich habe jetzt erst einen Patienten.«

»Das nenne ich mal gutes Timing!«

»In einer Stunde bin ich wieder da.« Er stand auf.

»Aber dann bin ich weg, und das solltest du eigentlich wissen, weil ich es dir nämlich gesagt habe, unmissverständlich und immer wieder.«

»Ja, das stimmt.« Er nickte, lange und ernsthaft. Ich wusste, was er dachte: Ich muss tun, als würde ich ihr das glauben, sonst fühlt sie sich nicht ernst genommen. Und allein schon deshalb dachte ich: Ich gehe wirklich, und danach sehe ich weiter.

Ich wartete, bis er aus dem Zimmer war, dann ging ich nach oben. Verstand auf null, Gefühl auf null und einpacken. Hose, Kleid, Unterwäsche, T-Shirt, Hemd … alles in einen Koffer. Der Sommer war warm, also würde eine Jacke schon reichen. Ich kippte den Inhalt meiner Nachttischschublade in eine Mülltüte und stopfte mein Kissen und meine leichteste Bettdecke dazu. Es ging gut, ich tat einfach, als würde ich jemand anderem helfen, aber als ich Stans Anti-Schnarchschiene auf seinem Nachtschränkchen liegen sah, musste ich weinen, nur ganz kurz, als würde ich niesen. Danach nahm ich die Schiene und brach sie entzwei. Erledigt, schnell weitermachen, in einer knappen halben Stunde musste ich weg sein. Ich ging zu meinem Atelier und stopfte möglichst viele Sachen in meine Malkiste, und schließlich nahm ich meine Tischstaffelei auch mit.

Als ich alles zum Auto brachte, sah mich die Nachbarin von gegenüber vom Fenster aus. Sie lachte und hob den Daumen. Ich winkte mit der Mülltüte, es war Urlaubszeit, und es konnte daher gut sein, dass ich ein paar Tage mit einer Freundin verreiste.

Ich packte alles auf die Rückbank, ging zum letzten Mal ins Haus, legte meine Schlüssel auf den Tisch und fuhr ab.

Als ich wegfuhr, fiel mir ein, dass ich meine Lesebrille und meinen Laptop vergessen hatte.

Bei der Wohnungsbauvereinigung *Wohnen Zentral* war jede Menge los. Suchten so viele Leute eine Wohnung, oder waren auch welche dabei, die gerade ihre Wohnung kündigten?

»Ihre Situation ist natürlich unschön, aber kein Notfall«, sagte die Frau hinter Schalter A freundlich. »Die übliche Wartezeit beträgt ein oder zwei Jahre, ab dem Zeitpunkt der Anmeldung.«

»Heißt das ein Jahr?«, fragte ich. »Oder eher zwei …«

»Es heißt ein bis zwei Jahre.« Sie lächelte noch immer. Der Tisch zwischen uns war so groß wie eine Tischtennisplatte, und der Grund dafür war mir schon klar: Wenn man aggressiv wurde, konnte man ihr nichts tun.

»Andere Möglichkeiten gibt es also nicht?«, fragte ich.

»Sie können sich noch an Schalter C für zeitlich befristeten Wohnraum anmelden.«

»Geht das schneller?«

Wortlos schaute sie mich weiterhin an, vielleicht wünschte sie mir aber auch sehr konzentriert den Tod.

»Gut, dann möchte ich mich da auch gern anmelden«, beeilte ich mich zu sagen.

Sie schob mir ein Formular zu. »Dann dürfen Sie das kurz ausfüllen.«

Ich zog eine neue Nummer und ging zu einem Stehtisch, um das Formular auszufüllen. Wenn ich es eine Armeslänge von mir entfernt hielt, konnte ich es ohne Brille noch so gerade eben lesen.

Die Wohnungsbaugenossenschaft Wohnen Zentral *besitzt auch Häuser, die abgerissen oder renoviert werden. Die Mieten sind niedrig, und die Anmeldung als Wohnungssuchende(r) läuft weiter.*

Viel wollten sie auf dem Papier nicht wissen, aber sie fragten nach dem Familiennamen des eventuellen Partners. Ich schrieb »nicht vorhanden« in das entsprechende Kästchen.

Danach setzte ich mich wieder, schräg gegenüber einer Frau, die genau das gleiche Kleid trug wie ich, grün mit Kirschenmuster. Sie hatte auch braunes Haar mit einem Henna-Stich und Sandalen, die hübsch aussahen, aber nicht zu hoch waren, sodass man gerade noch gut darauf laufen konnte. Wir sahen uns wirklich ähnlich, nur war sie zehn Jahre jünger, ich schätzte sie zwischen dreißig und fünfunddreißig. Vielleicht war das ja Anouk, Stan mochte immer denselben Typ Frau. Ich konnte sie ungeniert mustern, sie schaute konzentriert auf ihr Handy.

Mit einer früheren Patientin, dieser blöde Arsch. Ich hatte ihn mal gefragt, ob er schon auf mich stand, als ich noch bei ihm in Therapie war.

»Ja, bloß habe ich das selbst nicht gemerkt.«

»Warst du auch ab und zu mal scharf auf mich?«

»Darüber möchte ich nicht reden«, antwortete er verlegen.

Beim ersten Mal hatte er einen totalen Schrecken bekommen, erzählte er später. Normalerweise wusste er kaum, ob da ein Mann oder eine Frau vor ihm saß, er sah einen Klienten mit einem Problem, mehr nicht. Aber bei mir war es anders, so etwas erlebte man nur einmal im Leben. Ich glaubte ihm, weil es sich für mich auch so anfühlte. Stan war eigentlich viel zu gewissenhaft und kultiviert für solche Sachen, aber ganz selten passiert etwas Besonderes, etwas, das stärker ist als man selbst.

Ich schaute zu den Nummern, noch vier, dann war ich an der Reihe. Ich musste an unseren Nachbarn denken, sein Hund hatte im Wald einfach so jemanden gebissen. »Da muss wirklich etwas Besonderes passiert sein, seinem Wesen nach ist er nämlich kein Beißer, weißt du«, sagte der Nachbar. Aber er war vernünftig und schaffte einen Maulkorb für den Hund an, so einen wie Hannibal Lecter hatte.

Ein etwa zwanzigjähriger Junge kam rein, er machte zwei Schritte und blieb dann stehen, als würde er eine Bühne betreten. Es war Hochsommer, alle waren gebräunt, aber dieser Junge ließ uns alle blass wirken. Er sah aus, als suche er jemanden. Sein Blick war offen und nicht in sich gekehrt, und damit war er an diesem Ort eine Ausnahme. Er sah mich besonders lang an, und das bildete ich mir nicht ein, das war wirklich so.

Nach ein paar Sekunden ging er weg, und ich war dran.

2

Als ich am Parkplatz ankam, sah ich den Jungen wieder. Er lehnte an meinem Auto und wartete ganz offensichtlich auf mich. Diese Geschichten kannte man ja, dass jemand absichtlich einen Kratzer an dein Auto machte und hoffte, du würdest falsch darauf reagieren. Ich überlegte, ob ich einfach weitergehen sollte, so tun, als wäre ich mit dem Rad da, aber da kam er mir schon entgegen. »Hallo, dürfte ich Sie was fragen? Suchen Sie auch eine Wohnung?«

Mein vollbepacktes Auto parkte praktisch unter dem Schild *Wohnen Zentral.*

»Sie müssen bestimmt lange warten, bis Sie etwas bekommen, was?«, fragte er voller Mitleid. Seine Haare waren in so straffe Zöpfchen geflochten, dass ich seine dunkle Kopfhaut sehen konnte. Das war keine Frisur, sondern ein Kunstwerk.

Er gehört zu einer Bande, dachte ich. *Er soll mich ablenken, und die anderen drehen jetzt gerade ihr Ding.*

»Wieso, was willst du?«

Er holte tief Luft, als wollte er etwas sagen, aber dann überlegte er es sich anders und streckte die Hand aus. »Ich bin Dylan, und ich habe einen irre guten Tipp für Sie!«

Ich drückte seine Hand, ohne meinen Namen zu nennen, als würde ich damit beweisen, dass ich nicht mit mir spaßen ließ.

»Kennen Sie vielleicht zufällig die Kamperfoelielaan?«

Ich stand reglos da, ich konnte nicht einmal nicken. Die

Kamperfoelielaan? Natürlich kannte ich die, es war eine prachtvolle Straße im schönsten Viertel der Stadt.

»Kennen Sie die?«

»Ja, ich glaub schon«, sagte ich schnell.

»Ich hätte da eine Wohnung für Sie.«

Blitzschnell schloss ich einen Pakt mit dem Schicksal: Wenn das hier kein Betrug ist, melde ich mich für ehrenamtliche Arbeit in einem Seniorenheim an oder ich gebe ausländischen Frauen Zeichenunterricht …

»Das Ganze läuft nach einem Plan, den ich mir ausgedacht habe«, sagte er.

»Na, dann erzähl mal.«

Das war der Plan: Ich durfte in der Kamperfoelielaan auf das Haus einer alten Dame aufpassen, die im Krankenhaus lag. Umsonst, ohne Miete.

Er steckte sich eine Zigarette an und hielt mir die Packung hin.

»Nein, danke. Du meinst zum Schutz gegen Hausbesetzer?«

Er zeigte mit ausgestrecktem Zeigefinger auf mich, was so viel hieß wie: Sie verstehen mich.

Ich dachte nach, jedenfalls versuchte ich es. »Und woher kennst du diese alte Dame?«

»Über Bekannte.«

»Über Bekannte?«

»Über eine Art Kunden von mir.«

Wahrscheinlich schaute ich schockiert, denn er sagte sofort: »Ich weiß schon, was Sie denken, aber das bin ich nicht.«

»Was denke ich denn?«

»Sexarbeiter.« Er zeigte wieder auf mich, aber jetzt mit einem anklagenden Finger.

Ich kannte das Wort nicht einmal, ich dachte, das hieße Gigolo. Das klang eher wie Coach oder Sozialarbeiter.

»Ehrlich gesagt dachte ich an einen Dealer«, sagte ich.

»Oh, Dealer.« Das bin ich natürlich schon, schien er damit zu sagen. »Nein, ich erledige ab und zu mal was für ihn. An Ihrer Stelle würde ich mir einfach vertrauen.«

»Was hat die alte Dame denn?«

»Sie liegt im Koma, das kann also noch eine ganze Weile dauern.«

»Und du dachtest, ich muss zu *Wohnen Zentral*, denn wer da rumläuft, sucht eine Wohnung.«

Er nickte stolz.

»Kriegst du was dafür, wenn du jemanden findest?«

Er dachte einen Moment nach. »So in der Art, ja.« Die Geschichte war natürlich erfunden, aber was genau er vorhatte, war mir nicht klar.

»Ich suche etwas für länger, also schaue ich mich doch noch mal weiter um«, sagte ich.

Er drängte nicht weiter, sondern gab mir direkt einen weißen Zettel mit einer Telefonnummer. Ich schaute sie mir an, als würden mir die Zahlen etwas sagen. Er hatte zu groß geschrieben, die letzte Ziffer musste in die neue Zeile.

»Sollten Sie es sich anders überlegen, man kann nie wissen.«

»Das ist wahr.«

Langsam fuhr ich weg. Wie naiv ich gewesen war, einfach so unvermittelt abzuhauen. Wenn ich wenigstens ein Ferienhaus hätte oder Freunde mit einem Ferienhaus. Ich konnte mir ein Hotelzimmer nehmen, mich auf einen Plastikstuhl vor das Fenster mit halb offenen Lamellen setzen, um danach die ganze Nacht in einem zu stramm bezogenen Bett wach zu liegen. Oder sofort zurück nach Hause, für den vollen Gesichtsverlust.

Stan und ich hatten eine *Unterstützungsehe.* Den Begriff hatte er sich ausgedacht, weil wir immer dafür sorgten, dass unser Zusammenleben angenehm war.

Am Anfang unserer Beziehung hatten wir fast ununterbrochen Sex gehabt. Alle anderen Dinge des Lebens wie essen, arbeiten, ausgehen, reden, schlafen … waren Nebensache.

»Was soll das nur werden mit uns, wir verlottern ja vollkommen«, sagte ich einmal.

»Das regelt sich ganz von selbst«, antwortete Stan. »Ehe du dichs versiehst, stecken wir im Alltagstrott, dann müssen wir uns nette Ausflüge einfallen lassen, um nicht komplett abzuschlaffen.«

»Ich liebe Alltagstrott, da ist alles so ruhig und übersichtlich«, antwortete ich.

Stan musste lachen, aber mir war es ernst.

»Alltagstrott ist Angst«, sagte er, als er das bemerkte.

Jemand hupte laut, ich war viel zu langsam gefahren und konnte gerade noch rechtzeitig zu einem Spiegeleinstellplatz abbiegen, einem dieser aufwendig mit weißen Streifen markierten Plätze, speziell für Lastwagen.

TOTER WINKEL? DAS MUSS NICHT SEIN stand dort auf einem großen Schild.

Ich parkte am Rand und schaltete den Motor aus. Zurück nach Hause, das bedeutete: Tasche auspacken, Stan noch ein paar Tage die kalte Schulter zeigen, denn er sollte nicht denken, er könnte einfach alles machen und danach einfach alles im Sande verlaufen lassen. In einem großen Haufen Sand, in den ich wieder meinen Kopf stecken konnte. Noch nie hatte er erleichtert gewirkt, wenn ich wieder zurückkam, und man kann auch nicht sagen, dass er je am Boden zerstört war. Es war ja nur eine Frage der Zeit, ich konnte sowieso nirgends hin.

Ohne noch weiter darüber nachzudenken, nahm ich den Zettel mit der Telefonnummer des Jungen und schickte eine kurze Nachricht: *Ist die Wohnung noch frei?* Prompt kam eine Antwort in Form von drei Emoticons: ein Haus, ein erhobener Daumen und ein übers ganze Gesicht lachender Smiley, die Tränen spritzten ihm vor Freude aus den Augen.

Wie um alles in der Welt hatte er die so schnell gefunden? Sofort danach folgte eine weitere Nachricht: *Ecke Kamperfoelielaan/Ginsterlaan, ich warte auf Sie.*

3

Eine Viertelstunde später fuhr ich durch eine Bilderbuchwelt aus roten Backsteinen. Die Straßen waren gesäumt von Grünflächen, Blumen und blühenden Sträuchern. Die Kamperfoelielaan war eine von Kastanien gesäumte Allee, hier waren alle Häuser unterschiedlich gebaut. Weil die Vorgärten so riesig waren, bekam ich immer nur einen kleinen Eindruck von der geschmackvollen Einrichtung im Inneren der Häuser. Alles war großzügig geschnitten, sogar die Gehwege waren mehr als doppelt so breit wie bei uns. Und obwohl es zweifelsohne ein superteures Viertel war, fühlte ich mich dort sofort total wohl.

An der Ecke der Kamperfoelielaan sah ich ihn sitzen, auf der Lehne einer Bank. Einen Moment dachte ich, zu seinen Füßen läge eine Wassermelone, aber es war ein Helm mit Tarnmuster.

»Ich möchte noch mal kurz mit dir über deinen Vorschlag sprechen«, sagte ich beim Aussteigen. »Ich bin übrigens Julia.«

»Dylan, weißt du ja.« Er schien höflich seinen Triumph zu verbergen, aber seine Körperhaltung verriet mir, was er dachte: Ich wusste es doch! »Der Neffe der alten Dame ist jetzt gerade im Haus.«

»Und wie genau würde das laufen mit dem Wohnen?«, fragte ich.

»Ja, es gibt da eine Kleinigkeit zu beachten.«

Ich dachte, er wollte vielleicht Geld für den Tipp, aber es war etwas anderes. Mit unendlich vielen Füllwörtern wie also, schon ein wenig, oder so, ziemlich, sozusagen … erzählte er, was er noch vergessen hatte zu sagen: Zwar durfte ich in dem Haus wohnen, aber ich musste eine knappe halbe Stunde pro Tag für die kranke Dame sorgen. Das Krankenhaus hatte die Verwandten darum gebeten, aber dazu hatte der Neffe keine Lust.

»Das ist ja wohl nicht dein Ernst!«, rief ich.

Er bezog das als Kommentar auf das Verhalten des Neffen. »Ja, stell dir nur vor, ihr eigener Neffe!«

»Und das erzählst du mir erst jetzt!«

Er setzte sich auf die Bank, stellte den Helm auf den Boden, damit ich mich neben ihn setzen konnte, und zündete sich wieder eine Zigarette an. »Ja, weil ich nämlich dachte, wenn ich's ihr gleich sage, macht sie's sowieso nicht.«

Das hatte er klug eingefädelt. Ich wollte nicht mehr weg hier, das war meine Gegend, hier wollte ich wohnen.

Ich setzte mich neben ihn. »Kurz nachdenken.«

Wir schwiegen eine Weile, ich nahm auch eine Zigarette aus seinem Päckchen. Er zeigte auf den Text *RAUCHEN IST TÖDLICH*. Ich musste lachen und begriff dann erst, dass er es als ernsthafte Warnung meinte.

»Nicht gleich inhalieren, okay?«, bat er besorgt.

»Ich zünde sie nicht an.«

»Oh, dann geht's natürlich.« Er stieß perfekte kreisrunde Rauchringe aus, die er sogar kreisen lassen konnte. Ich konnte den Blick nicht davon abwenden, und als er das merkte, wechselte er die Drehrichtung: linksherum, rechtsherum …

»Wie ein Jongleur.«

Er nickte. »Backspin, das macht man mit dem Kiefer. Habe ich geübt, weil mein Bruder das so toll fand.«

Ich versuchte nachzudenken. *Man muss nur den Wirrwarr entzerren und die Zutaten untereinanderschreiben, sagt Stan zu seinen Klienten. Minuspunkte bekommen ein Minus, Pluspunkte ein Plus. Strich darunter, zusammenzählen, abziehen und fertig. Die Antwort ist im Chaos selbst.*

Er war Suchtarzt und landesweit bekannt geworden, weil er einen erfolgreichen Ratgeber mit dem Titel *Tun oder Lassen* geschrieben hatte.

Ich hatte ein Interview mit ihm im Radio gehört und sofort gedacht: Zu dem muss ich hin. Ich rauchte damals ein Päckchen pro Tag, jeden Abend hörte ich für immer auf, und am nächsten Morgen gegen elf Uhr fing ich wieder an. Ich fand Rauchen furchtbar dumm und eklig und verachtete mich selbst, aber ich schaffte es nicht, endgültig damit aufzuhören.

Es war reiner Zufall, dass er Platz für mich hatte, weil ich genau in der Sekunde anrief, in der ein anderer Klient gerade abgesagt hatte.

»Wenn Sie in zehn Minuten hier sein können, lasse ich die Warteliste mal kurz außer Acht«, sagte er.

»Findest du's nicht seltsam, dass ich genau in diesem Moment anrief?«, fragte ich ein Jahr später, als ich ihm nicht mehr im Sprechzimmer gegenübersaß, sondern neben ihm in seinem Bett lag.

Nein, das fand er nicht, bei seinen Klienten war der Rückzug an der Tagesordnung.

»Aber ...« Er wählte seine Worte sorgfältig. »Wenn du es gerne so ausdrücken möchtest: Du bist ein Wunder.«

Das war nicht nur Schmeichelei, er trug mich wirklich auf Händen und fand es weiterhin unglaublich, dass ich mich in ihn, ausgerechnet in ihn, verliebt hatte.

Während unserer ersten Sitzung musste ich aufzählen, welche Argumente ich hatte, wenn ich wieder mal die Flinte ins Korn warf.

»Ich sage immer, dass ich nach dieser wirklich aufhöre«, erwiderte ich. »Und dann zünde ich sie schnell an, denn tief in mir drin weiß ich natürlich, dass das Quatsch ist.«

Er lächelte. »Warte mal ab, wir befreien dich aus den Klauen des Nikotinmonsters.«

Vielleicht war ich da schon verliebt, weil er »wir« sagte.

Seine Methode war einfach: Lerne die Stimme deiner Sucht kennen und versperr ihr dann die Tür. Mehr nicht. Wenn ein unerwünschter Gedanke aufkommt, muss man diesen sofort blockieren, unverzüglich abbrechen und zurückkehren zur eigenen Atmung. Nicht analysieren, denn gegen die Raffinesse der eigenen Sucht verliert man. Wenn ein trockener Alkoholiker an einer Kneipe vorbeikommt und Lust auf ein Gläschen bekommt, sollte er nicht herauszufinden versuchen, woher dieser Gedanke stammt, sondern einfach machen, dass er wegkommt. Man hat höchstens eine Sekunde Zeit, ehe der Ausreden-Springbrunnen voll aufgedreht wird, danach glaubt man plötzlich, es stehe doch nicht so schlimm um einen und man habe jetzt doch bewiesen, dass man sehr gut ohne Alkohol leben könne. Oder es fällt einem jemand ein, der viel schlimmer dran ist, und außerdem lebt man doch schließlich nur einmal, und man hat es sich jetzt doch wirklich verdient ...

Nicht drauf eingehen, keine Diskussion, blockiere diesen Gedanken und kehre zurück zu deiner eigenen Atmung. Nachgeben ist keine Option.

Ich ging am 2. Dezember mit dem Ziel zu ihm, Silvester um Mitternacht die letzte Zigarette meines Lebens auszudrücken, aber ich habe nach dieser ersten Sitzung nie mehr geraucht. Ich wurde wieder rein von innen und von außen; es gibt einem so viel Auftrieb, wenn man mit dem Rauchen aufhört: Schon nach vierundzwanzig Stunden ist das Resultat spürbar.

Langsam, aber sicher erlangte ich wieder die Kontrolle über mein Tun und Lassen, und als Sahnehäubchen erklärte mir mein Therapeut nach der zehnten und letzten Sitzung auch noch, dass er mich liebte.

Er fragte schon bald, ob ich zu ihm ziehen wollte, aber darauf ging ich nicht ein. »Ich bin eine ziemliche Einzelgängerin.«

»Du kannst doch auch hier Einzelgängerin sein?«

»Glaube mir nur, ich bin fürs Zusammenleben nicht geeignet, nach einer Weile verschanze ich mich, ich bin zu gern allein.«

Er drängte nicht weiter, aber nach ungefähr zwei Jahren benutzte ich mein eigenes Apartment nur noch als Atelier, und wir wohnten zusammen in seinem großen Haus. Wir sagten nicht mehr »bei dir« oder »bei mir«, sondern »zu Hause« oder »im Atelier«.

Dann wurde mein Nachbar von oben manisch. Er fing an, die ersten Takte von »Für Elise« auf seinem Klavier zu spielen, und hörte nicht mehr damit auf, immer dasselbe, Tag und Nacht, fast ununterbrochen. Genau in dem Moment, wenn eigentlich die linke Hand einsetzen musste, hörte er auf. Manchmal war es ein paar Stunden still, dann aß oder schlief er wahrscheinlich. Wenn ich bei ihm läutete, übernahm er die Tonhöhe der Klingel, mehr nicht. Ertönte später draußen eine Hupe, spielte er wieder tiefer. Auch das Tempo variierte, aber still wurde es nie, und er kam nie weiter als bis zum Auftakt.

Stan räumte den Wintergarten für mich leer, damit ich dort malen konnte. Ab und zu ging ich zurück zu meinem Atelier, um zu sehen, ob der Nachbar inzwischen zusammengebrochen oder von einem anderen Nachbarn ermordet worden war, aber er hielt durch. Und dann irgendwann, als ich wirklich gar nicht mehr dort war, gab ich mein schönes, günstiges, perfektes Ein-Personen-Apartment auf.

»Hallo!« Dylan rüttelte vorsichtig an meiner Schulter. »An Ihrer Stelle würde ich es echt machen.«

Vorsichtig schob ich die Zigarette zurück in das Päckchen und stand auf. »Okay, dann mache ich es.«

4

Man konnte das Haus von der Straße aus nicht sehen, weil eine Reihe hoher, fliederfarben blühender Rhododendren es verdeckte. Eine rostige Gartenpforte führte über einen kerzengeraden Kiesweg zur Haustür. Gut so, ich hasste diese künstlich gewundenen Pfade, die dadurch länger wirken sollten.

Die Klingel war ein Gong, einer mit einem anständigen Nachhall, und die Tür wurde von einem jovialen Mann im Anzug geöffnet, der mich strahlend begrüßte. »Berend Smit-Bergman.« Er griff nach meiner Hand und schüttelte meinen Arm dreimal auf und ab. »Hereinspaziert, hereinspaziert!«

Er war ein wenig aufgedunsen, aber das Fett war gut verteilt, sogar seine Hand war gleichmäßig gut gepolstert.

Ich ging hinein und wusste genug: Hier gehörte ich hin.

Wenn man sich schon im Flur sofort wie zu Hause fühlt, kann man davon ausgehen, dass einem der Rest auch gefällt.

Berend ließ mich vorangehen in eine große, helle Küche. Die Wohnküche, nahm ich an, aber vielleicht war es ja auch der kleinste Raum im ganzen Haus.

Dort standen überall Töpfe, Büchsen und Dosen, und trotzdem wirkte es aufgeräumt. In der Mitte ein großer runder Tisch aus Kiefernholz. War das die Küche einer alleinstehenden alten Dame?

»Setzen Sie sich doch, was möchten Sie trinken?«

»Ein Glas Wasser, bitte.«

»So, Sie trauen sich ja was!« Er lachte.

Ich setzte mich, und nachdem er einen weißen Becher halb mit Wasser gefüllt hatte, kam er zur Sache. »Es geht also um die Pflege meiner Tante. Großartig, dass Sie sofort herkommen konnten. Ich habe furchtbar viel zu tun, und dann kommt plötzlich so was dazwischen, aber na ja, ich konnte sie ja wohl kaum darum bitten, mit ihrem Schlaganfall ein wenig zu warten.« Wieder lachte er; hätte ich neben ihm gesessen, hätte er mir einen kameradschaftlichen Knuff verpasst.

»Wie geht es ihr jetzt?«

»Koma infolge einer zerebrovaskulären Insuffizienz, wahrscheinlich in einem ungünstigen Teil des Gehirns«, antwortete er in einem Ton, als hielten wir eine ärztliche Besprechung ab. »Und für jemanden, der auf die achtzig zugeht, also, fast achtzig ist …«

»Sind Sie Mediziner?«

Schon bei der Vorstellung allein musste er lachen. »Das würde niemanden glücklich machen. Nun gut, meinen Buchhalter vielleicht. Nein, ich arbeite im IKT-Bereich.« Dabei zeigte er nach oben. Vielleicht meinte er damit, dass er ein hohes Tier war oder aber auch einfach: Dort oben steht der Computer. »Aber die Chance, dass sie wieder gesund wird, geht gegen null. Das dürfen die Ärzte offiziell nicht sagen, aber ich bin ja nicht dumm.«

Offensichtlich war er sehr wohl dumm, jedenfalls fand er das selbst, oder vielleicht fand es auch sein Vater, und es war Berends Lebensaufgabe zu beweisen, dass sein Vater im Unrecht war.

»Ob ich das mal kurz übernehmen will. Ich habe ja sonst nix zu tun, scheinen sie dort zu denken. Sie bitten mich, minimal eine halbe Stunde pro Tag für meine Tante zu sorgen. Natürlich dürfen sie das nicht fordern, aber darum bitten können sie. Aber nun gut, wenn Sie da sind, bin ich gerettet. Um drei Uhr sitzt da so eine weiß bekittelte, adrette Schwester im Krankenhaus bereit, um Ihnen zu erzählen, was genau zu tun ist. Sie haben ja einen medizinischen Hintergrund, also wird das kaum ein Problem sein.«

Vielleicht hatte Dylan ihm erzählt, ich sei auf die Pflege komatöser Patienten spezialisiert.

Berend schaute auf seine Armbanduhr, um die sich die Haut seines Handgelenks leicht wölbte. »Ich werde allen Privatkrempel ins Hinterzimmer schaffen lassen, und ansonsten benutzen Sie einfach, was Sie brauchen, Wohnzimmer, Küche, Schlafzimmer und natürlich, na, wie heißt es …«

»Die Sanitäranlagen.«

»Was immer Sie wollen. Der Gärtner kommt weiterhin, um den Garten brauchen Sie sich also nicht zu kümmern. Kommen Sie, ich führe Sie herum.« Er stand auf.

Es war ein großes, sonniges Haus mit hellgelben Wänden, durchgängigem Parkettfußboden, vielen Fenstern und Tageslicht, aber nirgends Einsicht von außen. Die Akustik war angenehm, und es roch gut, ein wenig süßlich. Das Wohnzimmer bestand aus zwei Teilen, die durch eine geschlossene Schiebetür mit Bleiglasfenstern im Art-déco-Stil getrennt waren.

Ich zeigte darauf. »Die sind wunderschön.«

»Ja, warum sollte man es sich leicht machen, wenn man's auch kompliziert haben kann.«

Und wieder musste er lachen.

Vorn an der Schiebetür stand ein dunkelrotes Sofa für vier Personen.

Die restlichen Möbel waren einfach: ein Couchtisch in der Mitte, ein weißer Wandschrank und ein langer Holztisch am Fenster.

An der Wand hing ein Porträt in Erdfarben; es war so abstrakt, dass ich die menschlichen Züge noch gerade so darin erkannte. Ich sah weder Bücher noch Zeitschriften.

Die Fensterbank stand voller rosafarbener, violetter und lilafarbener Orchideen, die um die Wette blühten, wahrscheinlich stammte der süßliche Duft von ihnen.

»Mit denen kann man auch keinen Blumentopf gewinnen!«, sagte Berend.

Während ich zur Fensterbank ging, um an den Blumen zu riechen, läutete das Telefon. Ich dachte, er würde rangehen, aber er bückte sich mühsam und zog den Stecker aus der Steckdose.

»Voilà, so machen wir das.«

»Ihre Tante war ordentlich.« Ich hatte aus Versehen in der Vergangenheit gesprochen, aber er schien es nicht zu bemerken.

»Das liegt in der Familie, nein, wenn es doch nur so wäre!« Er tat, als würde er schuldbewusst schauen. »Folgen Sie mir nur kurz nach oben. Damen haben Vortritt, außer auf der Treppe.«

Ich musste über den absurden Gedanken lachen, dass Stan das jemals zu einer Frau sagen würde.

»Ja, das ist doch so? Oder etwa nicht?«, sagte Berend.

Die Treppe war mit einem dicken, dunkelroten Läufer bedeckt, der mit Kupferstangen befestigt war. Man sollte meinen, es sei gerade eben erst gesaugt worden, so sauber und frisch war es überall. Auch die Schlafzimmer und das Badezimmer glänzten.

»Und das hier müssen Sie auch kurz sehen.« Er öffnete die Tür zu einem kleinen Raum, der extra für eine Friseurin oder vielleicht auch eine Kosmetikerin eingerichtet zu sein schien. Der Boden war mit knallrotem Linoleum ausgelegt, an einer Seite hing ein hölzerner Arbeitstisch an der Wand, mit einem Spiegel, der von Lampen umrandet war, ein bisschen so wie in der Umkleide eines Theaters. An der anderen Seite hing eine weitere Arbeitsplatte, auf der Geräte standen, die ich nicht kannte; ein Mörser und eine Art Wasserkocher und daneben jede Menge Fläschchen und Tiegel. Vielleicht waren es Sachen für Dauerwellen oder Haartönungen. Den Gummibesen in der Ecke erkannte ich von meinem eigenen Friseur.

»Ihre Tante hatte also eine Friseurin, die ins Haus kam«, sagte ich.

Berend tippte sich an die Stirn. »Verrückt, oder?«

In ihrem Schlafzimmer, ebenso tadellos aufgeräumt, hing ein gerahmtes Foto einer Frau mit einem Mädchen am Rockzipfel und einem Baby auf dem Arm.

»Meine Oma«, sagte Berend. »Das Baby ist mein Vater, jetzt wissen Sie auch, von wem ich dieses Mondgesicht habe.« Er besaß die Schamlosigkeit eines erfolgreichen Geschäftsmannes. Die Männer in meiner Umgebung dagegen bemühten sich, bloß nicht so ein Typ Mann zu werden.

In meiner Welt gab man sich eher bescheiden oder sogar unsicher, als Erfolg oder übermäßiges Selbstvertrauen zur Schau zu stellen.

Als wir wieder unten waren, zeigte er mir den Raum hinter dem Wohnzimmer, auf der anderen Seite der Schiebetür.

Wahrscheinlich grenzte er an den Garten, aber die dicken, dunkelroten Samtvorhänge waren geschlossen, sodass Berend das Licht anmachen musste.

Als Erstes fiel mein Blick auf einen antiken Sekretär aus Rosenholz mit Perlmutt-Intarsien, so schön, dass es mir die Sprache verschlug. Offensichtlich erledigte Frau Smit hier ihre Buchhaltung. Eine Reihe nüchterner grauer Ordner stand ganz unten, und auf der heruntergeklappten Arbeitsfläche lag ein großer Kalender.

Ferner gab es ein geräumiges eisernes Regal, in dem sich Vasen, Töpfe, Figürchen und allerlei anderer Krimskrams stapelten. An der anderen Seite stand ein langer Tisch. Alles war hier groß, lang, breit und hoch. Frau Smit hätte niemals in ein Seniorenheim ziehen können, jedenfalls nicht mit diesen Sachen.

Berend griff nach dem Kalender. »Den hier nehme ich mit, ich muss ihre sämtlichen Termine absagen und die Buchhaltung übernehmen. Was für ein Theater! Ich habe auch überall sofort neue Schlösser anbringen lassen, weil ein Schlüssel unter dem Blumentopf neben der Hintertür lag. Ich würde sagen: Dann kann man auch gleich die Tür sperrangelweit offen lassen, oder?«

»Sie gehen also davon aus, dass Ihre Tante nicht mehr zurück nach Hause kommt.«

»Das habe ich doch gar nicht gesagt!« Er fasste es als Anschuldigung auf, lachte aber sofort wieder. »Wollen wir doch ehrlich sein, wenn man alt ist, kann man sich den Endspurt doch allmählich schon mal in den Terminkalender eintragen.« Er zwinkerte mir zu. Nicht mehr lange und wir würden gemeinsam ein Glas Wein trinken. Oder ein Sektchen.

»Dort lag sie, übrigens hat die Friseurin sie gefunden.« Er zeigte auf meine Füße.

Schnell trat ich einen Schritt zur Seite und schaute mir die Stelle kurz an. »Hatten Sie eigentlich eine gute Beziehung zu Ihrer Tante?«

»Aber sicher, ganz ausgezeichnet! Nie Streit, nie Ärger!« Wieder ein Zwinkern. »Spaß beiseite, ich habe sie nie gesehen, ich bin ein einsames Blatt am Stammbaum, also muss ich jetzt alles erledigen. Das ist der Nachteil, wenn man Einzelkind ist, aber nun gut …«

Alles hat so seine Vor- und Nachteile, dachte ich, ich war mir sicher, dass er das sagen würde und dann etwas über das Erbe. Ich lachte schon mal verschwörerisch.

»… es ist und bleibt Verwandtschaft, also kann man so was doch nicht verweigern«, sagte er.

»Nein, natürlich nicht, nein, das macht man nicht!« Ich folgte ihm in den Flur. »Ich gehe um drei Uhr ins Krankenhaus, aber im Prinzip sehe ich keine Probleme, ich finde das Haus wunderbar.«

Er drehte sich um. »Um es gleich lieber klipp und klar zu sagen: Wir verrechnen Leistung gegen Leistung, wenn Sie verstehen, was ich meine.«

5

Ich war viel zu früh am Krankenhaus, darum setzte ich mich auf den harten Rand eines Blumenkübels und wartete. Neben der Tür saßen Raucher mit ihren Tropfständern, ein paar auf einer Bank, die meisten im Rollstuhl. Es war warm, sie trugen nur dünne Bademäntel. Es wurde gelacht und gehustet, immer in dieser Reihenfolge.

Ich wusste, wie ihre Lungen aussahen, die fünfte Sitzung bei Stan bestand aus einer PowerPoint-Präsentation. Nach dem ersten Treffen schon war mir klar, dass ich nie wieder rauchen würde, aber ich dachte ja gar nicht daran, mit der Therapie aufzuhören, mein Leben bestand aus dem Warten auf diese eine Stunde in der Woche. Ich kaufte neue Klamotten und ging zum Friseur. Jede Woche rasierte ich meine Beine sorgfältig und trug sexy Unterwäsche, schließlich konnte man ja nie wissen. Ich studierte mich im Spiegel, wie ich lachte, nickte, nachdachte …

»Es geht zwar gut, aber ein wenig wankelmütig fühle ich mich schon noch«, sagte ich jede Woche wieder zu Stan.

»Wir machen einfach noch eine Weile weiter«, antwortete er dann.

Sein Sprechzimmer hatte eine klinische Ausstrahlung, als würde es regelmäßig desinfiziert, nur die silberne Dose mit Kosmetiktüchern war frivol und sogar kitschig, sie war ein Geschenk eines ehemaligen Patienten gewesen, aber das erfuhr ich erst Monate später.

Die Dose stand immer sorgfältig in meiner Reichweite, aber ich weinte nie bei ihm, auf die Idee kam ich nicht. Nun ja, vor Glück vielleicht.

Ich schaute auf mein Handy, noch elf Minuten, dann konnte ich zu Frau Smit. Vier entgangene Anrufe von *zu Hause* und vier Voicemailnachrichten. *Nachricht löschen?* Ja.

Heute Morgen war ich noch eine normale Frau mit einer netten Ehe, einem großartigen Haus und einem eigenen Atelier gewesen, und jetzt pflegte ich plötzlich eine alte Frau im Koma, weil ich in ihrem Haus kampieren durfte.

Wie viele Stunden waren seither vergangen? Drei?

Ich hatte Stan schon öfter verlassen, es war inzwischen ein vertrautes Szenario: erst seine Beichte, danach meine wütende Reaktion, dann die Tasche packen und auf ewig verschwinden. Nie wieder Stan! Und anschließend, immer innerhalb von vierundzwanzig Stunden, mit hängendem Kopf zurück.

»Okay, ich gebe dir noch eine aller-aller-wirklich-allerletzte Chance«, sagte ich dann. »Aber dann musst du versprechen, dass du dich änderst, denn beim nächsten Mal gehe ich wirklich für immer weg, und das ist mein bitterer Ernst!«

Als ich Stan gerade erst kannte, nicht als Therapeut, sondern als Mann und Liebsten, dachte ich noch, dass er mir seine Ängste und Schwächen offenbaren würde, aber ich täuschte mich, da war nicht viel.

Er war strukturell zufrieden, mit sich selbst, mit dem ganzen Leben und nicht zuletzt auch mit mir. Ein glücklicher

Mann macht eine Ehe angenehm und bequem. Bloß dieses Fremdgehen …

»Was sehen all diese Frauen nur in ihm?«, fragte eine gute Freundin, als ich wieder mal bei ihr auf dem Sofa saß und meine Wut rausließ.

»Es ist umgekehrt«, antwortete ich. »Er sieht etwas in diesen Frauen, und darum verlieben sie sich in ihn. Er erwischt sie bei etwas unglaublich Schönem und Interessantem, etwas, das sie vor allen geheim halten können, nur nicht vor ihm. Und er meint es aufrichtig. Er lacht laut über die geistreichste Frau des Abends, er findet sie aufrichtig witzig, und dann sagt er: ›Du machst mich neugierig.‹ Tschacka, verliebt.«

Wir tranken Weißwein, meine Freundin und ich, und ich weinte, weil ich wütend und eifersüchtig war, aber auch, weil ich Stan nie wiedersehen würde. Aber ich hatte ihn gewarnt, er musste jetzt endlich begreifen, dass eine Grenze erreicht war. Prost! Auf einen neuen Start! Ich durfte so lange bei meiner Freundin bleiben, bis ich eine Wohnung gefunden hatte. »Das Maß ist jetzt wirklich voll!« Noch mehr Weißwein und dann beschwipst ins Bett.

Im Gästezimmer wütete ich allein noch eine Weile weiter, und danach, als der Rausch von der Panik verdrängt wurde, hörte ich mir sein Plädoyer an, in Form von Liebeserklärungen auf meiner Mailbox. Stan war ein begabter Verhandler, und übrigens, so schwer machte ich es ihm nicht, denn ich wollte nur allzu gern überzeugt werden. Also packte ich am nächsten Morgen meine Siebensachen wieder und kehrte zu ihm zurück.

»Ich liebe ihn zu sehr«, erklärte ich meiner Freundin.

»Und da kommt hinzu, dass ich auch viel zu pragmatisch bin. Ich kann mir keinen angenehmeren Mann und keine entspanntere Beziehung vorstellen, das wirft man doch nicht einfach so weg? Er liebt mich wirklich. Wenn er fremdgeht, ist er niemals verliebt, es ist was rein Sexuelles.«

Stan fand es selbst auch problematisch. »Meine körperlichen Wirrungen«, nannte er seine Abenteuer besorgt, als ginge es um epileptische Anfälle.

Nach Jahren voller Geduld und Mitgefühl reichte es meiner Freundin. Als ich das letzte Mal verzweifelt vor ihrer Tür stand, ließ sie mich rein, aber sie wollte nicht mehr darüber reden. »Morgen gehst du doch eh wieder zurück. Komm, wir schauen uns einen Film an.«

Das Tabu war geboren, ich wusste, dass sie meinen Ehemann für ein Arschloch hielt, und das störte mich natürlich schon. Wenn eine Alkoholikerin Kommentare von ihren besorgten Freundinnen bekommt, trinkt sie auch nicht weniger. Sie sucht sich eben andere Freundinnen. Oder verzichtet ganz auf sie.

Frau Smit hatte ein Einzelzimmer auf der sechsten Etage. Die Tür stand offen, ich sah das Fußende eines Bettes, wo die Zehen einer Person unter der dünnen Bettdecke hochragten.

Ich klopfte leise und ging hinein. Unter einem Knäuel aus Schläuchen und durchsichtigen Röhren lag eine alte Dame. Ihre Augen waren halb geschlossen, ihr Mund hing ein wenig offen, sie besaß noch ihre eigenen Zähne. Weil ich sah, dass sie atmete, wusste ich, dass sie lebte, aber ansonsten gab es keinen Unterschied zu einer Leiche oder einer Wachspuppe.

Das hier war also Koma: tot bis zum Tod.

Im nächsten Moment stampfte eine Sumo-Ringerin im Krankenschwester-Outfit ins Zimmer. »Ich bin Fleur!«

Himmel, was für ein Koloss von Frau!

»Ich bin Julia, ich komme im Namen der Familie«, sagte ich.

Es war ihr wirklich schnurzpiepegal, in wessen Namen ich kam. Sie zeigte auf die Seifenspender über dem Waschbecken. »Hände gründlich reinigen und danach desinfizieren.«

Sie sprach, als würde ihr eine ganze Klasse zuhören. Schnell ging ich zum Wasserhahn, während sie mit viel Schwung das Laken von Frau Smit zog. »Zehnmal beugen und strecken und nach jedem Bein auf der Liste abhaken!«, rief sie.

Ich musste lachen wegen »jedem Bein«, aber Fleur machte einfach weiter. »Immer sagen, was man macht, das beruhigt den Patienten!«

Im Spiegel über dem Waschbecken konnte ich Frau Smit liegen sehen. Sie trug ein hauchdünnes, weißes Nachthemd, das so durchsichtig war, dass ich ihre Windel sah. Ihre Füße waren dünn, lang und knöchrig.

»Mach's mir einfach nach, an der anderen Seite.« Fleur griff nach Frau Smits linkem Bein. »Okay, auf die Plätze, fertig … los geht's.«

Das Bein fühlte sich an wie ein fast komplett leerer, schlaffer Ballon. Ich erwartete, dass es auch tot und willenlos wäre, aber Frau Smit zog das Bein ab und zu mit überraschend viel Kraft zurück.

»An der Wade anfassen, an der Wade!« Fleur fing mit den Übungen an und erklärte dabei, was sie tat. Manchmal musste ich den Satz ergänzen. »Keine reibende Kleidung, sonst bekommt der Patient Dekubitus, auch genannt ...«

»Druckgeschwüre.«

»Korrekto«, sagte sie. »Warum bewegen wir die Gliedmaßen, wegen der ...«

»Durchblutung.«

Ich wusste alles, es machte mir beinahe Spaß.

Fleur sah Frau Smit nicht an und mich auch nicht, sie streckte die Gliedmaßen, wie andere Liegestützen machen: »... und acht und neun und zehn, abhaken.«

Danach rieb sie Frau Smit von Kopf bis Fuß ein, denn sonst würde die Haut ... austrocknen, *korrekto*.

Nach dem Strecken erledigten wir die anderen Pflegetätigkeiten: Augentropfen geben, Lippen einreiben und Zunge befeuchten. Fleurs Anweisungen waren glasklar.

»Kriegen Sie das hin?«, fragte sie schließlich.

»Auf jeden Fall!« Ganz automatisch sprach ich selbst auch lauter.

Sie hob den Daumen. »Gut.«

Wenn ich sie zeichnen dürfte, würde ich einen dicken Filzstift nehmen. Ritsch, ratsch, ritsch und fertig.

»Fleur, hast du eine Ahnung, wie lange das dauern wird?«, fragte ich.

»Knappe halbe Stunde.«

»Nein, ich meine ...«

Ich sollte fragen, wann sie den Löffel abgibt, das war Fleurs Art zu reden. »Das Koma, wie lange das noch dauert?«

Sie schaute Frau Smit mit schräg gelegtem Kopf an und schnalzte dann mit der Zunge. »Kann man so nicht sagen«, schlussfolgerte sie dann.

Sie deckte die alte Dame wieder zu, beherzt, aber sorgfältig.

So drapierte mein Vater früher jeden Abend eine eigens zu diesem Zweck angefertigte Hülle über seinen Opel Kadett.

Fleur streifte die Handschuhe ab und ging zu dem Pedaleimer.

Der Deckel knallte gegen die Wand, als sie ihn öffnete. Ich meinte zu sehen, wie Frau Smit erschrak.

»So, fertig ist die Laube. Wenn was ist, einfach kurz klingeln.« Sie zeigte auf den roten Knopf neben dem Bett und ging weg.

»Geht klar!«, antwortete ich. So sprach ich nie, Fleur brachte den Hafenarbeiter in mir zutage.

Die halbe Stunde war fast vorbei. Frau Smit war gereckt, gestreckt und eingerieben, viel Nützliches hatte ich hier nicht mehr zu tun. Welch eine Stille. Das Einzige, was ich hörte, war das Blubbern der Geräte und Frau Smits leichtes Schnarchen. Mit dem Atmen hatte sie viel zu tun, es war kein passives Ereignis.

Ob es stimmte, dass man das endgültige Sterben aufschieben konnte? Ich kannte Geschichten von Menschen, die warteten, bis sie allein waren, oder gerade nicht, zum Beispiel von einer Mutter, die erst den letzten Atem aushauchte, nachdem ihr emigrierter Sohn angekommen war.

Ich schaute sie mir noch eine Weile an, dann schlich ich mich leise aus dem Zimmer.

Sobald ich in das tropisch heiße Auto stieg, hatte ich auf einmal diese Vision: Ich sah vor mir, wie ich auf einer Trage ins Krankenhaus eingeliefert wurde. Ein Schlaganfall überfällt einen rücklings, es gibt zuvor keine Anzeichen dafür.

Wie würde Stan reagieren? Er konnte sagen, wir hätten uns zufällig vor ein paar Stunden endgültig getrennt, und gegenüber der Exfrau bestanden natürlich keinerlei Verpflichtungen bezüglich der Pflege. Aber niemand würde ihm glauben. Ja, ja, das hätten Sie sich so gedacht, Herr Verhagen.

Er wäre also verpflichtet, aber Sorgsamkeit war sowieso eine seiner großen Qualitäten. Er würde jeden Tag herkommen und liebevoll meine Beine recken und strecken, dafür brauchte er wirklich niemanden anzuheuern. Waschen, einreiben, mit mir sprechen … Alle Krankenschwestern würde seine Liebe und Hingabe rühren.

Bevor ich abfuhr, schaute ich auf mein Handy: drei Voicemail-Nachrichten.

»Schatz, ich bin's. Würdest du …«

Sofort drückte ich ihn weg, gleich saß ich wieder mit einem Herz voller feiger Vergebung neben ihm auf dem Sofa, um ihm noch eine letzte Chance zu geben. *Nachricht löschen? Ja.*

Die zweite Nachricht: »Julia, du musst wirklich wissen ...«

Weg damit, er hatte es mir selbst beigebracht.

Die dritte Nachricht stammte von meiner Mutter.

»Julia, nun rate mal, wer hier ist?« Sie wartete einen Moment.

»Bestimmt Stan«, sagte ich leise.

»Gert Bremswaard!«

Sie erzählte, sie seien sich zufällig in die Arme gelaufen, sie und Gert, unvorstellbar, dass er noch lebte! Sie hatte ihn sofort zum Essen eingeladen. Und, na ja, das Angebot hatte er nur allzu gerne angenommen.

Die Nachrichten meiner Mutter waren immer ellenlang, sie schaffte mit Leichtigkeit fünf Minuten. Ich sah vor mir, wie sie dort saß, während sie sprach: Gert wahrscheinlich einfach neben ihr, sie den Blick starr auf ihn gerichtet, und er konnte nichts anderes tun als ein wenig lachen und zustimmend nicken.

Meine Mutter fand Stan »besonders«. Koriander nannte sie auch besonders, darum fischte sie ihn mit äußerster Sorgfalt aus ihrem Salat, damit nicht das kleinste Fitzelchen in ihrem Mund landete. Wenn ich erzählen würde, was Stan gemacht hatte, würde sie sofort ihr Plakat mit dem Text *DA SIEHST DU'S* ausrollen. Das war nämlich schon seit Jahren fertig, und daneben stand eins mit *ER TAUGT NICHT* und noch eins mit *HAB ICH'S DIR NICHT GESAGT!*

Sie war selbst übrigens auch ziemlich besonders, also

länger als ein oder zwei Nächte bei ihr bleiben war keine Option, jetzt erst recht nicht mehr. Ich sah mich schon in dem kleinen Flur vor dem Badezimmer warten, bis Gert Bremswaard mit dem Duschen fertig war.

»Also, mein Kind … pass auf dich auf und bis bald wieder, Küsse von Mama, Tschüssie!«

Tschüssie? Das hatte sie noch nie gesagt, war sie etwa verliebt? Endlich, nachdem sie meinem verstorbenen Vater fünfundzwanzig Jahre lang treu geblieben war?

Als Witwe kann man auf jeden Fall nicht betrogen werden, im Gegenteil, die Beziehung zu dem anderen wird immer stärker. Man braucht sich nie mehr zu fragen, wo er ist, was er denkt oder ob er wohl gesund ist, er ist immer bei einem. Alle haben Respekt vor deiner Trauer. Eine Scheidung ist eine ganz andere Geschichte. Sich scheiden lassen bedeutet scheitern.

Ich rief Berend an, um zu sagen, dass die Pflege überhaupt kein Problem sei.

»Super, dann starten wir die Angelegenheiten mit sofortiger Wirkung!«, rief er. »Jedenfalls, ich gehe davon aus, dass Sie keine sonstigen Verpflichtungen haben. Wartet jemand auf Sie, bis Sie die Kartoffeln geschält haben?«

»Nein, ich bin völlig frei, mein Mann ist vor Kurzem gestorben«, antwortete ich.

Ich hatte nie Angst, dass Stan mich verlassen würde, dafür liebte er mich viel zu sehr, und wir hatten es so gut zusammen. Es mag beengend wirken, so völlig aufeinander fixiert zu sein, aber ich war rundum zufrieden. Und jetzt brachte ich ihn also mit einem einzigen kurzen Satz um. Ich konnte noch »Nein, nein« sagen und dann lachen.

»Oh, das tut mir leid«, sagte Berend.

»Schon gut«, antwortete ich, während mein Handy in meinen Händen zu schmelzen schien. »Passt es Ihnen, wenn ich dann einfach gleich vorbeikomme?«

6

So kann es also laufen. Heute Morgen um elf Uhr machte mir Stan sein Geständnis, und jetzt, kaum sieben Stunden später, bin ich eine alleinstehende Frau, die in der Küche einer großen Villa Earl-Grey-Tee aus einer Tasse mit Unterteller trinkt.

Ich werde mich bei Dylan noch einmal für diesen großartigen Tipp bedanken, das Haus ist perfekt; alles fühlt sich vertraut an, vom Sofa bis zum Wasserkocher. Ich gehe davon aus, dass Berend ihn für diese Aufgabe bezahlt hat.

Vor dem Backofen steht ein niedriger Campingstuhl mit einer runden Aussparung in der Armlehne für ein Glas oder eine Tasse. Setzte sich Frau Smit dorthin, um sich ihren Auflauf anzusehen? Es gibt einiges hier, was ich nicht sofort verstehe, im Kühlschrank liegen zum Beispiel jede Menge Fleischwurst und auch sieben Müslibrötchen, alle gesondert verpackt in Plastiktüten. Keine Frühstücksbeutel, wirklich in Plastiktüten. Ebenfalls befinden sich drei Packungen Kaffeesahne im Kühlschrank, insgesamt sechzig Einzelportionen. Sowieso ist unglaublich viel Essen im Haus, Dosen, Tüten, Kartons, Packungen … Der Kühlschrank ist voll, und es gibt auch noch einen kleinen Keller mit Kästen und Flaschen.

Ich sollte wohl besser möglichst viel aufbrauchen, Kräuter, Kaffee, Aufschnitt, solche Sachen. Auf dem Tisch liegt ein Notizblock, darauf kann ich notieren, was ich verwende.

Ich schreibe *Earl-Grey-Tee* darauf und auch *Notizblock*. Nicht vergessen, mit Berend abzurechnen, wenn ich wieder gehe. Ich werde Stan noch kurz anrufen, um ihm zu sagen, wo ich bin, aber zunächst muss ich gut darüber nachdenken, was ich sage; Sachen, die ich schon tausendmal gesagt habe, sind verboten.

»Ich kann dir nicht mehr vertrauen« fällt also weg. Das gilt auch für »Ich will wirklich nicht mehr« und »Ich kann nicht mehr« und »Dieses Mal ist es mir wirklich ernst! Wenn es so wenig bedeutet, warum tust du es dann? Du tust, als hättest du keine Wahl« und das Allerschlimmste: »Du weißt doch, dass du mich verletzt.«

Er geht sofort ran. »Schatz, endlich!«

»Ich will dir nur schnell sagen, dass alles in Ordnung ist.« Ich fühle mich wie ein ausgerissener Teenager, der in irgendeinem besetzten Haus hockt und seine Eltern beruhigt.

Er schweigt.

»Na ja, natürlich nicht alles«, sage ich. »Aber auf jeden Fall …«

»Julia, bitte komm nach Hause, du bist die Frau meines Lebens.« Er spricht langsam und feierlich.

»Ich möchte gerade die Frau meines eigenen Lebens sein.« Ich sag einfach was, eigentlich will ich nur eines, und zwar die Verbindung unterbrechen.

»Wo bist du, du schläfst doch wohl zu Hause?«, fragt er leise.

»Ich darf so lange auf das Haus von jemandem aufpassen.«

»Auf das Haus von jemandem«, wiederholt er langsam.

»Aber du kannst mich doch nicht einfach so ins Abseits schieben?«

Normalerweise würde ich sagen: »Aber du bist es doch, der mich ins Abseits schiebt!« Ich schweige.

»Gib mir noch eine Chance, gib *uns* noch eine Chance.«

Ich seufze tief. »Ich habe einfach das Vertrauen verloren.«

Raus! Wie oft ich das nicht schon gesagt habe, mindestens zehn Mal.

»Ich muss jetzt gehen, ich rufe dich bald wieder an«, sage ich, und dann drücke ich schnell auf das rote kleine Telefonsymbol.

Nicht zweifeln, ich bin fertig damit, es ist vorbei. Ab morgen werde ich alles tun, um eine Wohnung zu finden, denn wenn ich hier zu lange bleibe, will ich nie wieder weg.

Plötzlich bin ich so müde, dass ich ernsthaft in Erwägung ziehe, auf der Couch zu schlafen, damit ich die Treppe nicht mehr raufmuss, aber ich reiße mich zusammen.

Ich hatte vor, mich ins Gästezimmer zu legen, aber dort stinkt es nach altem Blumenwasser, also beschließe ich, dann eben sofort ganz unverfroren Frau Smits Bett in Beschlag zu nehmen. Sie hat ein Doppelbett mit zwei cremefarbenen Bettdecken, es sieht wirklich so aus, als wären beide Seiten in Benutzung. Unter dem einen Kopfkissen liegt ein ausgeblichener geblümter Damenpyjama und unter dem anderen ein olivgrünes Herren-T-Shirt.

Hatte sie einen Liebhaber? Der ist dann jetzt furchtbar beunruhigt, weil seine betagte Liebhaberin nicht mehr auf seine Anrufe reagiert. Vielleicht schnarchte der Liebhaber und zog aus diesem Grund oft mitten in der Nacht ins Gästebett. Das hat Stan auch so gemacht, bis wir die Antischnarchschiene entdeckten.

Vor der Küchentür sah ich ein paar riesige schwarze Crocs stehen, Größe sechsundvierzig, ich dachte, die wären vom Gärtner, aber sie können auch dem Liebhaber gehören. Ansonsten gibt es nicht die geringste Spur von ihm, nicht mal ein Foto.

Auf seinem Nachtschränkchen liegt ein origamiähnliches Kunstwerk in Form eines Hütchens, gefaltet aus einer Zeitung. Ich beziehe Frau Smits Bett mit meinem eigenen roten Spannbetttuch und lege meine rot-gelb-orange Bettdecke hin.

Neben dem Bett liegt ein E-Reader, also doch. Ich fand es schon so seltsam, dass sie keine Bücher besaß. Zum Glück, dann habe ich heute Nacht etwas zu tun, denn die Umstände versprechen eine schlaflose Nacht.

7

Frau Smits Dusche hat einen vollen, harten Strahl. Ich stelle sie noch ein wenig heißer und singe laut mit zu »Bohemian Rhapsody«. Als ich zwischen der Seife und dem Shampoo eine Fernbedienung entdeckte, hatte ich noch gedacht, Frau Smit sei dement, aber auf der Rückseite klebte tatsächlich ein kleiner Sticker mit der Aufschrift *Happy hour in the shower.* Sie ist vollkommen wasserdicht. Wenn ich jemals, jemals eine eigene Wohnung bekomme, will ich auch ein Radio in der Dusche.

Ich habe vergangene Nacht kaum geschlafen, sondern Stan einen langen, wütenden Monolog gehalten, den er niemals hören wird, und ein Buch über die Töchter von Zar Nikolaus II. ausgelesen. Keines der Bücher, die Frau Smit auf ihrem E-Reader hat, würde ich mir jemals anschaffen. Sie liest vor allem Sachbücher, das mache ich auch, aber sie hat hauptsächlich Biografien und ich Selbsthilfe-Ratgeber.

Ich bleibe stehen, bis das Lied zu Ende ist … *any way the wind blows* … Danach trockne ich mich mit einem nagelneuen weißen Badetuch ab, das wie eine Nylonstrumpfhose über meine Haut gleitet.

Heute Abend werde ich es sofort in Frau Smits Waschmaschine stopfen.

Das Mädchen von gestern sitzt wieder dort, dieses Mal steht die Wohnzimmertür offen, sodass ich die Kleine schon von der Treppe aus sehe. Ich pfeife vor mich hin, also weiß sie sicher, dass ich da bin, aber das lässt sie sich nicht anmerken.

»Hey, da bist du ja wieder! Wie heißt du noch mal?«

Sie wirft mir einen schnellen Blick zu. Sie hat das Kissen auf ihrem Schoß liegen und spielt mit den Schlümpfen, die sie alle darauf drapiert hat. Den Schlumpf, der das Wort führt, bewegt sie auf und ab, aber sie murmelt so leise, dass ich nichts verstehe.

Sie scheint es völlig normal zu finden, hier zu sitzen. Vielleicht sollte ich die Küchentür künftig gut abschließen. Andererseits, wenn sie so still dasitzt und spielt, stört sie mich eigentlich nicht. Dennoch ist es seltsam. Vermisst sie denn keiner?

»Bist du zu Besuch gekommen?«, frage ich vorsichtig.

Die Schlümpfe sind in zwei Gruppen geteilt, die offensichtlich Streit miteinander haben. Ab und zu führt einer von ihnen eine Art Angriff aus, um sich dann schnell wieder auf seine eigene Hälfte zurückzuziehen.

»Möchtest du vielleicht etwas essen oder trinken?«

Schnell schüttelt sie den Kopf, als wolle sie nicht gestört werden. Zögernd setze ich mich an den Tisch. Irgendwie fühlt es sich doch seltsam an, dass sie hier ist.

Weil ich Einzelkind war, holten meine Eltern oft Freundinnen ins Haus, sonst würde ich asozial werden. Wenn wir in Urlaub fuhren, musste ein zusätzliches Kind mitfahren, um mich zu unterhalten. Meine Cousine war meine Favoritin, und das lag daran, dass sie genau wie ich am liebsten allein sein wollte. Zwei Wochen lang gingen wir beide völlig unsere eigenen Wege und hatten kaum Kontakt, aber wir hockten immer zusammen, damit das nicht weiter auffiel. *Eine Dienstleistungsfreundschaft* würde Stan es nennen.

»Veronique.« Sie ist heiser.

»Heißt du so?«

Sie nickt.

»Was für ein schöner Name!« Ich höre selbst, wie blöd das klingt, aber was soll ich sonst sagen?

»Was ist das?« Sie zeigt auf meine Malsachen auf dem Tisch.

»Das sind meine Buntstifte, ich male unheimlich gern. Und du?«

Nein, sie nicht, sie schüttelt den Kopf, als hätte ich sie gefragt, ob sie gern Spinat isst.

»Kommst du wegen Frau Smit her?«

»Ich darf immer herkommen.« Sie schaut mich noch kurz herausfordernd an und spielt dann wieder weiter.

»Soll ich dich mal zeichnen?«, frage ich.

»Von mir aus.«

Ich nehme meinen Bleistift und meinen Zeichenblock und fange an, sie zu skizzieren. Meist habe ich die Umrisse schnell zu Papier gebracht, aber bei ihr ist es schwierig. Mir fällt auf, dass ich noch nie ein Kind gezeichnet habe, die Proportionen sind neu für mich, und ich habe keine Falten als Anhaltspunkt. Hinzu kommt, dass in ihrem Blick etwas Geheimnisvolles liegt, ich bekomme ihn nicht zu fassen. Leute, die Modell sitzen, setzen meist eine bestimmte Miene auf, aber sie spielt einfach unbeirrbar weiter.

Die superkurzen Haare sind auch schwierig, sie sind eher Flaum, ich brauche Holzkohle, dann kann ich wischen.

»Bin mal kurz was holen.« Ich gehe nach oben und hole meine Zeichenkiste und sicherheitshalber auch meine Tischstaffelei. Doch gut, dass ich alles mitgenommen habe.

Als ich wiederkomme, ist sie weg. Ich zeichne mit der Holzkohle, ihr Gesicht steht mir noch deutlich vor Augen.

Zu Hause, bei Stan, verdiente ich Geld mit dem Anfertigen von Porträts. Eine sechzehnjährige Kassiererin würde sich mit meinem durchschnittlichen Stundenlohn wohl kaum zufriedengeben, aber Stan hielt es für unsinnig, das zu vergleichen. »Du bist glücklich mit deiner Arbeit, ich mit meiner, und zusammen verdienen wir mehr als genug Geld. Ich sehe das Problem nicht!«

Ich schon, aber ich hatte keine Wahl.

Meine Tischstaffelei ist ein Klappmodell, ich kann sie überall aufstellen, wie klein auch immer meine künftige Wohnung sein mag.

Ich muss Kunden akquirieren. Bisher bekam ich meine Modelle über Stan, hauptsächlich waren es ehemalige Patienten.

»Was du bei diesen Menschen bewirkst, dafür brauche ich Monate«, sagte er. »Du schaust und schaust, du nickst und lächelst und murmelst, dass es genau richtig so ist. Anschließend machst du ein wunderbares Porträt der Person, unterschätze das nicht, Julia. Du hast Talent.«

Meine Lieblingsdozentin an der Kunstakademie dachte

anders darüber: »Wenn dein Modell zufrieden ist, hast du deine Zeit vergeudet«, sagte sie.

Sie hieß Alice Waterman, und im letzten Jahr des Studiums vernichtete sie in weniger als fünf Minuten meine Illusion, dass ich ganz gut war in meinem Fach.

Das Modell an diesem Tag, ein schüchternes, etwa achtzehnjähriges Mädchen, machte am Ende der Sitzung eine Runde an allen Staffeleien entlang. Als sie bei mir stand, sagte sie: »Als würde ich in den Spiegel schauen.«

Eigentlich wusste ich da schon genug, aber sobald das Modell nach Hause gegangen war, stellte sich Alice Waterman zu mir. Eine Weile sah sie sich schweigend mein Porträt an, und dann legte sie los. »Du porträtierst wie eine Architektin. Technisch ist es in Ordnung, das Modell wird sich selbst erkennen. ›Genau so sehe ich aus!‹ werden sie sagen. Schade um die Farbe, auf diese Weise kannst du genauso gut ein Foto machen.«

Der Rest der Gruppe stand mucksmäuschenstill da und hörte zu. Ja, nun hör schon auf, ich hab's kapiert, dachte ich, aber sie war noch längst nicht fertig: »Du willst doch malen? Tja, dann mach das gefälligst! Lass uns spüren, was darunterliegt.« Sie tippte mit ihrem Zeigefinger auf meine Leinwand, einfach auf die nasse Farbe. »Ich will die Einsamkeit sehen, aber vor allem die krampfhaften Versuche des Modells, sie zu verhüllen. Ich bin nicht an diesem hübschen Puppengesicht interessiert. Lass mich ihre fast schmerzhafte Unsicherheit spüren, ich will quer durch diese Maske hindurchgucken können!« Sie zeigte auf die Tür, durch die das

Mädchen verschwunden war. »Sie stand da und ahmte jemanden nach, eine polierte Fassung ihrer selbst, und du bist darauf reingefallen! Welchen Wert hat das hier, du hast sie nur gephotoshopt. Ich will ihre Seele sehen oder deine, auch gut!«

Das Einzige, was ich noch tun konnte, war, mein Gesicht zu wahren. Niemand sollte sehen, dass ich dastand und innerlich einging.

»Oh ja, ich verstehe, glaube ich, was Sie meinen!«, sagte ich. Ich hörte nicht auf, aufmerksam zu nicken, als würde ich in aller Ruhe ihre Hinweise verarbeiten, bereit, mich schnell wieder an die Arbeit zu machen. Ich schaute so, als hätte sie gesagt, ich könnte vielleicht ein klein wenig mehr Blau verwenden, aber in mir drin tobte es.

Watermann ging weiter. »Es ist zu brav, Julia«, sagte sie noch.

Wenn ich malte, war ich vollkommen glücklich. Ich fing an, und kurze Zeit später waren acht Stunden vergangen.

»Woher nimmst du die Disziplin?«, fragten mich Leute manchmal, aber sie verstanden es nicht. Ich brauchte eher Disziplin, damit aufzuhören.

Und jetzt war mir das alles mit einem Mal weggenommen worden. Sie hatte nichts im Unklaren gelassen: Ich war eine talentlose Amateurin. Höchste Zeit, damit aufzuhören. Natürlich konnte ich mich wehren, einfach weitermachen und beweisen, dass ich es doch konnte, aber es hatte keinen Sinn: Sie hatte einfach recht.

Und in diesem Moment, ich stand schon mit einem Bein

in einem anderen Leben, einem Zweite-Wahl-Leben, tippte ein Kommilitone mir auf die Schulter. Bitte nicht, keine tröstenden Worte, ich will erst weinen, wenn ich zu Hause bin, dachte ich noch.

»Glückwunsch«, sagte er. »Wenn sie sich so viel Zeit nimmt, um dich zusammenzustauchen, und sogar weiß, wie du heißt, dann sieht sie was in dir. Ich wollte, ich wäre jetzt an deiner Stelle, wirklich.«

To hell and back.

Ich hatte mich nicht getäuscht: Ich konnte malen, ich hatte Talent. Jetzt fehlte nur noch der Mut, wirklich etwas daraus zu machen.

8

Weil ich früh am Krankenhaus bin, setze ich mich wieder draußen auf den harten Blumenkübel. Ich habe mir vorgenommen, jeden Tag um zwölf Uhr zu Frau Smit zu gehen, das ist für sie wahrscheinlich auch am besten. Sollte sie etwas von dem mitbekommen, was um sie herum geschieht, geben ihr die festen Uhrzeiten auf jeden Fall ein wenig Orientierung. Die Raucher stehen auch wieder da, alle halten sich an ihren Tropfständern fest, als stünden sie in der Straßenbahn.

Ich erinnere mich noch gut an das Gefühl der Zusammengehörigkeit unter Rauchern. Wir taten natürlich, als sei es eine Wahl, eine Art Lebenshaltung.

»Es ist sehr, sehr schwierig, wirklich mit dem Rauchen aufzuhören«, sagte Stan. »Man darf es niemandem vorwerfen, wenn es nicht gelingt.«

»Doch, der Tabakindustrie«, antwortete ich.

Darüber musste er lachen, und den Rest der Woche ließ ich diesen Moment unendlich oft wie einen Film in meinem Kopf ablaufen. Nicht zu fassen, wie verliebt ich war.

Mir fällt auf, dass die Raucher heute still sind, es wurde nur gehustet. Vielleicht ist jemand gestorben.

Vom Flur aus sehe ich, dass ein Mann an Frau Smits Bett sitzt. Er betet, die Hände hält er gegen die Stirn. Seine Finger sind nicht ineinander verschlungen, sondern gefaltet, als würde er sich selbst die Hand schütteln. Er hat seine Brille auf die weißen Laken gelegt, so sieht es aus, als sei Frau Smit müde vom Lesen und würde jetzt ein kurzes Nickerchen machen.

Um ihn nicht bei seinem Gebet zu stören, warte ich auf dem Flur, aber ich lasse die Tür offen. Ob das ihr Liebhaber ist? Nein, er wirkt wirklich zu jung. Ich kann sein Gesicht nicht gut erkennen, aber er hat die breite Gestalt eines Türstehers oder Rugbyspielers.

Plötzlich schaut er auf, seine Wangen sind nass vor Tränen. Ich nicke kurz und gehe beschämt weg. Wie kann man nur dastehen und einen weinenden Mann beobachten?

Im Erdgeschoss gibt es einen Laden mit Zeitschriften, Folienballons und Blumen. Auf einem Regal eine Art Bonsai-Orchideen, sie sind lächerlich klein, auch weil mir Frau Smits Orchideen vor Augen stehen. Ich suche zwei aus, eine lila- und eine rosafarbene, zusammen in einem Schälchen voll Minikieseln.

Nicht weil sie schön sind, im Gegenteil, sie sind sogar hässlich, aber vielleicht tut es Frau Smit ja gut, einen vertrauten Duft zu riechen.

Es hängt auch ein Poster im Raum, auf dem steht: *Gute (Orch)Idee!*

Ich bezahle: dreizehn Euro für eine Schale Kitsch. Wir haben noch immer ein gemeinsames Konto, Stan kann jeden Cent, den ich ausgebe, zurückverfolgen.

Plötzlich vermisse ich ihn so heftig, dass ich mich nicht bewegen kann. Es kommt vollkommen unerwartet und ist auch sofort wieder vorbei.

Ich hoffe, den Besucher noch sprechen zu können, aber ich bin zu spät, er ist schon wieder weg. Sein Geruch hängt noch im Zimmer, ein Hauch von Kokos.

Ich stelle die Orchideen auf die Fensterbank und wasche mir die Hände.

Ich nehme mir viel Zeit, sie warm zu reiben, wodurch es wirkt, als würde ich mich freuen.

Stan meint, man könne sein Hirn täuschen: »Nimm dir ab und zu die Zeit, voller Hingabe deine Ekelgefühle über die Substanz, nach der du süchtig bist, auszusprechen. Tu so, als würdest du es aufrichtig meinen! Wenn du die Musik noch nicht spürst, kannst du schon mal die Noten üben.«

»Raus aus meinem Kopf, Mann … Frau Smit, ich helfe Ihnen bei den Übungen, ich fange mit Ihrem rechten Bein an.«

Für den Fall, dass sie mich doch hören und verstehen kann, sage ich nicht viel. Sie soll ruhig denken, ich sei eine Krankenpflegerin.

Es sieht aus, als seien ihre Augen heute etwas weiter offen als gestern, das Braun ihrer Iris ist ein wenig verschleiert, wie bei grauem Star.

»Oh, sorry, das ist Ihr linkes Bein.«

Vielleicht hatte sie das schon bemerkt, und sie dachte: Das ist aber doch links, oder? Spinne ich?

Der nackte Fuß in meiner Hand ist mehr ein Büschel Zehen, die querbeet übereinanderwachsen. Es könnte glatt sein, dass Frau Smit die großen Crocs gekauft hat, um ihren verwachsenen Zehen genügend Platz zu bieten. Ab und zu verzieht sie das Gesicht angeekelt, oder sie gibt ein Geräusch von sich.

»Das heißt nix, einfach weitermachen!«, rief Fleur bei ihrer Demonstration. »Das sind Reflexe, sie können auch gähnen.«

Ich verrichte die Handlungen genau so, wie es mir beigebracht wurde, sogar besser und ausführlicher, damit ich in Gedanken Fleurs Lob bekomme. »Spitzenmäßig!«, ruft sie.

Arbeiten im Gesundheitswesen ... Wenn ich mir einen Job suchen müsste, würde ich nie auf die Idee kommen, mich dort umzusehen, aber jetzt zeigt sich, dass ich das gerne tue. Wenn Frau Smit noch lebt, wenn ich eine Wohnung gefunden habe, mache ich das hier einfach weiterhin.

Diese Arbeit ist wenigstens sinnvoll; wenn sie nicht getan wird, bekommt Frau Smit wunde Stellen. Meine Bilder sind Luxus, man vermisst echt nichts, wenn kein Porträt von einem selbst an der Wand hängt, aber gerade diese Überflüssigkeit gab mir ein großes Gefühl der Freiheit. Wenn ich das Handtuch werfen würde, käme niemand zu Schaden und wir könnten einfach von Stans Geld leben.

Wie lange wird er das jetzt noch dulden? Er kann das Konto einfach sperren, warum auch nicht ...

Als ich fertig bin, decke ich Frau Smit sorgfältig zu und mache ihre Lippen noch mal extra feucht. »Schlaf gut.«

Oder ist das ein seltsamer Satz? Was sagt Fleur? »Fertig ist die Laube!«

So was wahrscheinlich, oder einfach nichts.

Plötzlich bekomme ich Zweifel wegen der Orchideen.

Vielleicht bekommt sie Heimweh, oder sie mag den Geruch nicht, und dann muss sie trotzdem den ganzen Tag darin liegen. Sicherheitshalber stopfe ich das Schälchen wieder in meine Tasche, erst mal googeln unter »Koma und Geruchsempfinden«.

Ich lege meine Jacke darüber, sonst denkt noch jemand, ich hätte einer Komapatientin die Blumen geklaut.

Veronique ist wieder da gewesen, auf dem Tisch neben dem Sofa stehen ihre Schlümpfe, sie bilden einen Kreis, die Gesichter einander zugewandt, wie bei einer Gruppenumarmung oder einem Schlachtruf. »Los, Männer, los!«

Wie kommt sie bloß rein, ich bin mir sicher, dass ich alles gut abgeschlossen habe. Sie muss einen Schlüssel haben … liegt noch einer draußen unter einer Fußmatte oder einem Blumentopf? Ich kann mir nicht vorstellen, dass Berend das übersehen hat.

Ich gehe in die Küche, um mir was zu essen zu machen. Ja, hier ist auch jemand gewesen, ich rieche Kaffee.

Plötzlich sehe ich einen Mann im Garten stehen. Er stützt sich auf einen Spazierstock und starrt mich unverwandt an. Ich bekomme einen Riesenschrecken, aber dann sehe ich, dass es der Gärtner ist, mit einer Schaufel in der Hand. Berend erwähnte ihn ja. Ich atme ein paarmal ruhig ein und aus und gehe dann nach draußen. »Sie sind sicher der Gärtner.«

Nein, der Fensterputzer, denke ich, aber er nickt und gibt mir die Hand, eine raue, verwitterte Klaue, so eine, mit der man wieder ins Boot gezogen wird, wenn man über Bord gegangen ist.

»Louis.«

Wenn ich ihn zeichnen dürfte, würde ich Hellblau für seine Augen nehmen und ansonsten nur Grau: Kleidung, Stiefel, Haare, Bart, Brille … Alles grau. Ich schätze ihn auf etwa fünfundsiebzig.

»Ich bin Julia, und ich wohne hier vorläufig.«

»Vorläufig kann ganz schnell eine ganze Weile dauern.« Seine Stimme ist tief und dunkel.

»Ja, das stimmt. Ich stehe auf einer Warteliste für eine eigene Wohnung«, sage ich zwei Oktaven höher.

Er zieht eine Augenbraue hoch und summt.

Der Garten ist recht groß, mindestens acht mal zwanzig Meter, denke ich, und besteht offensichtlich hauptsächlich aus einem Gemüsegarten. Nur an den Rändern und in den Ecken wachsen und blühen Blumen: wilde Rosen, Zichorien, Fingerhut, Mohn …

»Haben Sie gerade eben vielleicht ein kleines Mädchen weglaufen sehen?«

Er denkt nach, als könnte man ein flüchtendes kleines Mädchen auch schnell wieder vergessen, und wischt sich dann mit dem Ärmel die Stirn ab.

»Lass sie doch«, sagt er. »Die Leute hier in der Nachbarschaft verriegeln die Hintertür mit sämtlichen Schlössern, auch wenn sie zu Hause sind, sonst schleicht sie sich in ihre Häuser, aber sie tut keiner Fliege was zuleide.«

»Was will sie denn?«

»Ein Dach und vier Wände, mehr nicht.«

»Und ihre Eltern?«

Er zuckt die Schultern und lässt sie erst nach einer ganzen Weile wieder sinken. »Bei Smit war's immer Haus der offenen Tür. Wenn die ins Gras beißt, kommt das Mädchen sofort ins Heim, das gebe ich dir schriftlich. Und zwar nicht, weil's bei ihr zu Hause so gemütlich ist, also tue mir den Gefallen und lass sie einfach dasitzen und gib ihr ab und zu ein Brot und einen Apfel.«

»Dann muss das Jugendamt doch informiert werden?«

Er legt die Schaufel hin, steigt in die Grube und stampft systematisch die Erde an. Dabei redet er weiter:

»Lass alles einfach laufen, sie ist nicht die Einzige, die hier ab und zu mal eine Verschnaufpause macht. Und wenn sie plötzlich wieder weg ist, brauchst du dir auch keine Gedanken zu machen. Dann liegt sie wieder eine Nacht in ihrem eigenen Bett oder darunter, das kann auch sein.«

»Wie kommt sie denn hier rein, die Tür ist doch zu?«

Wieder denkt er nach, wie ein schlechter Schauspieler, der einen Philosophen spielt. »Ich hab nicht die leiseste Ahnung. Du musst übrigens aufpassen.«

Ich warte einen Moment, aber er stampft einfach weiter.

»Womit?«

»Mit den Orchideen, die sind wie kleine Kinder: Wenn du sie verwöhnst, werden sie faul.«

»Oh, das meinen Sie, also nicht zu viel Wasser geben?«

»Die kosten beim Züchter mindestens achtzig Euro pro Stück, und dann sind sie erst so hoch.« Er steigt aus der Kuhle und deutet mit Daumen und Zeigefinger das Format eines Eishörnchens an. »Es sind rassereine Vanda, die Diamanten unter den Orchideen. Ich würde wetten, dass da im Moment etwa tausend Euro auf der Fensterbank blühen.«

Ich habe sie einfach gegossen, ohne jegliche Ahnung.

Zu Hause kümmert sich Stan um die Pflanzen oder besser gesagt: Sogar um die Pflanzen kümmert sich Stan.

»Du musst an der Erde schnüffeln, wenn du Fäulnis riechst, weißt du Bescheid«, sagt Louis. »Oder du steckst einen Schaschlikspieß in die Erde, zehn Minuten warten und dann genau hinschauen. Wenn er sich verfärbt hat, haben die Füßchen noch Wasser. Sie dürfen erst trinken, wenn sie richtig trocken sind.« Ich habe noch nie einen Mann mit einem so tiefen Bass gehört; es ist, als würde das Geräusch nicht über meine Ohren, sondern über meinen Bauch ankommen. Ich gehe zu den Sträuchern mit pastellfarbenen Buschröschen. Verglichen mit den hysterischen Orchideen wirken sie nahezu farblos.

»Rieche ich da Zwiebeln?«

Er nickt.

»Wie seltsam«, sage ich. »Man sollte doch eher meinen, sie würden ...«

Nach Rosen riechen, wollte ich sagen, aber das ist wirklich zu einfältig.

»Ich habe sie besprenkelt. Wenn Läuse Zwiebeln schmecken, gehen sie ins Nachbarrestaurant.« Er hat sich neben mich gestellt. »Smit sitzt also noch im Wartezimmer? Dann ist sicher viel los vor der Pforte, meine Frau durfte rein, ohne anzuklopfen.« Er zeigt nach oben, genau wie Berend mit seinem IKT.

»Weil sie … Ist Ihre Frau gestorben?«

»Mitten aus dem Leben gerissen, zack!« Er schnippt so fest mit den Fingern, dass es nachhallt. »Ach ja, so kann es gehen.«

Das hätte ich natürlich sagen sollen, als Berend mir sein Beileid aussprach: Ach ja, so kann es gehen.

Mitten aus dem Leben gerissen, zack – meint er einen Unfall?

»Hatte sie …«

Er nickt. »Krebs, von Kopf bis Fuß, sie konnten nichts mehr für sie tun. Versuchen Sie nur, noch möglichst viel zu genießen, meinten sie. Tja, leicht gesagt, wenn man auf dem Sterbebett liegt.«

Behände entfernt er ein paar braune, ausgeblühte Rosen vom Strauch, dann geht er wieder zurück in die Kuhle.

»Aber so viel kann ich dir sagen: Richtig viel Spaß macht es mir nicht mehr.« Grüblerisch schüttelt er den Kopf. »Nein, so allmählich reicht's mir hier eigentlich.«

Kurz taucht ein Sarg vor mir auf, der in der Erde versinkt. Menschen drum herum, Stützbretter, Seile, Blumen …

»Wie lange ist es her?« Ich kann so was so schlecht. Was spielt das für eine Rolle? Als hätte das Recht auf Trauer ein Haltbarkeitsdatum.

»Manchmal scheint es eine Ewigkeit her zu sein, und manchmal war es erst gestern.«

Ich hoffe inständig, Berend erzählt ihm nichts von meinem toten Mann, dann bin ich eine falsche Leidensgenossin, eine Möchtegern-Witwe.

Soll ich ihm etwas zu trinken anbieten?

Aber dann muss ich ihn reinbitten.

»Ich geh mal kurz was einkaufen«, sage ich.

»Dann mach's mal gut, Mädel«, antwortet er.

Ich esse eine Banane von Frau Smit und notiere einen ganzen Bund auf dem Notizblock. Als ich die Schale wegwerfe, sehe ich eine zusammengeknüllte Zeichnung im Abfalleimer, ich erkenne sie sofort: Es ist das Porträt, das ich von Veronique gemacht habe.

Ich ziehe das Blatt heraus, es ist doch besser gelungen, als ich dachte.

Ich streiche die Rückseite glatt und lege es sorgfältig in ein großes Kochbuch mit dem Titel »Küchengeheimnisse«. Dann gehe ich zum Schuppen. Wahrscheinlich bin ich etwa genauso groß wie Frau Smit, ihr Fahrrad ist perfekt für mich.

Auf gut Glück fahre ich links die Straße runter, bestimmt finde ich irgendwo einen Supermarkt. Es gelingt mir recht gut, nicht zu viel über Stan nachzugrübeln, übrigens mit seiner eigenen Methode: Ich klicke ihn einfach weg, meine wütenden Monologe ersticke ich im Keim, und seltsamerweise bin ich sogar ziemlich gut gelaunt.

Als mein Vater gestorben war, fühlte ich mich auch so, ich musste mir wirklich Mühe geben, um in die passende Stimmung zu kommen. Viel später verstand ich den Grund dafür: Ich brauchte nie mehr Angst zu haben, er könne sterben.

Vielleicht spielt das jetzt auch eine Rolle, ich kann meine Angst, Stan zu verlieren, über Bord werfen. Aber vielleicht liegt es auch an dieser Gegend, dass ich mich so gut fühle. Die Vorgärten sind hier alle wild, jedenfalls kultiviert wild.

Es ist nicht zu fassen, wie prachtvoll sie sind. Plötzlich glaube ich an Farbtherapie, es ist, als würden sie direkt in mein Herz strömen.

Und dann höre ich auch noch zwei oder drei Amseln, die unglaublich virtuos miteinander zwitschern und flöten.

Wenn man in diesem Viertel wohnt und es Sommer ist, wird man ganz von selbst glücklich.

9

Frau Smit besitzt einen hellgrünen, einklappbaren Reisewecker.

Es ist halb vier. Die Zeiger sind fluoreszierend, ich schaue sie die ganze Zeit an, zwei leuchtende kleine Speere. Fluoreszierend reimt sich fast auf Berend. Lieber Gott, bitte lass mich schlafen. Ich versuche, mich zu entspannen, oder gerade nicht, aber was immer ich auch anstelle, ich gerate nicht einmal in die Nähe eines Dämmerzustandes. Ich ziehe den Wecker auf, um zu schauen, ob er funktioniert, aber sofort bereue ich es, er tickt laut und schrill. Der Zeiger für den Wecker steht auf sechs Uhr, warum so früh?

Ab und zu erkläre ich Stan, warum ich ihn für immer verlasse, aber sobald ich mir dessen bewusst bin, höre ich damit auf und wende mich an Anouk: »Du wusstest doch auch, dass er verheiratet ist, also kannst du…« *Halt, denk an etwas anderes!*

Verrückte Vorstellung, dass Frau Smit auch auf diese Zeiger geschaut hat, vielleicht aber auch nicht, kann ja sein, dass sie immer wie ein Murmeltier schlief.

Ich sehe sie vor mir, mit allen Schläuchen, Röhrchen und Monitoren.

Ich blockiere meine Sorgen, ich blockiere Stan, ich blockiere Frau Smit und meine Angst, hier wieder wegzumüssen … Nichts bleibt mehr übrig, ich kehre zurück zu meiner Atmung, zurück zu meiner Atmung, gleich kann ich nur noch atmen, wie Frau Smit. Dieser Wecker tickt wirklich irrsinnig laut, wie ein Metronom oder der Timer einer Bombe.

Ich stehe auf und lege ihn in den Badezimmerschrank, unter die sauberen Handtücher. Auf dem Brett darüber liegen zwei Stapel Windeln. War sie inkontinent? Meine Mutter hat große Binden, für »Unfälle«, aber das hier sind echte Windeln. Nun ja, jetzt hat sie Krankenhauswindeln.

Zurück ins Bett, schlafen!

Ich habe Lust zu rauchen. Nein, stopp! Ich will nicht mehr rauchen, und ich will auch nicht mehr zurück zu Stan.

Früher, also bis vor zwei Tagen, zweifelte ich ständig, an jeder Meinung oder Entscheidung, sowohl vorher als auch hinterher. Ich habe das Rückgrat eines Regenwurms, aber jetzt weiß ich eines absolut sicher: Ich will nicht mehr zurück.

Und wer liegt da am nächsten Morgen wieder auf dem Sofa? Auf dem runden Kissen? John.

»Du blödes Vieh, du hast mich total erschreckt, geh doch endlich nach Hause!«

Er knurrt wie ein Pitbull, das habe ich bei einer Katze noch nie erlebt. Aber plötzlich sehe ich, was geschehen ist: John hat Junge bekommen, an seinen Brustwarzen hängen drei Mini-Katzen und saugen. Oder sind es Mäuse? Nein, wirklich Kätzchen, mit Schnurrhaaren und flamingorosa Pfötchen.

Öfter mal was Neues. Langsam knie ich mich neben ihn. »Mensch, John!«, flüstere ich.

Muss ich etwas durchtrennen oder so? Er kaut auf etwas, nein, sie kaut auf etwas.

Hoffentlich ist es die Placenta, offensichtlich hat sie alles ganz allein geschafft. Ich sehe nicht mal Blutspuren, vielleicht ist sie gleich nach der Geburt mit ihren Kindern umgezogen, schön auf das saubere Sofa von Frau Smit. Fasziniert bleibe ich noch eine Weile vor dem Sofa hocken und schaue mir das unbeholfene Gewimmel aus kleinen Kätzchen an, dann stehe ich auf, sie müssen hier weg, so schnell es nur geht, sonst gewöhnen sie sich an dieses Haus.

Das gilt übrigens auch für mich, ich muss heute wirklich in Bewegung kommen. Vielleicht kann ich irgendwo ein günstiges Zimmer finden, dann habe ich wieder eine Weile was.

Ich nehme mein Handy, um Berend anzurufen. Stan hat dreimal versucht, mich zu erreichen, sehe ich.

»Smit-Bergman!« Berend ruft seinen Namen, als wäre es ein Befehl. Stan geht immer mit einem Fragezeichen ans Telefon: *Stan Verhagen?*

»Hier ist Julia, ich rufe kurz an, weil ich ein kleines Problem habe.«

»Dann schnell raus damit, alles, was man drinnen behält, fängt an zu gären!« Er ist wirklich chronisch fröhlich.

»Wissen Sie vielleicht, ob Ihre Tante ein Haustier besaß?«

»Vielleicht hielt sie sich ein Nilpferd, alles ist möglich, ich habe keine Ahnung. Warum?«

Ich erzähle, was passiert ist, im Hintergrund höre ich, dass ein anderes Telefon bei ihm klingelt.

»Moment, ich geh kurz an die andere Leitung.«

»Prima«, sage ich.

Es dauert wirklich irre lange, in der Zwischenzeit starrt John mich ununterbrochen missmutig an. Warum sagt Berend nicht auf der anderen Leitung, dass er gerade ein Gespräch führt? Und übrigens, warum warte ich hier einfach und sage sogar, es sei prima? Ich drücke fest auf den roten kleinen Telefonbutton. Jetzt muss ich Johns Besitzer schnell ausfindig machen, und bis dahin betrachte ich die Versorgung einfach als Mieterhöhung. Nach kurzer Recherche auf meinem Handy habe ich direkt einen Tierarzt in der Nähe gefunden.

»Der Doktor hat keine Zeit, wir haben einen Notfall«, sagt die Assistentin.

»Dürfte ich ganz schnell was fragen, hier liegt eine fremde Katze mit Jungen. Was soll …«

Sie unterbricht mich. »In diesem Moment wird gerade ein Hund eingeschläfert.«

Du mit deinen Kinkerlitzchen, meint sie.

»Sorry, ich rufe einfach später noch mal an«, beeile ich mich zu sagen.

»Karton oder Korb, schön warm halten, der Rest geht von selbst, wirklich, einfach auf die Natur vertrauen.« Sie tut, als müsste sie ein Kleinkind trösten, aber ich sage nichts mehr, der sterbende Hund wartet auf seine Erlösung.

Im Hinterzimmer habe ich zwei Kisten stehen sehen. Ich öffne die Tür und bekomme einen Riesenschrecken, denn da ist Veronique wieder.

Sie hockt im Schneidersitz auf dem Boden, um sich herum hat sie ein paar Sachen angeordnet: einen Brieföffner, eine Schale für Stifte, zwei leere Fotorahmen, ein Radiergummi …

»Hey, sitzt du jetzt hier?«, frage ich.

Sie hält den Blick starr auf ihre Schlümpfe gerichtet, als wollte sie damit sagen: Solche dummen Fragen stellt die immer, nicht drauf eingehen!

Ihr Atem geht unglaublich schnell.

»Du brauchst keine Angst zu haben, wirklich nicht«, sage ich eilig.

»Warum nicht?«

Tja, warum eigentlich nicht, was sage ich da. Wie kann ich sie beruhigen?

»Ich tu dir nichts« finde ich so einen beängstigenden Satz.

»Du darfst hier einfach bleiben.«

»Weiß ich doch«, sagt sie zu dem Schlumpf.

Das hier muss ein wunderbar helles Zimmer sein, zum Garten hinaus, aber durch die dicken Samtvorhänge sieht man nichts davon. Ob sie durch die Gartentüren reinkommt? Ich habe sie gestern zwar richtig geschlossen, aber vielleicht lassen sie sich ja doch von außen öffnen.

Sie stellt die gesamte Schlümpfe-Mannschaft so hin, dass sie mir den Rücken zukehren.

Ich schaue in den oberen Karton, bis auf ein in Luftfolie verpacktes Töpfchen ist er leer. Ich stelle das Töpfchen auf das obere Regalbrett, es ist eine kleine Teekanne.

Veronique tut wieder, als wäre ich nicht da, und spielt konzentriert weiter. Mit einem Lineal und einer Schachtel hat sie eine Rutsche gebastelt, von der die Schlümpfe einer nach dem anderen auf dem Rücken hinabgleiten. Sobald sie wieder auf dem Boden stehen, hüpfen sie wie Pinguine zurück und schließen wieder an die Schlange an. Es ist gar nicht so einfach, weil die ganze Reihe natürlich immer aufschieben muss.

»Komm mal mit, ich will dir was ganz Tolles zeigen.«

Sie wartet. Vielleicht klingt das für ein Mädchen wie sie bedrohlich: etwas ganz Tolles, jaja, bestimmt.

»John hatte heute Morgen eine Überraschung für mich«, sage ich.

»Bestimmt wieder einen toten Vogel.« Sie sieht mich noch immer nicht an, aber wenigstens führen wir ein Gespräch.

»Nein, sie hat Junge.«

Mit einem Ruck dreht sie sich zu mir um, dann schreit sie etwas, das ich nicht verstehe, eine Art Kampfschrei, und sie rennt an mir vorbei aus dem Zimmer.

Jetzt sitzt sie auf den Knien vor dem Sofa, und John knurrt sie nicht an, im Gegenteil, er liegt auf der Seite und hebt eine Hinterpfote, damit alles gut zu sehen ist. Die Kätzchen liegen wie ohnmächtig da, sie schlafen intensiv, als wäre es ein körperlicher Kraftakt.

Ich setze mich neben Veronique auf den Boden. »Kennst du ihn?«

»Sie.«

»Oh, ja, kennst du sie?«

Sie nickt.

»Wo wohnt sie?«

»An der Ecke. Aber sie ist immer hier, weil es ihr hier besser gefällt als zu Hause.«

Besser gefällt als zu Hause ... Mittlerweile können wir vielleicht einen Club gründen.

»Hat Frau Smit ihr erlaubt, einfach reinzukommen?«

»Ja, immer. Mir auch. Allen. Wenn Oma selbst nicht da ist, dürfen wir trotzdem einfach kommen. Wann kommt Oma wieder?«

Oma ... Vielleicht lebt Oma ewig, weil sie ein so großes Herz hat.

»Das weiß ich nicht genau.«

»Morgen?«

»Nein, morgen nicht. Es wird, glaube ich, schon noch eine Weile dauern.«

Sie sollte doch wohl nicht von einer Wildfremden hören, dass ihre Oma so gut wie tot ist?

»Wohnst du auch in dieser Straße?«, frage ich.

Sie schüttelt den Kopf.

»Weiß deine Mutter denn, dass du hier bist?«

»Jahaa!«

Sie klingt, als würde ich sie unglaublich nerven, diese siebenjährige Teenagerin.

»Wie heißt die Katze eigentlich?«, frage ich.

Sie zuckt die Achseln.

»Ich dachte erst, sie würde John heißen, aber das kann ja nicht sein.«

»Kann doch sein, weil sie nämlich John heißt.«

»Echt?«

Sie nickt ernst. Ich sehe zu, wie sie Johns Bauch streichelt, sie macht regelmäßige kreisende Bewegungen mit dem Zeigefinger, als wollte sie ein Weinglas singen lassen. Ihre Nägel sind abgekaut, ich erkenne meine eigenen Finger von früher. Meine Mutter bestrich sie mit einem bitteren, beißenden Nagellack, damit ich es mir abgewöhnte. Veronique summt leise, aber weil sie heiser ist, höre ich vor allem Rauschen. An ihrem Nacken kann ich sehen, dass sie sich nicht gründlich wäscht. Plötzlich späht sie zurück, wodurch wir einen seltsamen, seitlichen Blickkontakt haben. Ich kann mich täuschen, aber ich glaube, sie findet es auch witzig.

Wir bleiben lange so sitzen, ab und zu zeigt sie auf etwas, ein rosafarbenes Pfötchen oder eine winzige Zunge, und dann nicke ich oder sage: »Ja, das ist süß, was?«

Und dann nickt sie auch. Wenn ich nicht reagiere, schubst sie mich an und zeigt noch einmal.

»Wie heißen sie?«, fragt sie.

»Sie haben noch keinen Namen.«

»Doch. Tick, Trick und Track.« Sie weiß auch, wer wer ist.

»Schön, drei kleine Enten«, sage ich.

Sie schüttelt den Kopf. »Kätzchen.«

Es muss für sie ein außergewöhnlich dummer Fehler sein, aber sie lässt es sich nicht anmerken.

»Ich weiß, wie die Mutter von Tick, Trick und Track bei *Donald Duck* heißt«, sage ich.

»Ich auch.«

Ich muss lachen, weil ich auch mal was weiß. »Dumbella«, sage ich trotzdem.

Sie denkt kurz nach. »Haben sie einen Vater?«

»Ja, jeder hat einen Vater.«

»Das weißt du doch nicht.«

Hat Louis was über ihren Vater gesagt? Daran erinnere ich mich jedenfalls nicht. Ich muss anders reden, so dringe ich überhaupt nicht zu ihr durch. Stan hat mich mal gefragt, ob man mir zu Hause den Eindruck vermittelt hätte, dass das Muttersein eine reine Last wäre.

»Du tust ja so, als wäre es außergewöhnlich, keine Kinder haben zu wollen«, antwortete ich.

»Das ist es biologisch gesehen auch.« Pah, gerade er musste das sagen, wo er selbst doch auch keine wollte.

»Ich fände es spannend, aber das ist nicht genug«, erklärte er mir mal.

»Veronique, möchtest du vielleicht was essen?«

Sie reagiert nicht, auch nicht, als ich meine Frage wiederhole. Wir schweigen eine Weile. »Die können einfach saugen, das ist ganz schön einfach!«, sagt sie dann plötzlich.

Ich muss lachen, weil sie so empört ist. Sie hält ihr Gesicht ganz nah an die Kätzchen, drückt fast ihre Nase drauf. Vielleicht hat sie schlechte Augen. Wie ist es möglich, dass in einer Gegend wie dieser so ein Mädchen herumstreicht und alle wissen es, aber keiner tut was?

»Kennst du das Herrchen oder Frauchen von der Katze?«, frage ich.

»Ja, das ist eine dreckige Schlampe.« Es klingt informativ, als hätte sie gesagt: »Das ist die Nachbarin.«

Mein Handy klingelt: Berend Smit-Bergman. »Hallihallo,

ich habe da gerade einen Anruf vom Krankenhaus bekommen«, fängt er an.

Das war's dann, denke ich sofort. *Frau Smit ist tot. Ich habe höchstens eine Woche, dann muss ich hier weg sein.* Ich stehe schnell auf, als wäre ich im Sitzen verwundbarer.

»Es hat sich was verändert, der Zustand meiner Tante wird jetzt stabil genannt, so verrückt es auch klingen mag in dieser Situation.«

Stabil, sie ist also außer Lebensgefahr. Oder heißt das, sie bleibt stabil im Koma?

»Sie atmet vorläufig noch eine Weile weiter«, sagt Berend.

Es stinkt ihm, und er gibt sich nicht die geringste Mühe, das zu verbergen.

»Für mich ist das kein Problem, ich kümmere mich einfach weiterhin um sie«, antworte ich schnell.

Veronique sitzt mit dem Rücken zu mir, aber ich kann sehen, wie konzentriert sie zuhört.

»Das ist nicht nötig, sie soll so schnell wie möglich in ein Pflegeheim kommen, denn diese Intensivpflege ist natürlich extrem kostspielig. Schätzen Sie mal, was das pro Nacht kostet!«

»Ich habe keine Ahnung.«

»Einfach schätzen.«

Mann, komm schon!

»Tausend?«

»Mal zwei!«, sagt er triumphierend. »Allen Ernstes: zweitausend pro Nacht, mindestens.«

Wenn ich es recht verstehe, sind das positive Neuigkeiten,

Frau Smit bleibt vorläufig am Leben. Haben Pflegeheime lange Wartelisten?

»Absurd, oder? Wenn sie wüsste, dass sie so teuer geworden ist, würde sie auf der Stelle den Atem anhalten, sie stammt aus einer protestantischen Familie, die sind gern sparsam, damit kenne ich mich aus. Den doppelten Nachnamen haben wir nicht, weil wir von Adel sind. Aber gut, ich denke mal, dass das letzte Wort noch nicht gesprochen ist, irgendwo hier muss eine Patientenverfügung liegen bezüglich Sterbehilfe. In unserer Familie wird das gern genutzt, mein Vater ist auch durch die Hintertür verschwunden, wenn Sie verstehen, was ich meine. Wenn man so einen Wisch vorlegen kann, darf sie die paar Tage noch im Krankenhaus bleiben. Ich schau gegen drei Uhr mal rein, um kurz durch den Papierkram zu blättern.«

Veronique hält die Luft an, so konzentriert lauscht sie.

Ich rede so neutral ich nur kann, um sie nicht zu beunruhigen.

»Ah, ja, ich verstehe.«

»Lassen Sie uns für die Schlüsselübergabe das Ende des Monats anvisieren, dann haben Sie auf jeden Fall Planungssicherheit.«

Mein ganzes Leben lang war ich ein großer Freund von Klarheit, aber im Moment ist es gerade die Unsicherheit, die mir hilft.

»Oh ja, noch eine Frage … Angenommen, ich wollte ein Angebot machen?« Verhandlungsbasis für das Haus? Sagt man das so?

Aber er hat mich schon verstanden. »Wir beginnen mit fünf.«

Fünfhunderttausend.

Wahrscheinlich ist das in seinem Umfeld normal: Schönes Haus, was kostet es?

»Gut, dann weiß ich Bescheid«, sage ich. Wir beenden das Gespräch, und ich schreibe Dylan sofort: *Ich muss am Ende des Monats hier raus, hast du noch so einen Tipp für mich?*

Danach lege ich mein Handy auf den Tisch, weit weg von mir, als würde eine schlechte Strahlung davon ausgehen. Berend mag es kurz und schmerzlos, lange wird es nicht mehr dauern. Ich sehe ihn wieder vor mir, wie er den Telefonstecker aus der Steckdose zog, als er mich rumführte: »Voilà, so machen wir das.«

Ich setze mich aufs Sofa. »Du weißt doch, dass Oma sehr krank ist?«

Sie zuckt mit den Achseln.

»Sie liegt im Koma.« Ich versuche, ihr zu erklären, was das ist, aber sie fängt sofort an zu summen und gibt sich die größte Mühe zu zeigen, dass sie nicht zuhört.

Vielleicht erlauben die nächsten Bewohner ihr ja auch, auf dem Sofa zu sitzen oder, besser gesagt, davor. Sie sitzt noch immer auf den Knien, ich sehe ihre schmutzigen Fußsohlen. Wie viel Platz braucht sie? Vierzig mal zwanzig? Plötzlich muss ich fast weinen, aber vielleicht ja auch wegen mir selbst.

Schnell stehe ich auf. »Die Katze muss zu ihrem eigenen Frauchen, sie wohnt hier nun einmal nicht. Kommst du mit?«

»Nein.«

Einen Moment zweifle ich, aber ich traue mich doch nicht, sic allein zu lassen. Was, wenn John plötzlich mit seinen aggressiven Klauen nach ihr schlägt, oder umgekehrt, vielleicht steckt Veronique die Katzen ja in ihre Tasche, zu den Schlümpfen.

»Du brauchst nicht mit, aber dann musst du kurz zu dir nach Hause.«

Sie schaut mich wütend an. »Geh doch selbst zu dir nach Hause!«

»Wenn wir uns nicht beeilen, werden sie ins Tierheim gebracht, das hat der Mann da gerade am Telefon gesagt.« Ich zeige auf mein Handy: Berend, der Buhmann.

Sofort steht sie auf, ihre Augen sind vor Schreck ganz groß. »Nun komm schon!«

Ich trage eine Jeans, aber das war die falsche Einschätzung, es ist draußen viel wärmer als drinnen. Veronique ist sofort zur nächsten Straßenecke gerannt und wartet dort auf mich. Barfuß, sehe ich, als ich näher komme.

Na ja, hier kann man das durchaus, Glas wird wohl kaum irgendwo liegen, und Hundehaufen werden auch sofort aufgesammelt. Das Eckhaus ist noch größer als das Haus von Frau Smit. Ich läute.

»Sie ist nicht da.« Veronique dreht sich schon um, aber dann öffnet sich die Tür, und es erscheint eine Frau, die aussieht wie ein Kamel. Nicht ein kleines bisschen, sondern wirklich ziemlich genau: Mund, Augen, Wülste … Sie trägt sogar einen kamelfarbenen Bademantel.

»Ja«, sagt sie, wobei sie »Nein« ausstrahlt.

»Guten Tag, entschuldigen Sie die Störung, ich wohne vorübergehend in Hausnummer 8, und ich glaube, Ihre Katze ist bei mir zu Hause, könnte das sein?«

Veronique steht schräg hinter mir, ich spüre, dass sie sich an meiner Hosentasche festhält.

Die Frau bebt vor lauter Misstrauen und Unfreundlichkeit.

»Ja und?«, sagt sie.

»Ich muss bald wieder weg dort, dann kann ich mich nicht mehr um sie kümmern.«

Völlig unberührt schaut sie mich noch immer an, sie riecht nach altem Frittierfett. Für jemanden in diesem Viertel wirkt sie ganz schön ordinär.

»Würden Sie sie bitte abholen? Da ist nämlich noch was, etwas Besonderes.« Ich schaue sie möglichst feierlich an und zeige ihr auf meinem Handy ein Foto von John mit den Kätzchen. Ihre Miene bleibt unbewegt, und dann schüttelt sie lange ihren Kamelkopf, das schlaffe Unterkinn schlackert hin und her. »Die ist nicht von mir.«

»Wohl!«, ruft Veronique.

Die Frau macht einen drohenden Schritt in ihre Richtung. »Kschscht!«

Veronique schreckt zurück und rennt weg.

»Warte!«, rufe ich.

»Nehmen Sie sich vor der nur in Acht!«, warnt mich die Frau. »Die klaut einem mir nix, dir nix die ganze Bude leer.« Sie nickt noch ein paarmal bedeutungsvoll und knallt die Tür dann hinter sich zu.

10

Langsam gehe ich zurück und hoffe, Veronique wartet irgendwo unterwegs auf mich. Warum habe ich nicht schneller reagiert, ich hätte sie verteidigen müssen. Am liebsten würde ich sie jetzt suchen, aber John wartet auch.

Als ich nach Hause komme, steht Dylan vor der Tür, den Helm unter dem Arm, den Motorroller auf dem Ständer. »Ich hab Ihnen was zu erzählen.«

»Gute Neuigkeiten?« Ich klinge locker, aber beginne bereits mit meinem Stoßgebet: *Bitte, bitte, lass ihn eine Wohnung für mich haben …*

Er macht eine vage Geste mit beiden Händen. »Ja und nein.«

Offensichtlich geht es nicht um etwas, was sich zwischen Tür und Angel sagen ließe, also führe ich ihn ins Haus. »Auf dem Sofa liegt eine fremde Katze mit ihren Jungen.«

»Herzlichen Glückwunsch!« Er geht ins Wohnzimmer und bleibt im Türrahmen stehen und schaut. *»Cute«*, sagt er leise.

»Möchtest du eine?«

»Meine Mutter bekommt leider Asthma von Katzenhaaren.«

Seine Mutter … »Wie alt bist du eigentlich?«

»Vierundzwanzig.«

Eine Zwei und eine Vier, ich sehe Veroniques ramponierte Finger vor mir. Nägelkauen ruiniert nicht nur die Finger, sondern auch die Zähne. Kann ich ihr das in der kurzen Zeit, die mir noch bleibt, abgewöhnen?

Dylan setzt sich ganz vorsichtig aufs Sofa, aber als John knurrt, steht er sofort wieder auf. »Hey, chill mal, Chick!«

»Du wolltest mir was sagen?« Meine Stimme ist vor Anspannung ganz gepresst.

»Leider habe ich keinen Tipp für Sie, wegen einer Wohnung, meine ich.« Er schaut weiterhin zu den kleinen Katzen. »Ist es hier … Ich meine, dürfen Sie hier nicht länger wohnen?«

»Am Monatsende muss ich raus.« Ich setze mich auf den Tischrand.

»Aber Frau Smit …«

»Wahrscheinlich muss sie schnell in ein Pflegeheim, und was danach geschieht, entscheidet ihr Neffe.«

Über die Patientenverfügung sage ich nichts, das ist privat. Dylan denkt nach, ich kann sein Gesicht nicht lesen. Er steht noch immer mitten im Zimmer, locker und entspannt, es gibt nur wenig Leute, die das gut können. Beim Modellzeichnen werden dem Modell immer Tipps gegeben, um seine Haltung zu verbessern: Arme in die Seiten oder verschränken, sich anlehnen funktioniert auch immer gut, oder sie dürfen etwas festhalten, meist reicht ein Stift schon. Aber Dylan steht einfach so da, lässig wie ein Junge aus einer Jeansreklame, die Arme neben dem Körper und seine Hüften etwas nach vorne geschoben. So nach Augenmaß besitzt er genau die Standardproportionen. Sein T-Shirt ist eng, wodurch seine Muskeln und Rippen gut sichtbar sind. Alles stimmt, sein Körper ist perfekt.

Auf der Kunstakademie hatten wir mal ein Aktmodell, es war ein marokkanischer Junge von etwa achtzehn Jahren, mit einem ähnlichen Körper, so muskulös, dass die Dozentin die wichtigsten Gruppen einfach zeigen konnte, wie auf einer Landkarte. »Der Torso ist sozusagen zwischen zwei Muskelgruppen eingehängt, die man bei ihm ganz deutlich erkennen kann«, sagte sie. »Ich meine dieses Dreieck, von hier bis hier.«

Und da rührte sich was. Jungen in diesem Alter haben einen Penis aus Beton, wenn sie erregt sind, es war wirklich spektakulär. Die Kursteilnehmer räusperten sich ein wenig mehr, aber ansonsten zeichneten alle einfach weiter. Ich stand dicht neben ihm, aber ich war daran gewöhnt, es passierte öfter.

Er schaute an sich herab und dann zu mir. »Mein Stundenlohn steigt jetzt auch«, flüsterte er. Darüber musste ich lachen, und die anderen Kursteilnehmer dachten natürlich, ich würde wie ein Backfisch über seine Erektion kichern.

Plötzlich dreht Dylan sich um, er sieht meinen Blick und grinst. Ich könnte jetzt eilig erklären, dass ich mir seine Maße rein beruflich anschaue, aber sein Grinsen würde nur noch breiter werden. Hm, Maße, ja, ja …

Ich rede schnell über meine Verlegenheit hinweg. »Zu dumm, dass ich keinen Laptop habe, ich muss mich bei Wohnungsbaugenossenschaften anmelden und so.«

Langsam kommt er auf mich zu, er hat einen geheimnisvollen Blick. Weißt du was, denke ich, ich mach's einfach, dann erlebe ich das auch mal. Mein Herz rast, nicht vor Aufregung, sondern vor Spannung. Moment mal, natürlich mache ich das nicht, er ist zwanzig Jahre jünger als ich. Ja und? Das ist doch nicht strafbar? Wenn ich ein Mann wäre und er …

Er geht an mir vorbei, setzt sich an den Tisch und zieht dort eine große Schublade auf. »Die kannten Sie noch nicht, glaube ich.«

Nein, logisch. Es ist eine unsichtbare Lade, ohne Griff oder Knopf.

Ich räuspere mich. »Die kannte ich tatsächlich nicht.« Meine Wangen glühen, zum Glück habe ich nicht versucht zu flirten. Ich schaue in die Schublade, lauter Sachen, die man erwartet: ein Fotoalbum, eine Mappe, Stifte, eine Schachtel Tabletten, ein Schlüsselbund, Büroklammern und auch ein Laptop.

»Der gehört Frau Smit, aber wenn Sie möchten, kann ich einen Privataccount für Sie einrichten, dann lade ich gleich auch eine Kleinanzeige für die Katzen hoch, für Frau Smit mache ich das auch ab und zu, wenn wir …« Er hält inne, in einem Comic hätte er jetzt eine Sprechblase bekommen mit: »Ups.«

»Kennst du Frau Smit denn auch?«

Er zeigt auf mich. »Stimmt genau! Über ihren Neffen und auch einfach selbst, also auf zweierlei Weise sozusagen.«

»Warum hast du denn nicht einfach gesagt, dass du Frau Smit kennst?«

»Ich wusste doch nicht, dass Sie das wissen wollten!«

»Was wolltest du hier eigentlich?«

Er schaut weiterhin zu den Katzen, als wären sie das Gesprächsthema. »Ich dachte, vielleicht kann ich Ihnen helfen, damit Sie länger hierbleiben können.«

Ich glaube ihm kein Wort. »Womit zum Beispiel?«

»Einen Plan überlegen, oder so.«

»Dylan, ich werde verrückt von dieser ganzen Geheimniskrämerei, hier stimmt was nicht, und ich will jetzt wissen, was los ist!«

Er denkt nach, sehr klassisch, die Hand unter dem Kinn.

»Weißt du, was du tun solltest?«, fragt er dann.

»Nein, natürlich nicht.«

»Du solltest mehr *out of the box* denken.«

Pff, dieser Quatsch. »Ach, hör doch auf«, sage ich. »Ich habe nicht mal eine Box, eine Box ist genau das, was ich will.«

Übervorsichtig setzt er sich wieder neben John, sie lässt ihn misstrauisch gewähren. »Mensch, Julia …«

»Was?«

»Wollen wir einen knarzen?«

Also doch. Und dann sagt er auch noch dieses seltsame Wort »knarzen«, was so viel netter klingt als »ficken« oder »eine Nummer schieben«, so unglaublich nichterotisch.

»Dylan, ich bin dreiundvierzig!«, sage ich leise.

Er zuckt die Schultern. »Ja und? Man ist doch nie zu alt für einen Joint?«

Ich muss lachen.

»Was soll das!«, sagt er. »Ihr trinkt doch auch Wein und so, aber ein Joint ist dann plötzlich was Verbotenes.«

»Ich hab überhaupt nichts gegen Joints!«, rufe ich.

Sein Handy meldet eine neue Nachricht, ein einziger Ton, aber noch bevor das Geräusch verebbt ist, hat er es aus der Hosentasche gezogen und auf das Display geschaut.

Ich stehe auf. »Tante Julia setzt mal kurz Teewasser auf.«

»Das hat Frau Smit auch so gemacht, vom Rauchen kriegte sie Halsschmerzen«, sagt er.

Ich setze mich mal wieder hin. »Wer?«

»Frau Smit.« Er tippt eine Nachricht in unwahrscheinlich hohem Tempo, als würde ein Film im Zeitraffer ablaufen.

»Frau Smit trank also Grastee?«

Er nickt. »Damit sie gut schlafen konnte. Wenn du's ausprobieren willst, ich hab was dabei.«

»Nein danke.«

»Musst du selbst wissen.« Seine Nachricht kommt mit einem leisen Surren an, dann steckt er das Handy zurück in seine Tasche.

»Hat sie viel genommen?«, frage ich.

»Was nennst du viel?«

Tja … ich habe keine Ahnung, was sind die Einheiten? Ein Kilo, ein Tütchen, ein Büschel, oder geht das per Euro, per Joint, per Tasse?

»Für sich selbst nahm sie meist ein Gramm«, sagt er. »Und für andere war das natürlich unterschiedlich.«

Ich sehe eine grauhaarige Dame vor mir, den Korb ihres Rollators gefüllt mit Gras.

»Das ist nicht dein Ernst, oder?«

Er breitet die Arme aus, damit ich seine Unschuld zweifelsfrei erkennen kann. »Ich sag's dir einfach ehrlich, sie nahm mir viel ab für andere Leute, und dieser Umsatz fehlt mir jetzt tatsächlich auch ganz schön.«

Mein Gehirn funktioniert zu langsam, um das verarbeiten zu können.

»Weißt du was, ich will gern ein Gramm, vielleicht schlafe ich dann gut«, sage ich.

»Geht in Ordnung.«

Als Dylan weg ist, nehme ich den Laptop. *Passwort?*

Gleich beim ersten Anlauf rate ich richtig: VERONIQUE.

Zunächst einmal melde ich mich auf allen Sites an, die Wohnungssuchenden etwas bieten könnten. Dann googel ich nach »finanzielle Ansprüche bei Ehescheidung«, dann »Anzeige erstatten wegen Vermutung von Vernachlässigung und Kindesmisshandlung« und danach »Orchideen«. Zum Schluss sehe ich mir Donald Ducks Stammbaum an: Tatsächlich, die Mutter der Neffen heißt Dumbella, ihr Vater ist unbekannt.

John liegt inzwischen in aller Ruhe schmollend auf dem Sofa, während ihre Jungen schlafen. Mein Blick fällt wieder auf die Mappe in der Schublade, glänzend weiß mit gelbem Gummiband. Das hier ist eindeutig privat, wenn ich diese Mappe öffne, bin ich wirklich ein schlechter Mensch. Ich bin im Haus eines anderen, dann muss ich auch respektieren, dass ... Inzwischen haben meine Hände das Gummi schon gelöst. »Suchen Sie die zehn Unterschiede zwischen tun und wollen«, murmele ich.

In Stans Wartezimmer hing ein Poster einer sportlichen Frau, fitte Ausstrahlung, Apfel in der Hand, Joggingschuhe und so weiter. Daneben war sie ein weiteres Mal abgebildet, grauer Teint, trübe Ausstrahlung, und der Apfel war durch eine Zigarette ersetzt worden. Darüber stand die kindische Parole: »Suchen Sie die zehn Unterschiede zwischen tun und wollen.« Ich könnte dieses Poster aus dem Kopf nachzeichnen, ich muss Stunden daraufgestarrt haben, weil ich immer zu früh war.

Ich schlage die Mappe auf, und sofort trifft mich Veroniques mürrischer Blick. Sie sitzt an einem kleinen Pult. Genauso ein Schulfoto besitze ich selbst auch, aber ich lächele folgsam, und sie denkt nicht im Traum daran. »Lach doch selbst«, hat sie bestimmt zu dem Schulfotografen gesagt. Sie hat beneidenswert schöne Haare, dicke braune Locken bis zu ihren Schultern, wie in einer Shampoo-Reklame. Unter dem Foto liegt ein Zeugnis von »Veronique Brust«. Auch das noch, mit so einem Nachnamen braucht man eine dicke Haut. Ich werfe einen flüchtigen Blick darauf, in den normalen Schulfächern hat sie durchschnittliche Noten, Führung und Arbeitshaltung werden mit Farben honoriert, die ich nicht deuten kann. Ganz unten steht ein zweifelhaftes Kompliment: *Veronique, ich sehe, dass du dir sehr viel Mühe gibst, weiter so!*

Am auffälligsten ist natürlich, dass das Zeugnis hier liegt. Ich wünschte, sie käme noch kurz vorbei, damit ich ihr sagen könnte, wie doof ich das Kamel fand.

»Und wenn sie plötzlich wieder weg ist, brauchst du dir auch keine Gedanken zu machen«, hatte Louis gesagt.

Unter dem Zeugnis liegt ein Foto von Dylan mit Schlafzimmerblick, betrunken wahrscheinlich oder stoned. Das dritte Foto zeigt Frau Smit selbst, fast nicht zu erkennen, weil sie die Augen offen hat. Sie lächelt mädchenhaft schüchtern. Ich schaue sie mir lange an. Sie hat einen intensiven Blick, als wollte sie mir etwas zu verstehen geben, etwas, was sonst niemand sehen oder hören darf.

Unter ihrem Foto liegt eine Patientenverfügung von Agaath Henrika Smit. Ich schnappe nach Luft, vor Schreck bleibt mir fast das Herz stehen.

Diese Erklärung ist für meinen behandelnden Arzt/meine behandelnden Ärzte bestimmt.

Und: *Situationen, in denen ich nicht weiterbehandelt werden möchte.*

Das sind recht viele, sie hat sie mit der Hand aufgeschrieben. Blitzschnell schiebe ich das Foto zurück, Mappe zu, Gummiband drum und zurück in die Schublade. Das hätte ich genauso gut nicht gesehen haben können, nicht wahr?

Ich muss gehen, Frau Smit wartet.

11

Die Menge der Schläuche und Kabel wurde halbiert, Frau Smit ähnelt ihrem Foto jetzt mehr. Die Lesebrille liegt nicht mehr auf ihrem Nachtschränkchen, vielleicht kommt der traurige Mann jeden Tag zum Beten zu ihr. Als ich das Laken wegziehe, sehe ich eine Schnur mit einer Art Fernbedienung, sie liegt locker in ihrer leblosen Hand. Es gibt nur einen Knopf, einen großen roten. Ist es eine Klingel? Das würde bedeuten, dass man damit rechnet, dass sie wieder zu sich kommt. Wenn sie wieder kommunizieren kann, kann sie auch angeben, dass sie in einer Situation wie dieser nicht länger behandelt werden möchte. Einmal drücken bedeutet Ja, zweimal Nein, Daumen hoch heißt: Ich weiß nicht.

»Guten Tag, Frau Smit, ich bin Julia, ich mache jeden Tag Gymnastik mit Ihnen, damit Sie keine wunden Stellen bekommen.«

Sorgfältig mache ich die Übungen, danach massiere ich sie von Kopf bis Fuß mit Vaseline aus dem Krankenhaustopf. Nun, da sie vielleicht wieder aufwacht, bin ich noch höflicher als zuvor.

»Ich fange mit Ihren Armen an, ja?«

Aus eigenem Antrieb habe ich meine Aufgabenliste verdoppelt und somit auch meine Arbeitszeit. Retten, was man retten kann, Frau Smit ist mein Akku, solange sie weiterhin atmet, habe ich ein Haus. Ihr Körper wird mir allmählich vertraut, auch mit wenigen Anhaltspunkten könnte ich sie schon identifizieren: die knittrige Haut, schlanke Finger mit dicken Knöcheln, sich klar abzeichnende Schlüsselbeine, ein langer Hals, keine Ohrläppchen, auffällig schmale Hüften und ein Nabel der seltenen Sorte, mit kreisrunder Wölbung. Ihre Brüste könnte ich nur am Gewicht erkennen, weil ich sie hochheben muss, um sie darunter eincremen zu können.

Ich befeuchte ihre Lippen noch einmal und decke sie sorgfältig zu. Berend ist in diesem Moment eifrig auf der Suche nach ihrer Patientenverfügung, aber ich habe die Schublade wieder sehr sorgfältig geschlossen, man muss es wissen, sonst sieht man sie nicht.

Ich betrachte Frau Smit aufmerksam. Unerträgliches Leid strahlt sie nicht aus, das ist nahezu ausgeschlossen. Sie ist so ruhig, so friedlich. Ihr Atem ist sehr regelmäßig, mit langen Pausen zwischen Ausatmen und Einatmen. Vielleicht ist sie glücklicher denn je, wer kann das schon wissen? Niemand, und genau darum muss man eine Patientenverfügung erstellen: *Beenden Sie mein Leben möglichst schnell, wenn ich im Koma liege, auch wenn ich glücklicher wirke denn je*.

Es ist drei Uhr, sehe ich auf meinem Handy. Stan hat wieder zweimal angerufen. In den nächsten Tagen muss ich das Auto vor seine Tür stellen und dann mit dem Bus nach Hause fahren, das heißt zur Kamperfoelielaan. Aber erst muss ich noch ein neues Zuhause für John und ihre Kleinen organisieren.

»Als hätte ich nichts Besseres zu tun«, sage ich zu Frau Smit.

Weil Berends Auto vor der Tür steht, klingele ich. Er fährt nicht die Protzkarre, die ich von ihm erwarten würde, sondern einen mittelgroßen Wagen, so einen, der in dieser Gegend als Zweitwagen genutzt wird.

»Komm nur rein, komm rein!« Er fragt nichts zu Frau Smit, vielleicht bekommt er die Informationen direkt vom Krankenhaus.

Heute trägt er keinen Anzug, sondern eine einfarbige blaue Jeans mit scharfer Bügelfalte und dazu ein hellblaues Oberhemd aus einer Art Rohseide, die Qualität sticht einem sofort ins Auge. Die Ärmel sind aufgerollt, und es ist, als hätte jemand sie danach noch schnell gebügelt.

Ich rieche einen Hauch Aftershave, subtil und angenehm, seine Nase und Ohren sind frei von Haaren, die Frisur sitzt gut.

»Ich habe noch eine Frage.« Sorgfältig hänge ich meine Jacke an die Garderobe, will einen Moment Zeit gewinnen, um meine Nerven unter Kontrolle zu bekommen.

»Bestimmt haben Sie ein Auge auf mich geworfen.«

Wir lachen beide, Berend und ich sind echte Kumpel.

»Überhaupt kein Problem!«, ruft er. »Ich war verheiratet, aber Abfall muss man trennen, sagt man.« Er wartet einen Moment, bis ich halbherzig lache. »Die Überbleibsel: zwei studierende Kinder und eine Exfrau mit einem riesigen Kleiderschrank.«

»Dann muss man viel bezahlen!« Ich klinge, als wüsste ich alles darüber. *Erzähl mir nichts über die Weiber!* »Aber was ich fragen wollte: Kann ich hier vielleicht wohnen, bis das

Haus endgültig verkauft worden ist? Ich nehme an, dass ich bis dahin eine Wohnung gefunden habe. Ich kann dann auch gerne weiterhin für Ihre Tante sorgen.«

Er lehnt mit einer Hand gegen die Wand, sehr entspannt, als stünden wir auf einem Empfang. »Nönönö, damit fangen wir wohl besser nicht an.« Als hätte ich ihm ein Angebot unterbreitet statt eine verzweifelte Bitte gestellt.

»Aber ich setz Sie wirklich nicht einfach so hier raus! Wir fassen einfach das Monatsende ins Auge, Termin ist Termin. Wenn meine Tante gestorben ist, übertrage ich die ganze Angelegenheit einem Makler, der kann dann eine Modellwohnung daraus zaubern. Die haben alles parat stehen, was man dazu braucht! Schauen Sie sich nur mal auf Immowelt an, wie viele Leute da dasselbe Sofamodell haben mit dem gleichen asiatischen Salontisch daneben und genau der gleichen Stehlampe. So scheint es am schnellsten zu gehen, alle Stile gemixt: sachlich, spirituell, gemütlich, hip … und was auch immer.«

Es ist seltsam, hier so lange im Flur stehen zu bleiben, ich will gern in die Küche gehen, aber er blockiert die Tür.

»Das Schriftstück liegt nicht in ihrem Schreibtisch. So ist das eben mit alten Leuten, alles kann überall liegen, wenn man den Tesafilm sucht, muss man im Kühlschrank nachschauen. Übrigens, ich hab Katzenweib und Kinder ins Tierheim gebracht. Ich sagte: Nun seht nur, was ich da vor der Haustür gefunden habe. Ich habe natürlich nicht erzählt, wie es sich genau verhält, denn dann muss ich alle Kosten tragen: Spritze hier, Spritze da … Nein, vielen Dank!«

Sprachlos gehe ich ins Wohnzimmer. Das Sofa ist leer. Ich sehe Johns gehässigen Pekinesenkopf haarscharf vor mir. Ob sie geknurrt hat? Wenn ich allein wäre, würde ich jetzt weinen.

»Potztausend!«, höre ich Berend rufen.

Das habe ich wirklich noch nie jemanden sagen hören, aber ich verstehe es schon, man kann eine Menge Verärgerung hineinlegen. Kurz hinter dem »tz« anhalten und dann lauter werden.

»Potztausend!«, sage ich leise.

Es fühlt sich an, als hätte ich eine Leiche versteckt, was in gewisser Weise auch so ist: Die Patientenverfügung von jemandem unterschlagen ist dasselbe wie Mord, bloß umgekehrt. Natürlich sage ich ihm, wo sie liegt, aber noch nicht sofort, ich schiebe es nur auf. Es geht jetzt vor allem um Veronique, ohne diesen Zufluchtsort ist sie verloren. Frau Smit wäre zweifelsohne meiner Meinung.

»Wenn du dich selbst davon überzeugen musst, dass du richtig handelst, ist es falsch.« Behauptung von Stan. Warum habe ich ihn nie ausgelacht, wenn er solche Sachen sagte? Manchmal schrieb ich es sogar auf, um es nicht zu vergessen.

Auf der Rückseite eines leeren Umschlags fange ich an, Frau Smit zu zeichnen, aufrecht sitzend auf einem Stuhl, John auf dem Schoß, um sie herum der Garten. Veronique darf auch dazu, sie bringt Frau Smit ein Glas Limonade. Es ist schon schwierig, Leben in die toten Augen von Frau Smit zu bekommen, aber Veronique lächeln zu lassen ist schlichtweg unmöglich. Es wird ein falsches Grinsen, als wäre die

Limonade vergiftet und sie wüsste es. *Hier, Oma, trink mal schön aus!*

Berend kommt rein. »Nichts, nada, niente. Ich werde Kontakt mit dem Hausarzt aufnehmen, vielleicht hat sie dort eine Kopie deponiert, sonst läuft es sich tot.« Er lacht schallend. »Was sage ich da: Die Patientenverfügung läuft sich tot!«

Wie kann jemand so oft und so laut an einem einzigen Tag lachen – und dann auch noch über sich selbst.

12

Sobald Berend weg ist, kommt Veronique rein. Sie wirkt weder erschrocken noch erstaunt, also wusste sie es schon. Sie setzt sich aufs Sofa, neben das Kissen. »Alter Drecksack!«

»Er hat sie ins Tierheim gebracht, dort kümmert man sich gut um sie«, sage ich.

Sie antwortet mit zusammengepressten Zähnen. Ich verstehe kein Wort. Auf der Site des Jugendamts habe ich gelesen: *Versuchen Sie, offen zu sein für Signale, und holen Sie vorsichtig Informationen ein.* Aber wie? Mit zufällig wirkenden Fragen braucht man Veronique wirklich nicht zu kommen.

»Wo warst du gerade?«, frage ich.

»In deinem Arsch!« Sie schnaubt vor Wut.

»Ich finde es auch richtig schlimm, dass sie weg sind.« Ich muss ihr helfen und ihr Unterstützung bieten, aber mir fällt nichts ein. Vielleicht kann ich besser die Orchideen besprühen. Als ich gestern »Orchideenpflege« googelte, wurden mir genauso viele Sites angezeigt wie bei »Koma und Pflege«, oft im selben Wortlaut: Die Orchidee fühlt sich wohl, die Orchidee liebt Regelmäßigkeit und sogar: Die Orchidee empfindet es als angenehm, wenn man mit ihr spricht. Das liegt an dem dadurch erzeugten Luftstrom, las ich woanders, also würde einfach ein bisschen pusten wohl auch reichen.

Auf der Fensterbank stand eine orangefarbene Pflanzensprühflasche, die ich aber auf den Boden gestellt habe, weil die Farbe sich so sehr mit den Orchideen biss, dass mir fast schlecht wurde. Plötzlich stellt sich Veronique zu mir, sie lehnt sich ganz leicht an mich, tut aber, als würde sie mich nicht kennen, als stünden wir in einem überfüllten Bus.

»Ich habe Oma gemalt, mit John auf dem Schoß. Du bist auch drauf, aber du bist noch nicht fertig.«

»Wo denn?«

Ich zeige es ihr. Sie nimmt die Zeichnung, setzt sich hin und sieht sie sich an, als wäre sie ein Tablet mit einem spannenden Film.

»Wer ist das?« Sie zeigt auf das Mädchen.

»Du, aber dein Gesicht ist noch nicht fertig.«

»Was mache ich denn?«

»Das weiß ich nicht.«

»Siehst du, dann bin ich es nicht.«

»Okay, ich weiß es doch: Du bringst Oma Limonade.«

Sie steckt wirklich die Nase in die Zeichnung. »Echt, was sagt Oma denn?«

»Oh, das ist wunderbar, ich habe so einen Durst.«

Sie nickt zufrieden und wendet den Blick nicht ab. Würden sich doch bloß alle Leute meine Zeichnungen so intensiv betrachten.

»Warum kannst du das?«, fragt sie argwöhnisch.

»Zeichnen ist mein Fach«, sage ich.

»Du hast Fuck gesagt.« Sie sieht nicht einmal auf.

»Nein, ich habe Fach gesagt!«

»Fuck«, wiederholt sie.

Sie macht es absichtlich, ein winzig kleines Lächeln bricht durch. Wenn ich das auf der Leinwand festhalten könnte, wäre ich bald Millionärin.

»Kennst du einen Witz?«

Ich kann mir Witze zwar merken, bin aber eine schlechte Erzählerin. »Das war das Ende«, muss ich dann zum Schluss immer sagen.

»Schöner, absurdistischer Witz«, sagte Stan einmal todernst.

Veronique klopft auf mein Knie. »Nun mach schon, ein Rätsel geht auch.«

»Ich kenne wohl eine witzige Geschichte, aber die ist echt passiert, das ist also kein Witz.«

»Witze sind auch echt passiert.«

Sie ist sich ihrer Sache wieder völlig sicher.

»Querulanten halten die Züge auf den Gleisen«, sagte Stan ab und zu, wenn er von einer Sitzung mit einem Was-du-findest-finde-ich-überhaupt-nicht-Patienten zurückkam.

»Ich hatte mal total komische Haare.« Sicherheitshalber mache ich eine kurze Pause, vielleicht sagt sie: »Puh, wie schön für dich«, oder: »Du hast noch immer total komische Haare«, aber nein, ohne mich anzusehen wartet sie konzentriert auf die Fortsetzung.

»Das war so: Ich ging zum Friseur, um mir die Haare schneiden und färben zu lassen. Neben mir saß ein Mädchen, sie ließ sich auch die Haare färben, und zwar in dieser Farbe.« Ich zeigte auf eine Orchidee. »Die Friseurin trug die

Farbe bei uns beiden auf – dieses Zeugs sieht aus wie brauner Schlamm, und eine halbe Stunde später waren wir fertig. Na ja, bestimmt kannst du's schon raten: Sie hatte braune Haare und ich ...«

»Auch«, sagt Veronique.

Die Anekdote kommt mir so öde und vorhersehbar vor; das Beste daran war eigentlich, dass das Mädchen sich genauso erschrak wie ich und auch rief, sie würde so echt nicht in den Bus steigen.

»Nein, sie braun und ich rosa.«

»Und dann?«

»Na ja, ich bin halt doch mit dem rosafarbenen Kopf nach Hause gegangen, weil sofort neu färben schlecht für meine Haare gewesen wäre. Alle starrten mich an, ich schämte mich tot.«

Veronique nickt. »Hast du noch eine Geschichte?«

»Ich zeig dir mal, wie das aussah.« Ich nehme meinen Zeichenblock und skizziere meinen Kopf.

»Jetzt darfst du meine Haare rosa malen.« Ich zeige auf den Buntstift, aber stattdessen nimmt sie meinen Radiergummi und fängt sorgfältig an, mein Gesicht auszuradieren.

Erschrocken starre ich auf den Radiergummi, ich spüre, wie meine Haut fast brennt. Als wirklich nur noch eine Perücke von mir übrig ist, gibt sie mir das Blatt zurück.

»Mal Oma da mal rein.« Sie ist startbereit. Sie hat die Nase fast auf die Zeichnung gedrückt, so nah geht sie ran, um keinen einzigen Strich zu verpassen. Nicht persönlich nehmen, sie will mich nicht provozieren, sie wirkt auch in keinster

Weise aggressiv. Sie vermisst Frau Smit, das ist alles. Ich zögere, ich bräuchte einen kurzen Blick auf das Foto, aber ich will nicht, dass sie die Mappe sieht.

Mit ein paar Strichen skizziere ich die Gesichtskonturen, es geht ganz gut, ich kann sie mir vorstellen, als säße sie mir Modell.

»Die Augen stimmen nicht so ganz, oder?«

»Nein, mit ihrem Herz stimmt was nicht.«

Ich muss lachen. »Ja, Liebes, du hast recht, mit ihrem Herzen stimmt was nicht.«

»Das sagt Oma auch immer zu mir.«

Ich halte inne. »Dass mit ihrem Herz …«

»Liebes.«

»Oh, das meinst du.«

Als ich fertig bin mit Frau Smit, hält Veronique das Bild mit beiden Händen vor sich. Sie betrachtet es lange und ernsthaft, als läse sie einen wichtigen Brief.

»Ich will zu ihr.«

»Das geht nicht einfach so.«

Sie schnaubt. »Wohl!«

Würde sie es verkraften, wenn ich sie mit zu Frau Smit nähme? Sie ist doch eine Art atmende Leiche, und dann sind da auch noch die vielen Schläuche.

»Weißt du was? Wir machen zusammen noch ein Bild für sie, das können die Krankenschwestern bei ihr aufhängen.«

»Nei-ei-n, ich will zu ihr. Warum darfst du denn und ich nicht?«

»Weil es vielleicht ein wenig zu …«

Wie sagt man das besser als »schockierend«?

Sie hebt einen Finger. »Da ist Louis. Mit ihm stimmt alles.«

13

Tatsächlich, Louis steht vor der Küchentür. »Das war's wieder für heute.« Er tauscht seine Stiefel gegen die Riesencrocs aus, wäscht sich die Hände ohne Seife und trocknet sie an seiner Hose ab. »Mal kurz dem Kerlchen Guten Tag sagen.«

Ein Gärtnerwitz, denke ich erst, er meint, dass er zur Toilette muss, aber er geht ins Wohnzimmer, ich höre Veronique reden und sogar lachen. Nach ungefähr fünf Minuten kommt er wieder in die Küche und setzt sich an den Tisch.

»Ihr kennt euch also auch gut?«, frage ich, während ich Wasser in die Teekanne gieße. Ich habe einen Teebeutel Earl Grey von Frau Smit genommen.

»Tja, kennen, was heißt kennen.« Louis zeigt auf den Kühlschrank. »Mein Tee steht da drin.«

»Trinkst du ...« Kalten Tee, will ich sagen, aber ich begreife noch gerade rechtzeitig, dass er Bier will. Ich nehme eine Flasche und zögere ein wenig, bevor ich ihm auch ein Glas hinstelle. Er schenkt es äußerst sorgfältig ein und nimmt dann einen großen, gluckernden Schluck.

»Bezahlt dich jetzt Frau Smits Neffe?«, frage ich.

Er mustert mich prüfend, als würde er kontrollieren wollen, ob ich keinen Scherz mache. »Weißt du, wie dieser Neffe auszahlt? So!« Er formt die Hand zu einer Schale, in die alle drei Kätzchen mit Leichtigkeit gepasst hätten. »Ach, ist auch egal, zu Hause starre ich doch nur die Wand an. Wie war's im Krankenhaus, kommt sie wieder ins Lot?«

Soll ich es sagen? Vielleicht wird Berend auf die Harke gespießt, wenn Louis von seinen Plänen erfährt. Ich nehme auch ein Bier, ein lauwarmes aus dem Vorratsschrank, und setze mich ihm gegenüber. »Wahrscheinlich stirbt sie Ende der Woche«, sage ich vorsichtig. »Am Monatsende wird das Haus verkauft, dann muss ich also raus hier.«

Er lässt es auf sich wirken, während er das Bier in seinem Glas schwenkt. Ich glaube, ihm war schon länger klar, dass Frau Smit im Sterben liegt.

»Ach, die Smitchen.« In seiner Stimme liegt so viel Liebe, dass ich mich plötzlich frage, ob er vielleicht der Liebhaber ist. »Sie hat mich wieder an Bord gezogen, als ich am Rand hing. Ich hatte schon alles dafür im Haus, fast war ich hopps.«

Alles dafür im Haus ... Er wird ein Mann sein, der sich einen Strick nimmt, ehrliches Handwerk.

»Aber das hat sie verhindert«, sagt er. Dann starrt er in die Ferne auf seinen Erinnerungsfilm. Seine Kleidungswahl scheint etwas ungeplant, ich sehe ein T-Shirt, ein Hemd, darüber noch ein Hemd, darüber eine Art ärmellose Weste, alles viel zu warm. Aber seine grauen Haare, sein Bart und seine auffällig breiten Augenbrauen sind manierlich geschnitten und gestutzt. Vielleicht hat Frau Smit das für ihn gemacht, mit der scharfen Schere, die bei den Orchideen liegt. Es bleibt lange still, furchtbar finde ich das. Ich höre lieber eine Sirene oder ein quietschendes Mikro, alles besser als überhaupt nichts.

»Das liegt an deiner Mutter, weil sie immerzu redet«, sagte Stan mal.

Ich weiß noch, dass ich ihn damals auslachte. »Bist du Psychologe oder so?«

»Jeden Tag, bevor ich Feierabend machte, stellte sie eine Flasche Bier kalt«, sagt Louis plötzlich. Seine tiefe Stimme wäre perfekt für ein Hörspiel, einen Thriller. »Dann sagte sie: ›Hier, die ist schon mal für morgen, und denk bloß nicht, du könntest mich damit sitzen lassen.‹ Also gut, dachte ich dann, den einen Tag schaffe ich schon noch.«

Wir sind wieder still, allmählich finde ich es schon weniger furchtbar.

»Aber na ja«, sagt er nach einer Weile. »Du bist hier auch nicht zum Spaß, nehme ich an.«

Denkt er, ich sei Witwe?

»Mein Mann und ich lassen uns gerade scheiden.«

Er nickt kurz, das ist alles. Seine Brille ist fettig, ich unterdrücke den Impuls, sie kurz für ihn sauber zu machen.

»Möchtest du die Orchideen vielleicht haben, wenn wir hier wegmüssen?«, frage ich.

Er schüttelt lange den Kopf. »Die lassen sich nicht hier wegholen, dann kriegen sie einen Knacks.«

»Aber Berend wirft sie auf den Kompost, er glaubt, dass es Geranien sind.«

Darüber muss er lachen; es ist ein amüsiertes Grinsen, das er immer wieder neu anfacht, indem er »Geranien« wiederholt. Mein Vater konnte genauso grinsen, lang und ganz für sich allein, zum Beispiel wenn jemand Mazda sagte, obwohl es um einen BMW ging.

»Wohnst du hier in der Nähe?«, frage ich.

Wieder wartet er mit seiner Antwort, er testet immer erst, wie ernst ich es meine, als würde er denken: Nimmst du mich jetzt auf den Arm, oder weißt du's wirklich nicht?

»Ich wohne in einem Haus für alte Männer.« Er lächelt mit einer Gesichtshälfte.

Heilsarmee, Psychiatrie, Seniorenwohnung, Seniorenheim, Wohngruppe ... Alles möglich, aber ich traue mich nicht, weiterzufragen.

»Was ich noch fragen wollte ... du meintest, hier im Haus seien noch mehr Leute. Wissen die denn, wie es Frau Smit geht?«

Er tut, als würde er tief nachdenken, und zuckt dann kopfschüttelnd die Achseln. »Wenn die Bude hier zumacht, ist sowieso der Ofen aus. Die anderen, die schaffen es schon, aber die Kleine, die braucht Hilfe.«

»Weißt du überhaupt nichts über ihre Eltern?«

Er schüttelt energisch den Kopf, antwortet aber trotzdem: »Pa ist durchgebrannt, und Ma ist so verrückt wie eine Leuchtrakete.«

»Ohne Frau Smit ist Veronique also wirklich angeschmiert.«

»Tja ...« Er nimmt einen letzten Schluck und steht auf. Selbst ist er auch angeschmiert ohne Frau Smit, und allmählich bekomme ich das Gefühl, die halbe Welt ist angeschmiert ohne Frau Smit, auch ich.

»Packen wir's dann für heute.«

Auf zum Haus für alte Männer.

»Louis?«

»Ja, was ist?«

»Ich stell schon mal ein Bier kalt, für morgen, okay?«

Er sieht mich an; mir fällt plötzlich auf, wie asymmetrisch seine Falten sind. Dann nickt er kurz, hebt die Hand und verschwindet durch die Hintertür.

Ich bleibe noch einen Moment sitzen. Vielleicht gehe ich wegen Veronique doch zur Polizei. Eigentlich sollte ich mit meinem neuen Leben anfangen, eine Wohnung suchen, ein Atelier einrichten, Kunden suchen …

Na ja, erst mal was essen. Ich stelle ein neues Bier in den Kühlschrank und gehe ins Wohnzimmer.

14

Veronique sitzt auf dem Sofa und schaut fern, riesige Kopfhörer auf den Ohren. Meine Zeichnung liegt noch immer auf ihrem Schoß. Die schnellen Bilder eines Zeichentrickfilms flitzen über den Bildschirm, ich sehe psychedelische Figuren mit großen, feuchten Pokémon-Augen und Seetang-Haaren in Farben, neben denen die Orchideen geradezu blass aussehen. Die Untertitel sind auf Englisch. Erst als ich gestikuliere, sie solle den Kopfhörer abnehmen, reagiert sie.

»Du siehst aus wie Micky Maus«, sage ich.

»Du siehst selbst aus wie Micky Maus.«

Ich setze den Kopfhörer kurz auf. Man spricht japanisch, wilde Kampfrufe unterstützt von extrem lautem Schlagzeuggetrommel und einem Didgeridoo. Die Figuren zappen einander mit einer Art Fernbedienung tot, wer getroffen wird, stürzt sich windend und kreischend zu Boden. Sehen sich siebenjährige Mädchen so was an?

»Möchtest du auch einen Toast?«, frage ich.

Sie nickt.

»Ruf deine Mutter mal kurz an, damit sie weiß, wo du bist.«

Ich will ihr mein Handy geben, aber sie geht schon zu Frau Smits Telefon. Sie tippt eine fünfstellige Zahl ein, wartet einen Moment und fängt dann an zu sprechen: »Ich bleib zum Abendessen bei Oma, das darf ich.«

Ihr Gesicht kann ich leider nicht sehen. Die ganze Zeit

kommen leise, verzerrte Töne von Kriegern und Opfern aus dem Kopfhörer.

»Tschüs!«

Fertig. Sie hat nicht gemerkt, dass der Stecker nicht eingestöpselt ist, und ich will sie nicht in Verlegenheit bringen.

»Kein Problem, und ab jetzt darf ich immer«, sagt sie zu mir.

Wenn ihre Mutter vor der Tür steht, hysterisch vor Sorgen, kann ich sagen, ich hätte das mit dem Stecker nicht bemerkt. Oder keine Mutter kommt an die Tür, das wäre erst richtig schlimm, denn dann wird Veronique nicht vermisst.

»Was möchtest du drauf haben, auf deinem Toast?«, frage ich.

Sie denkt nach. »Was nimmst du?«

»Käse und Banane.«

»Ich auch.«

Wir sitzen am Tisch im Wohnzimmer, ich mit dem Rücken zu den Orchideen, trotz Toastgeruch kann ich sie riechen. Fasziniert sehe ich zu, wie Veronique isst: Sie nimmt keine Bissen, sondern schiebt sich ihren Toast erst möglichst weit in den Mund, um ihn anschließend kauend immer weiter reinzuschieben, mit der flachen Hand, als würde sie einen Ast in einen Holzzerkleinerer drücken. Als sie ihn aufgegessen hat, sieht sie aus, als hätte sie sich mit Toast eingerieben.

»Es ist jetzt halb neun, du darfst ruhig noch eine Weile bleiben, aber dann möchte ich deinen Vater oder deine Mutter kennenlernen«, sage ich.

Sie stellt ihren Teller auf die Seite und lässt ihn kreisen, sehr behände und knapp außer meiner Reichweite.

»Halt ihn schnell fest, sonst zerbricht er.«

Sie sieht mich an, macht sonst aber nichts, der Teller kreist immer noch. Ich habe keine Ahnung, wie ich reagieren soll. Streng, lässig, verständnisvoll? Stan würde sie wahrscheinlich zurechtweisen. »Veronique, ich sehe, was du tust, du forderst mich heraus«, würde er sagen. »Ich verstehe, dass deine Wut etwas mit deinen Eltern zu tun hat, aber ich will, dass du jetzt damit aufhörst.«

In der Zwischenzeit kreist der Teller immer weiter, mit viel Getöse, sie hat ihn wirklich mit Schwung in Bewegung versetzt.

»Nun halt ihn schon an, gleich gibt's Scherben«, sage ich.

»Ja und?«

Der Teller kippt um, es klingt wie die perfekte Imitation eines Beckengerassels. Spannung … schneller, schneller und dann Stille.

Sie wartet einen Moment und bringt den Teller dann wieder in Startposition. *Fang mich nur, schaffst du ja doch nicht!* Ich habe Lust, einfach ins Bett zu gehen. Noch ein wenig lesen und dann das Licht aus.

»Die meisten Leute veranstalten mit ihren Problemen eine Art Seilziehen«, sagte Stan einmal, als ich noch seine Klientin war. »Weißt du, was man viel besser machen kann?«

Mir fiel ein: umkehren und sich das Seil über die Schultern legen, als würde man einen Schlitten ziehen. Dann hat man mehr Zugkraft und kehrt den Problemen obendrein den Rücken zu. Wie das in der Praxis aussah, wusste ich nicht.

»Ja, das wäre eine Möglichkeit«, sagte Stan taktisch, weil es die falsche Antwort war. »Aber man kann das Seil auch einfach hinlegen und weglaufen.«

Spielverderber, dachte ich damals.

Veronique hält den Teller jetzt mit einem Finger fest, während sie zu mir rüberschielt.

»Warum machst du das nur!«, sage ich.

Keine Reaktion. Ich stehe auf und setze mich mit dem Laptop aufs Sofa.

»Kind vermisst«, google ich.

Wenn es lange dauert, muss man die Polizei einschalten, dann durchsuchen sie die ganze Nachbarschaft und klingeln überall an. Offensichtlich ist ihre Mutter nicht sehr beunruhigt.

Ich google nach Zimmern zur Untermiete in dieser Gegend. In der Kamperfoelielaan Nummer 19 steht ein Haus per direkt zur Miete, für viertausend Euro pro Monat, es ist ähnlich luxuriös wie dieses. Als ich höchstens fünfhundert Euro pro Monat eingebe, bleibt zu meinem Erstaunen doch noch eine Option in der Kamperfoelielaan übrig: ein Zimmer für vierhundertzwanzig Euro pro Monat. Dusche, Toilette und Küche werden mit der Hauptbewohnerin geteilt. Ich schließe nicht aus, dass es beim Kamel ist. Das Zimmer ist lächerlich verzerrt, ein Einzelbett so groß wie ein Schlachtschiff steht darin, und nirgends ist eine gerade Ecke zu erkennen. Vermutlich ist es in Wirklichkeit höchstens zwölf Quadratmeter groß, aber ich melde trotzdem Interesse an. *Geschlecht: Frau, Alter: 43, Beruf: Dozentin/Künstlerin, ab sofort.*

Veronique sitzt noch immer da und spielt mit dem Teller. Ich versuche, sie zu ignorieren, das wird pädagogisch bestimmt das Beste sein, aber warum eigentlich?

Im Zusammenhang mit ihrer Verdauung tippe ich noch kurz die Stichwörter »Nahrung verschlingen« ein. Aus nicht sofort ersichtlichen Gründen liefert Wikipedia mir Informationen über die Präriewühlmaus.

Sie ist das vielleicht schönste Vorbild ehelicher Treue. Den Beginn ihrer Beziehung feiern die nordamerikanischen Nager mit einer wilden, bis zu 24 Stunden langen »Liebesnacht«. Danach bleiben sie bis an ihr Lebensende zusammen.

Jetzt bist du wieder an der Reihe, Stan Verhagen.

Von hinten sieht Veronique aus wie ein Igel, wegen der Stachelfrisur. Der Teller steht noch immer aufrecht.

»Igel«, tippe ich.

Junge Igel, die im Alleingang unterwegs sind, brauchen Hilfe. Oft haben sie lange keine Nahrung zu sich genommen und sind unterkühlt. Prüfen Sie, ob es in der Nähe ein Nest gibt. Fühlt sich dieses kalt an, ist es fast sicher, dass die Mutter nicht zurückkommt. Heben Sie die Igel auf, versuchen Sie, sie warm zu halten, und bringen Sie sie möglichst schnell zu einer Igelpflegestation.

Das kalte Nest gibt mir fast den Rest, ich muss mich mächtig zusammenreißen, um nicht zu weinen. Tief atmen, die Gedanken blockieren und an etwas anderes denken. Welcher Rest ist eigentlich genau gemeint, Rest wovon, was heißt das eigentlich? Ich google, aber das bringt nichts: Einen Gnadenstoß versetzen hat eine ähnliche Bedeutung, und dadurch muss ich an Louis denken und sehe ihn hängen.

Es gibt ein Gedicht über den Gärtner und den Tod, ich kenne es noch aus der Schule. Er wollte vor dem Tod fliehen, lief ihm jedoch direkt in die Arme.

Wenn Berend dabeibleibt, dass seine Tante in einer Situation wie dieser sterben wollte, ohne das wirklich beweisen zu können, wird man dann auf ihn hören?

Veronique lässt den Teller wieder kreisen, ihre Virtuosität hat jedoch abgenommen, ich höre sofort Geschepper, und dann ist es still.

»Ich will nicht mehr in diese Scheißwohnung.«

Eine Scheißwohnung ist ein kaltes Nest, mehr brauche ich nicht zu wissen. Ich setze mich neben sie. »Na ja, dann bleib doch einfach schön hier.«

Sie atmet hörbar aus und nickt.

»Wer will schon in einer Scheißwohnung sein, ich jedenfalls nicht!«, sage ich.

Eine Sekunde lang schließt sie die Augen, als wolle sie die Erleichterung mit jeder Faser auskosten.

Lieber Gott, hilf diesem Kind, denke ich.

»Puh, mach das doch selbst«, würde Veronique sagen.

»Wusste Oma das?«

»Was?«

»Dass du manchmal nicht zu Hause sein willst.«

»Ja, und darum darf ich immer herkommen, *immer*, auch nachts.« Mit hochgezogenen Augenbrauen nickt sie ununterbrochen, um mich völlig zu überzeugen. Ich sehe Frau Smit auf dem Sofa vor mir, Veronique neben ihr, John auf dem Schoß. Sie hat es gerade gehört: »Oma, ich will nicht mehr in diese Scheißwohnung.«

Frau Smit verstand es sofort. »Dann komm immer schön zu Oma, sooft du nur magst«, sagte sie. Mehr nicht.

Veronique lässt ihre Schlümpfe essen; wie blaue Hühnchen picken sie die Krümel von ihrem Teller, während sie summt, sowohl beim Ein- als auch beim Ausatmen. Es klingt nett, ein wenig arabisch. Ein guter Pädagoge würde jetzt erklären, dass die Schlümpfe erst gut kauen müssen und dann erst schlucken.

»Warum haben sie eigentlich eine Mütze auf?«, frage ich.

»Sonst wird ihr Kopf kalt, sie haben eine Glatze. Roy hat auch eine Mütze.«

»Wer ist Roy?«

»Der neue Freund von meiner Mutter!« Sie findet es sehr seltsam, dass ich das nicht weiß.

»Und sie ist jetzt bei ihm?«

Sie nickt. »Kann ich noch einen Toxi haben?«

»Einen was?« Ich will es noch mal hören, aber sie durchschaut mich. Sie grinst und zeigt auf ihren Teller. »So einen.«

Wir müssen beide lachen, ihr Gelächter ist erstaunlich laut.

Ich gehe in die Küche, lege frisches Toastbrot in den Sandwichmaker und setze mich auf den Campingstuhl vor den Ofen. Jemand muss das hier für mich lösen, jemand muss sich um Veronique kümmern. Ihre Mutter ist wahrscheinlich irrsinnig verliebt in diesen Roy. Ihr präfrontaler Cortex ist verklebt. Verliebtheit ähnelt in vielerlei Hinsicht einer Sucht, sie macht einen unzurechnungsfähig. Veronique braucht Hilfe, aber nicht von mir, weil ich nichts zu bieten habe, keine Wohnung und überhaupt keinen Platz – auch nicht in meinem Kopf.

Als ich wieder bei ihr bin, liegen die Schlümpfe auf dem Tisch, flach auf dem Rücken.

»Ist alles in Ordnung bei denen?«, frage ich, während ich den Toast auf ihren Teller schiebe.

»Sie haben ein Koma, aber das macht nichts.«

Ich sehe kleine Tropfständer vor mir, mit blauen Blutbeuteln. Sie nimmt einen Bissen, und danach ist kein Gespräch mehr möglich, denn sie zermalmt den Toast.

»Vorsicht, heiß!«, warne ich.

Sie schiebt ihn sich mit so viel Kraft in den Mund, dass sie würgt, ich kann kaum hinschauen.

»Du musst kauen, das ist schlecht für dich!«

Ihre Antwort ist unverständlich, aber es ist klar, dass sie mich kein bisschen ernst nimmt.

Ich warte, bis sie den Toast zur Strecke gebracht hat. »Wohin gehst du, wenn du hier nicht reinkannst?«, frage ich dann.

Sie hebt die Schultern. »Wohin auch immer. Darf ich Alexis Tasche jetzt fertig machen?«

»Wer ist Alexi?«

»Alexi!«, sagt sie, als wäre er vor einer Minute noch hier gewesen.

»Gut, mach nur.«

Mit wichtiger Miene geht sie vor mir in die Küche, wo sie aus dem Kühlschrank eine der Tüten mit einem Müslibrötchen nimmt. Routiniert steckt sie ein Päckchen O-Saft hinzu, eine Banane und zwei Trockenpflaumen. Dann geht sie ins Wohnzimmer, öffnet die Schublade unter dem Tisch und nimmt einen Blister aus beiden Schachteln. Mit der scharfen Orchideenschere schneidet sie geschickt zwei Pillen ab, die sie ebenfalls in die Tüte steckt. Ab und zu schaut sie zu mir, ob ich auch gut aufpasse. Energisch geht sie dann mit der Tüte nach draußen, und ehe ich bis drei zählen kann, ist sie schon wieder zurück.

»Was hast du jetzt damit gemacht?«, frage ich.

»Aufgehängt natürlich.«

»An der Tür?«

Sie nickt erstaunt, als würde sie denken: Wo denn sonst?

»Nun sag schon, wer Alexi ist!«

»Er trägt Zeitungen aus und isst auch jeden Tag bei uns. Ich darf ihm immer in den Bauch boxen, total feste, und dann sagt er, dass er nichts davon merkt.« Ihr Blick ist plötzlich zärtlich.

Nicht Frau Smit, sondern der Zeitungsjunge hat einen problematischen Stuhlgang. Oder beide. Manche Leute meinen, Bananen würden verstopfen, aber Frau Smit hat recht: Reife Bananen sind gut für die Verdauung.

»Veronique, es ist spät. Ich gehe kurz mit dir nach Hause, und wenn deine Mutter es erlaubt, darfst du hier schlafen, okay?«

Sie nickt, aber als ich von der Toilette zurückkomme, ist sie verschwunden.

Zum Glück hat Louis mich hiervor gewarnt: Sie kann auch plötzlich einfach wieder weg sein, darüber brauchst du dir keine Sorgen zu machen, ihre Mutter wohnt ganz in der Nähe.

Ich schaue mir die Medikamente noch einmal an, sie sind wirklich für Frau Smit, ihr Name und ihr Geburtsdatum stehen auf dem Etikett. Sie gibt Alexi also ihre eigenen Tabletten. Oder die Hälfte. Warum? Weil er einen hohen Blutdruck hat, ja, aber natürlich auch, weil er illegal im Land ist und sich darum selbst kein Rezept holen kann. Hat sie darum einen Schlaganfall bekommen? Oder hatte sie einen normalen Blutdruck, bekam aber irgendwie trotzdem diese Medikamente verschrieben? Ist es möglich, sich selbst während des Blutdruck-Messens dermaßen zu stressen, dass der Blutdruck steigt? Vorher viel Salz essen, Kaffee trinken ... Ob es gefährlich ist, wenn er einen Tag keine Tabletten bekommen hat? Ich nehme den Laptop und schaue unter »Blutdrucktabletten vergessen«. Nichts unternehmen, lautet die Empfehlung. Man baut einen bestimmten Blutdruck auf, der reicht meist für einen Tag.

Ich suche nach einem Rezept für Grastee. Es gibt mehrere Treffer, überall ist der Ton sehr entspannt: schön lange köcheln lassen und zum Binden eine Messerspitze Butter hinzufügen. Aber für Figurbewusste: Eine halbe Portion Kaffeesahne tut's auch.

15

»Jegliche Form der Unterstützung in Sachen Sterbehilfe wird verweigert«, sagt Berend.

Mit diesem Satz fängt mein Tag an. Ich schaue auf mein Handy: halb zehn? Nein, das kann doch gar nicht sein!

»Das Behandlungsteam vom Krankenhaus hat eine genau entgegengesetzte Auffassung.«

Ich versuche, so aufzustehen, dass er das Rascheln meiner Laken nicht hört.

»Und wissen Sie, warum?« Er bringt es wie eine spannende Geschichte. Ich soll raten, sonst redet er nicht weiter.

»Ja?«

»Koma fällt nicht unter aussichtsloses Leiden, und damit basta. Man hat keine Schmerzen, und die Situation ist nicht aussichtslos, denn vielleicht wacht man ja in drei Jahren wieder auf.«

Ich halte das Telefon schnell eine Armlänge von mir weg, es ist wirklich zu früh für sein joviales Geschwätz.

»Und wenn sie doch eine Patientenverfügung hätte?«, frage ich dann.

»Und wenn sie es sich auf den Bauch tätowiert hätte: Es ist egal, sie lassen nicht locker, bis sie umfällt. Hohe Kosten? Kein Problem, der Staat bezahlt das schon. Der nächste Schritt ist also ein Pflegeheim, und das soll ich suchen, und zwar bitte schön ein wenig dalli. Ich komme so gegen drei mal kurz vorbei wegen der Versicherungspapiere.«

Allmählich begreife ich die guten Neuigkeiten. Zunächst einmal bin ich entlastet, es ist egal, dass ich die weiße Mappe geheim gehalten habe – und noch wichtiger: Das Pflegeheim bittet uns natürlich auch um unseren Einsatz. Wir haben Aufschub bekommen.

Ich schaue noch einmal auf mein Handy. Ja, wirklich, halb zehn, ich habe also neun Stunden am Stück geschlafen. Vielleicht war ich stoned, aber dann habe ich davon nichts mitbekommen.

»Ich fühle mich wie ein anderer Mensch«, würde meine Mutter sagen.

»Du liegst wach im Bett, weil du grübelst«, sagte Stan, als ich einmal um eine Schlaftablette bat. »Das musst du angehen.«

»Aber ich mache mir um nichts Sorgen, ich denke über alles Mögliche nach oder eben über nichts, *weil* ich eben so schlecht schlafe«, antwortete ich.

Stan nickte verständnisvoll. »Ja, so kommt dir das dann vor.«

Ende des Gesprächs: »Ich bin mir sicher.«

»Ja, das stimmt, dass man dann das Gefühl hat, es sicher zu wissen.«

Unter der Dusche singe ich ein Lied von Gilbert O'Sullivan mit, dessen Text ich offenbar vollständig kenne, jedenfalls phonetisch.

Ich habe Lust, wieder zu malen, vielleicht könnte ich mit Louis' verwittertem Gesicht anfangen. An Veronique traue ich mich nicht mehr heran, in ihrem Gesicht ist zu viel Geheimnisvolles, davon muss ich erst mehr verstehen, ehe ich es auf Papier bannen kann.

Ich habe auch Lust auf Spiegelei und eine Runde joggen und neue Sachen kaufen.

Vielleicht möchte Veronique ja mitkommen zum Shoppen, denke ich, als ich nach unten gehe, aber sie sitzt nicht auf dem Sofa. Ich erschrecke mich so sehr, dass ich einen Lichtblitz sehe. Ich habe sie gestern Abend einfach gehen lassen, nicht die Polizei angerufen, um zu melden, dass hier ein siebenjähriges Mädchen ohne Begleitung auf der Straße herumstreunt. Louis hatte gesagt, sie würde ab und an wieder nach Hause gehen, ich solle mich also nicht erschrecken, wenn sie plötzlich weg ist. Vielleicht hat sie gerufen, aber weil mich der Grastee völlig k.o. gemacht hat, habe ich es nicht gehört, das muss ich der Polizei gleich natürlich auch erklären. Ich werde lügen, mein Name ist Hase, hätte ich sie gesehen, hätte ich doch direkt das Jugendamt angerufen? Ich bin doch nicht verrückt? Wer lässt ein siebenjähriges Mädchen einfach so abends rein, ohne ihre Eltern zu verständigen? Ich kenne sie nicht, wirklich nicht …

Louis steht in der Küche und wäscht sich die Hände. Auf dem Herd steht ein Wasserkessel.

»Hast du Veronique gesehen?«

»Die pflückt gerade den Nachtisch.« Er deutet mit dem Kopf in den Garten. Sie steht beim Brombeerstrauch am Bretterzaun, in kurzer Hose und demselben T-Shirt wie gestern. Ich setze mich an den Tisch, um mich von der Katastrophe zu erholen, die sich nur in meinem Kopf abgespielt hat, aber meine Knie erkennen den Unterschied nicht.

»Kaffee?«

»Gerne.« Ist es eigentlich normal, dass er hier einfach Kaffee macht? Gärtner nehmen doch immer selbst eine Thermoskanne mit? Ob er einen Schlüssel hat? Ja, natürlich, er muss doch auch zur Toilette können. Auf der Spüle liegt die obere Hälfte einer leeren Milchpackung, kerzengerade abgesägt, den anderen Teil benutzt Veronique als Sammelkörbchen. Sie hält das Gesicht beim Pflücken immer nah an ihre Hand, auch noch, wenn sie die Brombeeren in die Milchpackung wirft.

»Ob sie schlechte Augen hat?«, frage ich.

Louis schaut ihr eine Weile zu. »Wer weiß das schon.«

»Der Augenarzt.«

»Tja … Milch?«

»Schwarz, bitte.« Ich traue mich nicht, um warme Milch zu bitten. Der Grastee schmeckte ganz gut, aber die Kaffeesahne hat den Geschmack verdorben. Heute Abend nehme ich Butter, das geht ja schließlich auch.

Er schenkt mir Kaffee ein und macht für sich Milch warm, die er anschließend aufschäumt. Diese halbherzige Untertänigkeit sollte ich mir auch endlich mal abgewöhnen.

»Oh, dann bitte doch mit warmer Milch, wenn's geht.«

Er schäumt reglos weiter Milch auf, vielleicht hat er mich nicht gehört. »Wenn du Miete zahlst, können wir das Ganze ein paar Monate verlängern.«

»Aber, Louis, ich bin so gut wie weg! Sobald ich bei der

Wohnungsbaugenossenschaft an der Reihe bin, ziehe ich um, ich muss auch an mich selbst denken.«

»Ja, aber erst bringen wir die Kleine durch die Ferien.«

Ich nicke. Er steht mit dem Rücken zu mir, aber ich höre nicht auf zu nicken, um diesen einen Satz zu kompensieren: Ich muss auch an mich selbst denken. Vielleicht hat er mich ja nicht gehört, er schäumt die Milch mit großer Hingabe auf.

Natürlich habe ich bemerkt, wie besorgt er wegen Veronique war, aber ich wusste nicht, dass er sich auch verantwortlich fühlt. Ich nehme einen Schluck, der Kaffee ist so stark, dass meine Gesichtsmuskeln sich verkrampfen. In der Zwischenzeit bereitet Louis für sich selbst den perfekten Cappuccino zu, er streut sogar ein wenig Zimt auf den Schaum.

»Es ist übrigens die Frage, ob Berend will, dass ich bleibe«, sage ich.

»Berend will alles, wenn du nur zahlst.« Er nimmt mir meinen Kaffee weg und stellt stattdessen den Cappuccino vor mich hin.

»Danke schön. Ich habe noch keinen Durchblick, was meine finanzielle Lage betrifft, mein Mann ist ziemlich wohlhabend, aber wenn wir geschieden sind, habe ich vielleicht keinen Cent mehr.«

Ziemlich wohlhabend ... Ich weiß nicht, ob es nun an mir liegt oder an seinem Blick, aber so affektiert rede ich sonst wirklich nicht.

»Den brauchst du auch nicht zu haben«, antwortet er. »Es geht darum, dass du ihn haben könntest, verstehst du?«

Ich lache mit einem seltsamen Hickser, das ist noch der Rest der Erleichterung über Veronique. »Nein, natürlich verstehe ich das nicht.«

Er nimmt seinen Kaffee und steht auf. »Komm mal mit.«

Ich folge ihm brav ins hintere Zimmer.

»Hier steht deine Miete.«

Er erinnert mich an ein Kind, das sein Taschengeld abgibt, wenn seine Eltern in finanziellen Schwierigkeiten sind. Vorsichtig fange ich an zu erklären, dass diese Sachen sogar auf dem Flohmarkt nichts einbringen werden, aber er zieht den zweiten Umzugskarton hervor. Da sind noch mehr Figuren, Vasen und Kerzenständer drin, dazwischen ist Zeitungspapier gestopft. Mit angehaltenem Atem hocke ich mich hin. Ich sehe wunderbare Holzschnitzarbeiten, goldene Majolika, chinesisches Porzellan und noch viel mehr, es ist buchstäblich zu schön, um wahr zu sein. »Sind das Fälschungen?«

»Sie sind so echt wie du und ich.«

Ich nehme eine Fliese mit einem Schmetterling, Delfter Blau und völlig intakt. »Woher hat sie das? Hat sie das alles geschenkt bekommen?«

»Was denkst du?«

Ich hebe die Schultern, weil ich mich nicht traue zu sagen, was ich denke: Ist das hier vielleicht die Beute von allen Einbrüchen hier in der Nachbarschaft? Der Gärtner und der Diebesjunge oder vielleicht ja auch die alte Dame und das Diebesmädchen.

»Ja, das hat sie alles bekommen. Kennst du den Elmahof?«

»Nein.«

»Das ist auch gut so, das ist nämlich ein Hospiz.«

Ich reibe die Fliese mit meinem Ärmel sauber, sehr sorgfältig und ausführlich, denn ich weiß nicht, was ich sagen soll. Aber Louis schweigt auch, er braucht wieder einen kleinen Schubs.

»Ein Hospiz? Lag deine Frau dort im Sterben?«

»Und zwar nicht zu knapp.«

In der Hocke, den Rücken zu ihm gewandt, erfahre ich die ganze Geschichte. Es ist, als würden wir »Ochs am Berge« spielen, denn sobald ich mich umdrehe, hält er sofort den Mund.

Frau Smit arbeitete ehrenamtlich auf dem Elmahof. Sie machte alles Mögliche, von Brechschüsseln ausleeren bis hin zur Sterbebegleitung. Die Patienten dort erhielten vom Psychologen den Auftrag, reinen Tisch zu machen, denn das brachte ihnen letztendlich viel Energie. Auch die Familie wurde ermutigt, vorsichtig ihren Herzen Luft zu machen.

Louis ahmt ihn nach, es klingt ein wenig vornehm: »Nur zu, jetzt geht es noch, gleich sprichst du mit einem Foto oder einem Stein.«

»Hm, das ist sehr subtil«, sage ich. Ich halte ein Elfenbeinfigürchen in der Hand, aus Indonesien, Java, schätze ich. An der Unterseite befindet sich eine seltsame Kerbe, gerade und makellos.

Dem Herzen Luft machen … Ich weiß von Stan, dass

er gegen bedenkenloses Beichten ist. Manche Bekenntnisse brauchen Jahre, bis sie innerhalb einer Beziehung ihren Platz finden.

»Da waren Leute, die ihr ganzes Leben lang nur über das Wetter gesprochen hatten«, erzählt Louis. »Das ist natürlich völlig in Ordnung, aber jetzt wussten sie sich keinen Rat. Und dann riefen sie Smit hinzu, denn das ging immer gut; nüchtern wie ein Richter half sie, Hühnchen zu rupfen, zu zerlegen und aufzuessen. Sie war Gold wert. Aber ja, wie kann man sich bei jemandem bedanken, wenn man gerade noch mal einen Monat lebt?«

»Ich verstehe, als Dank schenkten sie ihr etwas Schönes von ihrem Erbe.«

»Genau, und sie waren nicht kleinlich, denn schließlich hat das letzte Hemd keine Taschen.«

Ich habe ein klein wenig Ahnung von Kunst und Antiquitäten, gerade genug, um zu erkennen, dass das hier eine randvoll gefüllte Schatzkiste ist.

»Die Hälfte ging ins Sozialkaufhaus.« Er zeigt auf ein Regal. »Aber wenn's ein bisschen was wert war, wanderte es in den Karton.«

»Wie lange hat sie denn dort gearbeitet? Es ist so viel!«

»Tja, vielleicht haben sie sich ja gegenseitig motiviert.« Er grinst.

Hinter dem Karton steht ein riesiger Amethyst, fliederfarben an den Rändern und mindestens so groß wie ein halber Fußball. Ich habe mal so einen kaufen wollen, weil sie bei Schlafproblemen helfen sollen. In meiner Verzweiflung war ich bereit, an vieles zu glauben. Darum weiß ich, dass dieser hier mindestens fünfhundert Euro wert ist.

»Kannte sich Frau Smit mit Antiquitäten aus?«

»Sie kannte sich mit Menschen aus. Sie schaute sich nicht so sehr das Geschenk an, sondern den Schenker. Wenn das ein teurer Mitmensch war, ging's ab in den Karton.« Er geht zur Tür. »Schau mal, ob du dir damit ein wenig Extrazeit erkaufen kannst, zwei Monate bringen schon eine ganze Menge.«

Ich mache es mir bequem. Julia im Schlaraffenland, manch ein Antikhändler würde hierfür einen Mord begehen. Es gelingt mir, eine App herunterzuladen, mit der ich den Wert der Sachen recht gut schätzen kann, wie wenn man Pflanzen bestimmt, aber für Antiquitäten.

Ich fange mit der Fliese an, es kann ein Replikat sein, dann ist sie zehn Euro wert, aber wenn sie echt ist, können wir bestimmt tausend Euro dafür verlangen. Ich sage auch schon »wir«.

Das Elfenbeinfigürchen stammt tatsächlich aus Java, und ein paar Nachforschungen ergeben, dass es sich um den Griff eines Kris-Dolchs handelt: zwischen zwei- und dreitausend Euro, mindestens.

So mache ich weiter; erst denke ich noch bei allem: Das hier verkaufen wir nicht, das ist viel zu schön, aber schon bald sehe ich nur noch Euros.

Frau Smit hat viel Dankbarkeit geerntet. Es sind auch hässliche Sachen dabei, wie zwei plumpe gläserne Kerzenständer, die ich ohne zu zögern zu dem Schnickschnack ins Regal gestellt hätte, die aber, nachdem ich das Taxierungsprogramm zweimal auf sie losgelassen habe, weil ich meinen Augen nicht traute, als Set zehntausend Euro wert sind: chinesisches Kristall aus dem achtzehnten Jahrhundert.

Ich glaube, mit diesem Karton könnten wir ein halbes Jahr Miete zahlen, auch wenn Berend einen kommerziellen Mietpreis verlangen würde. Für das Haus kann er vermutlich schon viertausend Euro im Monat nehmen. Aber traue ich mich das? Berend würde sie blindlings dem erstbesten Trödler mitgeben oder vielleicht sogar ins Sozialkaufhaus bringen. Eigentlich nehme ich ihm nichts weg, und es wäre auch geradezu respektlos gegenüber den Menschen, die Frau Smit diese Sachen geschenkt haben, nichts damit zu machen.

»Glaubst du dir selbst?«, fragt Stan in meinem Kopf. »Wen versuchst du hier zu überzeugen?«

Ich ziehe die Vorhänge ein Stück auf und schaue in den Garten. Louis geht langsam über den frisch gedüngten Teil, und Veronique steht mit bloßen Füßen auf seinen Holzschuhen, den Rücken zu ihm. Sie hält sich an seinem Gürtel fest, wodurch sie die Haltung einer Galionsfigur hat. Louis scheint ihr Gewicht nicht zu spüren. Es ist auch kein übermütiges Spiel, bei dem sie sich vor Lachen kaum halten kann und unbedingt noch mal will, es ist einfach praktisch: Veronique darf nicht barfuß durch den Mist gehen, also geht es nur so.

Ich schaue wieder auf den Karton. Natürlich kann ich das hier nicht mitnehmen, das ist Diebstahl, Schluss damit. Andererseits, wenn ich nur ein paar Sachen verkaufen würde, hätten wir einen oder zwei Monate zusätzlich, und das gäbe uns Zeit, nach einer Lösung zu suchen.

16

»Gut sehen Sie aus!« Berend sitzt wieder gegenüber von mir am Küchentisch.

Das liegt an dem Gras vom Dealer deiner Tante, denke ich. Ich muss darüber lachen, und er interpretiert das wahrscheinlich als kokette Verlegenheit.

»Ja, das darf ruhig mal gesagt werden!«

Ich fühle mich mittlerweile wie zu Hause, ich habe Tee serviert, mit Honigwaffeln. Er nimmt sich zwei gleichzeitig, wie man auch zwei Käsecracker gleichzeitig nehmen kann.

»Sie wird also morgen oder übermorgen verlegt, es wird nicht um die Ecke sein, weil alles brechend voll ist. Früher hatten wir mal einen Sozialstaat, wissen Sie noch?«

»Oh ja. Ich hätte da noch eine Frage.« Um ihn nicht ansehen zu müssen, nehme ich eine Waffel, die ich äußerst sorgfältig in zwei Hälften teile, erst ein bisschen hin- und herbiege und dann durchbreche. »Ich möchte das Haus gern noch ein paar Monate mieten, ganz normal bezahlt, selbstverständlich, Sie bestimmen den Mietpreis.«

Er wimmelt mich sofort ab. »Nönönö, meine Liebe, damit fangen wir erst gar nicht an. Ich habe die Sache mal unserem Juristen vorgelegt, und der sagt, ich solle auf der Stelle damit aufhören.« Er macht eine Geste, als würde er sich die Kehle durchschneiden. »Ich darf dieses Haus überhaupt nicht offiziell vermieten, ich lehne mich jetzt schon ganz schön weit aus dem Fenster! Und ich sag's mal so: Naturalien zählen auch.«

Er zwinkert mir schamlos zu. »Aber ganz im Ernst, was Sie machen, fällt unter Dienstleistung und ist somit Miete. Wenn was passiert, sind wir dran, und ich will keine Schereien. Angenommen, es bricht Feuer aus, dann schiebt die Versicherung alles auf mich. Sogar wenn Sie mit einer brennenden Kippe in der Hand einschlafen, bin ich das gebrannte Kind.«

Hahaha, das gebrannte Kind …

»Aber wir hatten doch gesagt bis Monatsende?«, frage ich, als er zu Ende gelacht hat.

»Ja, meine Liebe, ich weiß, aber da hatte ich das mit der Versicherung noch nicht gehört. Wenn ich helfen kann, mache ich das natürlich gern, also einigen wir uns dann doch einfach auf das kommende Wochenende!« Er schaut mich abwartend an, ich soll mich bestimmt bedanken.

»Aber dann habe ich nur noch knapp vier Tage!«, sage ich erschrocken.

Er nimmt die andere Hälfte meiner Honigwaffel. »Ich kann auch nichts dran ändern.«

»Okay«, sage ich leise.

»Aber vorsichtig mit Feuer sein, ja? Keine Kerze ins Fenster stellen.« Der Abschiedswitz. Er macht Anstalten aufzustehen, aber sein Handy klingelt. »Smit-Bergman.« Während er zuhört, macht er mir irgendwelche Zeichen, aber ich verstehe ihn nicht. »Ja, ein Elektrozaun und ein paar Pitbulls, bitte.« Sein Lachen ist nicht so sehr unbändig, sondern einfach sehr laut. »Nein, bei mir zu Hause gibt's nichts zu holen, da gibt's eher was zu bringen.« Er zwinkert mir zu. »Aber es geht ja um das Haus meiner Tante, in der Kamperfoelielaan.«

Wir brauchen uns keine Hoffnung mehr zu machen, der Jurist hat natürlich recht. Und warum sollte Berend ein so hohes Risiko eingehen, obwohl er mich kaum kennt.

Er hat sich halb von mir abgewandt, ich sehe Babylöckchen in seinem Nacken. Wenn ich den Arm strecke, kann ich die gusseiserne Pfanne greifen und volle Kanne auf seinen Hinterkopf krachen lassen. Oder ich streichele seinen Specknacken, verdrehe ihm den Kopf, verzaubere sein bestes Stück … Und dann frage ich noch mal: Darf ich das Haus vielleicht einen weiteren Monat mieten?

Als die zehnte Sitzung bei Stan vorbei war, gab er mir die Hand, was er sonst nie machte. »Vielleicht sehe ich dich noch mal wieder.«

In unserer Ehe wurde das ein geflügelter Satz – statt »Bis heute Abend« sagten wir »Vielleicht sehe ich dich noch mal wieder«, aber in diesem Moment war es für mich ein Schlag ins Gesicht. Seine Hand war klamm, nein, einfach klitschnass, als hätte er sie gerade ins Spülwasser getaucht, und darum traute ich mich, die Initiative zu ergreifen.

»Ich will mit dir ins Bett, ich bin jetzt deine Expatientin, also darf es endlich sein.«

Er hatte recht geschäftsmäßig genickt und war mir, ohne ein weiteres Wort zu sagen, nach oben vorgegangen, in ein gut duftendes, frisch bezogenes Bett.

Man kann nie wissen, hatte er morgens gedacht, aber das erzählte er mir erst am nächsten Morgen, als ich Frühstück im Bett bekam, mit frischem Orangensaft, Croissants, Ei und Kaffee.

Berend schwafelt weiter in sein Handy. »Super! Und über welchen Betrag sprechen wir dann?« Er zieht eine Grimasse in meine Richtung. *Nun, jetzt wird's spannend* bedeutet das.

Warum bleibe ich hier sitzen?

»Holla die Waldfee, das ist eine Menge! Und lässt sich darüber noch reden?«

Er sagt noch ein paarmal »super« und legt dann auf. »Die Firma Lambrix war das. Sie installieren ein Alarmsystem: Zeitschaltuhr an die Lampen, Kamera über die Tür, Lichtschranken-Vorhänge, die jede Bewegung melden: Zero Tolerance nennen wir das. Ob ich vielleicht eine Bauzeichnung vom Haus habe. Aber sicher, alles Klärchen! Sonst noch was? Ja, wenn's umsonst wär, aber wir reden hier schnell über zweitausend Euro.«

»Und wenn ich die Hälfte zahle, bar auf die Hand, könnten wir unsere Abmachung dann nicht noch um einen Monat verlängern? Das braucht die Versicherung doch nicht zu wissen?«, frage ich.

Ich mache mich hier vollkommen lächerlich. »Bar auf die Hand«, was sollte das denn?

»Erklären Sie den Leuten von Lambrix dann, warum immer jemand durch die Infrarotstrahlen tanzt?«

Ich setze mich mit dem Laptop an den Tisch. Wenn ich ein Zimmer in dieser Straße miete, kann Louis sein Feierabendbier bei mir trinken. Wenn wir dafür eine feste Zeit vereinbaren, finde ich das völlig in Ordnung.

Ich schaue auf die Seite mit den Zimmern zur Untermiete: Es ist weg. Ich bin's nicht geworden, bestimmt zu alt. Aber ich habe eine E-Mail von *Wohnen Zentral* mit der Mitteilung, dass ich bei der Abteilung »Zeitlich befristete Wohnungen« ein Apartment bekommen kann.

> *Im Zusammenhang mit Ihrem Antrag teile ich Ihnen hierdurch mit, dass das folgende Apartment mit direkter Wirkung zu Ihrer Verfügung steht:*
> *Beneluxlaan 12-D-46*
> *Die Wohnung ist ca. 18 m² groß und mit eigener Dusche/Toilette und Küche ausgestattet.*
> *Der Komplex verfügt über einen Fahrrad-Unterstand und einen gemeinsamen Waschkeller. Einen Besichtigungstermin können Sie mittels des beigefügten Vordrucks digital vereinbaren.*

Louis schneidet etwas, er hockt auf einem Fuß und einem Knie im Garten neben einer großen blühenden Lupine. Für einen Mann seines Alters ist er ziemlich gelenkig. Als ich hinter ihm stehe, hört er mit dem Schneiden auf, aber er schaut sich nicht um. Ich hocke mich neben ihn und stehe sofort wieder auf, weil ein Berg halbierter Nacktschnecken auf der Erde liegt, die Eingeweide quellen hervor.

»Wie eklig!«, rufe ich.

»Darüber denken die Vögel anders.«

Louis' Guillotine. Er zeigt auf eine Schnecke mit einem braunen Häuschen. »Guck, diese ist sicher in ihrem kleinen Bunker.«

»Ich darf das Haus nicht mieten«, sage ich. »Solange es noch Frau Smit gehört, hat Berend nichts zu bestimmen.«

Er schaut über seine Schulter. »Sagt wer?«

»Berends Jurist, und ich fürchte, er hat recht.«

Er nickt.

»Ich muss vor Montag hier raus sein und sehe mir morgen eine andere Wohnung an.«

Schnipp! Nichts krümmt sich, nicht mal ein kleines Zucken, die Schnecken können eigentlich nicht klagen.

»Eine Wohnung für mich allein, meine ich.«

17

Heute bin ich in einer halben Stunde fertig mit Frau Smit. Fleur kann sich eine Scheibe von mir abschneiden, so effizient und schnell habe ich meine Arbeit erledigt. Die Krankenpfleger haben ihre Haare gekämmt, auch hinten. Das muss schwierig gewesen sein, es war nämlich schon ziemlich verklettet, unter ihrem Kopf fühlte es sich sogar an wie Filz, als hätte sie Dreadlocks.

Gestern zweifelte ich, ob ich es auskämmen sollte: *Wenn Frau Smit bald im Sarg liegt, braucht sie nicht mehr gequält zu werden, niemand wird ihren Hinterkopf je noch zu Gesicht bekommen. Andererseits, vielleicht lebt sie noch ein Jahr, ohne Patientenverfügung kann das gut sein.*

Ich beschloss, es so zu lassen, fühlte mich aber doch schuldig, als hätte ich Dreck unter den Teppich gekehrt. Die Krankenpfleger haben schon so viel zu tun, sie rennen hier rum, als würde man ständig vorspulen, und trotzdem lasse ich sie meine Arbeit machen.

Als ich gerade durch den Gang lief, rief jemand: »Tut, tut!« Ich sprang zur Seite und wurde von einer Krankenschwester überholt, die ein Bett schob, samt Patient. Ich weiß nicht, wer von den beiden *tut, tut* rief.

Als ich auf der Beneluxlaan bin, schickt mein Navi mich noch drei Kilometer weiter geradeaus, dann bin ich erst an dem Fähnchen angekommen. Das einzige Grün, das ich entdecken kann, wächst zwischen den Gehwegplatten, ansonsten ist alles grau und schäbig, sogar die Graffiti an den Wänden sind blass, der Kontrast zur Kamperfoelielaan könnte nicht größer sein.

Ziel erreicht.

Als ich aussteige, kommt ein Mann auf mich zu. Er ist in meinem Alter, aber die Hose, die er trägt, kenne ich von meinem Vater. Brauner Cord, es überrascht mich, dass ich das Wort noch kenne.

»Sie kommen wegen der Besichtigung?« Er schüttelt mir wahnsinnig kurz die Hand und zieht sie schon zurück, bevor ich sie drücken kann.

»Gé Bartels.« In einer blitzschnellen Bewegung zeigt er mir eine Art Identitätskarte, wie ein Ermittler in einer Polizeiserie. G. Bartels. Das Passfoto auf der Karte ist so klein, dass es auch von mir hätte sein können.

»Haben Sie den Weg gut finden können?«, erkundigt er sich höflich.

Eigentlich muss mal ein neuer erster Satz erfunden werden, schließlich fährt niemand mehr ohne Navigationssystem.

»Doch, ja.«

Während wir zur Haustür des Gebäudes gehen, erzählt er, dass manche Navis zwischen den Hochhäusern den Dienst verweigern. Ich sage, dass meins zum Glück weiterhin funktioniert hat, worauf er erklärt, dann besäße ich wahrscheinlich ein Trägheitsnavigationssystem und hätte Glück.

»Oh, das wusste ich nicht«, sage ich.

»Sehen Sie, so lernen wir jeden Tag wieder etwas Neues«, antwortet Gé Bartels.

Zwölf Stockwerke lang stehen wir in einem kleinen Aufzug mit Spiegeln und Neonröhren, von denen eine flackert. Gé ist Raucher, ich habe es schon direkt an seiner fahlen Haut erkannt, und jetzt rieche ich es auch.

»Der Aufzug ist doch immer wieder sehr viel schneller als die Treppe.« Er klingt aufrichtig positiv.

Außer wenn der Aufzug stecken bleibt. Ich sehe keinen Alarmknopf, wohl aber ein Schild, auf dem steht, dass man bei Feuer die Treppe nehmen soll. Vielleicht verbringe ich die letzten Stunden meines Lebens in einer Aufzugkabine von ein mal zwei Metern, zusammen mit einem mir unbekannten Mann, der die Augen von Putin hat.

»So, wir sind schon auf halber Strecke«, sagt er.

Beide meiden wir den Spiegel und einander. Stan war sehr gut im Small Talk, er benannte immer alles, was er sah, und so stumpfsinnig das auch klingt, der Rest ging von selbst.

»Aufzüge haben immer einen Spiegel, was?«, sage ich.

Ein Schuss ins Schwarze, meine Bemerkung beglückt ihn wirklich. »Die meisten Leute denken, der Spiegel hängt dort, damit der Aufzug größer wirkt, das ist aber nicht der wichtigste Grund. Wer sich selbst sieht, macht weniger dumme Streiche, das ist psychologisch bewiesen. Man meint, man würde beobachtet. Das ist der Effekt vom Spiegel, man ist nicht mehr anonym.«

»Dumme Streiche … wie Graffiti?«

Er reagiert nicht, sonst verliert er den Faden. »Auch für Rollstuhlfahrer hat der Spiegel eine Funktion. Sie können sich in diesem Aufzug nicht umdrehen und dank des Spiegels dennoch sehen, auf welcher Etage sie sich befinden, wer reinkommt und was hinter ihnen passiert. Außerdem entsteht auch ein räumliches Gefühl, und weil dieser Typ Aufzug recht langsam fährt, bringt es dazu noch ein wenig Ablenkung. Früher wurde der Aufzug bisweilen als Toilette benutzt, aber seitdem der Spiegel da ist, ist das vorbei.« Er wartet einen Moment und nickt dann.

»Gut zu wissen«, sage ich.

Wir sind da. Sollte ich hierherziehen, werde ich nie mehr im Aufzug stehen, ohne an Gé Bartels zu denken. Als wir über den Gang gehen, den Gé den »Laubengang« nennt, macht er noch eine Bemerkung über die gute Aussicht, und dann sind wir endlich bei Nummer 12-D-46. Die Wohnungstür lässt sich ohne Schlüssel öffnen.

»Keiner weiß das«, sagt er beruhigend. »Ich gehe mal kurz vor.«

Mit einem einzigen Schritt stehe ich im Wohnzimmer, es ist noch kleiner, als man von außen vermuten würde.

»Die Größe an sich sagt auch nicht alles, und hier ist angenehm viel Licht«, sagt Gé Bartels.

Es ist ein einziges Zimmer, in der Mitte getrennt durch eine beige Ziehharmonikawand aus Kunstleder, die jetzt aufgeschoben ist. In die Wand ist mit großen, dunkelbraunen Buchstaben *FUCK* geritzt, die machtlose Wut knallt einem entgegen.

Gé reibt mit dem Zeigefinger über das *F*, nickt dann aufmunternd. »Das geht mit Farbe weg, ein paar Schichten wird man brauchen, dann füllt es sich von selbst. Mal sehen, der

Boiler wurde erst vor Kurzem noch durch einen Achtzig-Liter-Tank ersetzt, Sie können also nach dem Abwasch auch noch duschen.«

Ich schaue nach draußen; in dem Hochhaus gegenüber sehe ich einen Kopf am Fenster, der schnell wieder verschwindet, die Gardine weht noch einen Moment. Auf dem Laubengang redet eine Gruppe Jungs laut und aufgeregt miteinander.

»Ich rieche etwas Seltsames, Sie auch?«, frage ich.

»Das kann sein, hier in der Kanalisation saßen ein paar Ratten, aber die wurden inzwischen alle verscheucht, mit umweltfreundlichen Mitteln.«

Vernichtet, denke ich, aber ich bin mir nicht mal sicher. »Was ich jetzt also rieche ...«

»Das sind die Folgen.« Er späht kurz in eine Steckdose. »Es ist natürlich außergewöhnlich ruhig, wenn man auf der zwölften Etage wohnt, und der Vorteil dieses Komplexes ...«

Ich schaue mich noch kurz um. Bestimmt lässt sich hieraus etwas machen, wenn ich tapeziere, blickdichte Gardinen und schöne Vorhänge anbringe, Teppich verlegen lasse, ein Klappbett anschaffe, einen Spiegel an der Wand für einen räumlichen Effekt befestige ...

»Entschuldigen Sie, dass ich Sie unterbreche, aber sind wirklich keine anderen Wohnungen frei?«

»Nein.« Er legt den Kopf ein wenig schief, in den Mitleid-Stand. »Sie haben nämlich keinen Nachweis über akute Not, und ehrlich gesagt haben Sie Glück, dass so schnell was frei geworden ist.«

»Was ist denn akute Not?«

»Die Antwort werde ich Ihnen ersparen.« Er schaut mich eindringlich an, der Unterschied zwischen toten und starrenden Augen wird plötzlich ganz klar sichtbar, es ist Schauen, ohne zu sehen, aber es ist schon noch Leben da. »Ich verstehe Ihre Bedenken, wir wissen auch, dass das nicht gerade die Bene*luxus*laan ist, aber man kann es natürlich auch anders betrachten.« Er schlägt die Augen ein paarmal nieder, es sieht aus, als würde er mit den Unterlidern blinzeln, wie ein Salamander, aber ich bin mir nicht sicher.

»Wie denn?«, frage ich verzweifelt.

»Wegen der Abriss-Verordnung können wir für diese Apartments eine recht niedrige Miete veranschlagen, und Sie können sofort einziehen, das heißt zum Ersten des kommenden Monats.«

Ich muss also sowieso drei Wochen überbrücken. »Dann hoffe ich nur, dass schnell was anderes frei wird.«

»Mein Opa sagte immer: ›Hoffnung ist der Stab, von der Wiege bis zum Grab.‹«

Vielleicht ist es Galgenhumor, und er meint, ich solle mich eben schön zum Narren halten lassen, aber ich fürchte, dass er seinen Opa ernsthaft für einen sehr weisen Mann hielt. Auf jeden Fall setzt er seine Wohnungsführung unbeirrbar fort. »Dann werde ich Ihnen jetzt noch die Nasszelle zeigen.«

Zurück zu Stan oder hier wohnen, das sind kurzfristig betrachtet meine beiden Möglichkeiten.

»Die Toilettenbrille wird noch ersetzt, das machen wir

standardmäßig bei neuen Bewohnern«, ertönt Gés Stimme, verstärkt von der Akustik in der Nasszelle.

Ich verdränge das Bild der Rattenleichen und gehe zu ihm. Es ist eine ganz normale Toilette, ich schätze anderthalb Quadratmeter groß, aber an einer Seite hängt eine Dusche.

»Ich nehme sie«, sage ich.

18

Veronique sitzt wieder auf dem Sofa, der Fernseher ist ausgeschaltet, aber sie schaut auf den schwarzen Bildschirm, als liefe dort ein Film. Sie trägt neue Turnschuhe, rosa mit Lackstreifen und Glitzerschnürsenkeln. Als ich ihr sage, dass ich sie schön finde, wirft sie einen kurzen Blick darauf, dann starrt sie wieder auf den Fernseher. Die ganze Zeit über nagt sie an ihren Fingernägeln, ihre Schneidezähne fungieren als Raspel, wie bei einem Biber.

Könnte ich nur jemanden um Rat fragen, der Ahnung hiervon hat, ihren Lehrer oder ihre Lehrerin zum Beispiel. Ich setze mich neben sie und schaue ebenfalls auf den schwarzen Bildschirm.

»Hast du die gerade neu?«, frage ich.

Sie denkt kurz nach, zieht sie dann aus und wirft sie vor meine Füße auf den Boden. »Hier, du kannst sie haben.«

»Nein, nein! Die sind mir viel zu klein!«

»Mir auch.«

Und trotzdem sind sie neu, das kann ich riechen. »Von wem hast du sie bekommen?«

»Von niemandem.«

Ihre Socken waren irgendwann mal weiß, sind jetzt aber fast gleichmäßig beige. Wie soll ich reagieren, was würde ich an ihrer Stelle wollen? Oder sollte ich gerade nicht so denken?

»Soll ich etwas für dich zeichnen?«

Sie nickt.

»Soll ich dich nachmalen?«

»Nein, John.«

Ich nehme mein Handy und google nach »Tiger«, damit ich die Verhältnisse sehen kann, und fange dann an zu skizzieren: erst die Konturen und dann Johns bulldoggenartigen Unterkiefer. Höchst konzentriert folgt sie meinen Bewegungen, als müsse sie blitzschnell auf einen Knopf drücken, sobald sie erkennt, was es ist. Immer wenn ich kurz zur Decke schaue, um mir John vor Augen zu führen, schaut sie auch. Es wird gut, ganz zum Schluss gebe ich ihm einen Schnurrbart und lange Augenbrauenhaare.

»Genau wie Louis«, sagt sie.

Sie hängt jetzt so nah über meinem Blatt, dass ich raten muss, was ich zeichne.

Und dann sehe ich es: Ihr Nacken ist nicht schmutzig, wie ich zunächst dachte, die blauen Flecke bilden einen Handabdruck, ich sehe sogar einen ganz deutlichen Griff.

»Nun mach schon!« Herrisch klopft sie auf mein Papier, aber meine Hand ist erstarrt.

Und jetzt?

»Bald ziehen hier andere Leute ein, das weißt du, oder?«, frage ich vorsichtig. »Oma kommt nicht mehr wieder.«

»Kommt sie doch.«

Ich schüttele den Kopf. »Wirklich nicht, und ich ziehe dann auch in eine andere Wohnung, also kann ich nicht für dich sorgen.«

»Ich sorg schon selbst für mich.«

Sie braucht Hilfe, so viel steht fest. Soll ich Anzeige erstatten?

Plötzlich sehe ich wieder vor mir, wie sie sich an meiner Hosentasche festhielt, als wir beim Kamel waren ... Könnte ich sie nur wie eine Krake mit allen Armen und Beinen umschlingen und ihr versprechen, dass alles gut wird. Aber es wird überhaupt nicht alles gut, alles läuft völlig schief.

Mein Versprechen lautete, mich eine halbe Stunde täglich um Frau Smit zu kümmern, die sieben Orchideen sind eine freiwillige Erweiterung der Aufgabe, und mit dem Rest dieses Heilsarmeeprojekts habe ich letztendlich nichts zu tun. Das kann ich überhaupt nicht.

»Soll ich jemanden anrufen, der dir hilft?«

»Wenn du das machst, bist du erledigt«, sagt sie sofort, das Gesicht noch immer auf meine Zeichnung gedrückt.

Das kann gar nicht wahr sein, denke ich, es ist unmöglich, dass ein kleines Mädchen so was sagt.

»Was hast du da gesagt?«

Im selben Moment wird laut und energisch ans Fenster geklopft, im Rhythmus von eins, zwei, eins, zwei.

»Gwen«, sagt Veronique.

»Wer ist das?« Meine Stimme klingt heiser.

Sie zeigt auf das Fenster. »Die da.«

19

Vor der Tür steht eine blonde Frau, um die dreißig, schätze ich, aber ich könnte auch zehn Jahre darunter liegen. »Hallo, ich bin Gwen.«

Es gelingt mir nicht, umzuschalten, in meinem Kopf jault der Veronique-Alarm.

»Du bist doch diese Krankenschwester? Ich habe angerufen, aber du bist nie rangegangen. Das ist überhaupt kein Vorwurf.«

Sie lächelt strahlend, ihre schneeweißen Zähne sind eine Nummer größer als ihr Mund. »Ich möchte kurz was mit dir besprechen.«

Ich trete einen Schritt zurück und lasse sie rein. Mit einem ratternden blauen Rollkoffer hinter sich geht sie durch den Flur.

»Hi, Vronchen!« Sie klopft an die Tür, ohne sie zu öffnen, und verschwindet dann in der Küche.

Ich will die Haustür aus dem Rahmen treten und so laut fluchen, wie ich nur kann.

Langsam zähle ich bis drei, dann gehe ich zu Veronique. Sie sitzt murmelnd da und sieht sich meine Zeichnung an, ich glaube, sie spricht mit John. Es ist, als würde sie mich nicht bemerken, aber das ist unmöglich. Ich setze mich auf die Sofalehne und versuche nachzudenken. Ich muss jetzt Anzeige erstatten, bei der Polizei. Kenne ich niemanden, der sie adoptieren möchte?

Plötzlich sieht sie mich an, schuldbewusst und trotzig zugleich. »Was ist?«

»Nichts, oder eigentlich alles«, antworte ich.

»Hallihallo!« Gwen wird ungeduldig.

»Ich bespreche kurz ein paar Dinge mit ihr, danach komme ich wieder zu dir, okay?«

Sie nickt.

Gwen löst das nächste Rätsel, warum ein Aschenbecher im Backofen steht. Sie schaltet die Abzugshaube auf die niedrigste Stufe und setzt sich in den Campingstuhl. Die Aussparung in der Armlehne ist genau groß genug für den Aschenbecher.

Sie trägt ein enges türkises Kleid, bedruckt mit orangen Schmetterlingen. Meine Mutter würde es »ordinär« nennen und Stan »schön fröhlich«. Ich kann sie überhaupt nicht einordnen, sie ist sexy und ein wenig vulgär, besitzt aber auch eine gewisse Vornehmheit, ein wenig frech und ein bisschen hilfsbereit.

Sie zündet sich eine Zigarette an und bietet mir auch eine an.

Ich zögere. »Eigentlich rauche ich nicht.«

»Ich eigentlich auch nicht, ich hatte damit aufgehört, aber dann habe ich doch wieder kurz angefangen, wegen der ganzen Situation.« Sie reicht mir die angezündete Zigarette und nimmt sich selbst eine neue. »Es war so schrecklich, wie sie dalag, aber ich sah trotzdem sofort, dass sie noch lebte. Seltsam, oder, dass man das dann so sicher weiß? Guter Gott, es ist erst eine Woche her, aber es kommt mir vor wie vier.« Ich schiebe den Küchenstuhl neben sie, damit ich auch an der Abzugshaube sitze, und lege die Zigarette in den Aschenbecher. Der Rauch wird in zwei senkrechten Streifen nach oben gezogen.

»Hast du Frau Smit zu Hause die Haare geschnitten?«

Sie lacht und ahmt mich nach: *»Frau Smit …«*

Bestimmt spreche ich zu affektiert. Einen Moment denke ich, dass sie schielt, aber dann sehe ich, dass sie sich meine Frisur ansieht.

»Ich schneide dir auch gern die Haare, wenn du willst. Meistens statte ich nur Hausbesuche ab, wenn sie nicht mehr gehen können, aber ich bin hier eh fast jeden Tag, und dann mache ich den Alten immer in einem Abwasch mit.«

Sie zeigt nach draußen, wo Louis in aller Ruhe Unkraut jätet. »Dieser Quadratschädel mit seiner Kuhle. Alles, was verfaulen kann, darf da rein, meint er.« Sie sieht mich bedeutungsvoll an.

Agathe, Frau Smit, Smit, Oma, Tante A…

»War Frau Smit schlecht zu Fuß?«, frage ich.

»Aber nein, die läuft wie ein Wiesel, die wird man nicht so schnell hinter so einem Karren entlangschlurfen sehen, außer wenn jemand darin sitzt, vielleicht, aber wenn's nach ihr geht, wird sie …«

Gwen quasselt ohne Punkt und Komma. Ich erkenne den Blick in ihren Augen, so schaut meine Mutter auch, wenn sie spricht, die Aufmerksamkeit ist nach innen gerichtet, wie bei jemandem, der liest. *»Ich glaube ja, seine Frau geht über-*

haupt nicht fremd, er ist einfach ein eifersüchtiger Mann, denn er hat überhaupt keine Beweise, keine Ausreden oder Lügen, verstehst du?«

Aber Gwen redet über Frau Smit, und über sie will ich alles wissen. Ich entnehme ihrem Wortschwall, dass das kleine Zimmer oben extra für sie eingerichtet wurde, sie hat ein paar Kunden pro Tag. Als Frau Smit ins Krankenhaus musste, hat Gwen alle Termine abgesagt, aber jetzt will sie wieder anfangen, sie kann nicht auf das Geld verzichten, weil sie ja auch gerade eine Ausbildung macht.

»Das stört dich doch hoffentlich nicht?«, fragt sie, während sie schnell ihr Handy checkt.

»Nein, überhaupt nicht, aber ich ziehe fast schon wieder aus. Ich nehme an, dass wusstest du schon?«, sage ich.

Es prallt an ihr ab.

»Jaarsma kommt jeden Moment, er will seine Haare jede Woche schneiden lassen, auch wenn das totaler Humbug ist, Haare wachsen einen Zentimeter im Monat, aber er mag einfach das Rumfummeln an seinem Kopf, na ja, von mir aus, er bezahlt, also schneide ich einfach in die Luft.«

Sie erzählt langatmig von Herrn Jaarsmas Frau, die früher selbst Friseurin war, jetzt aber Parkinson hat, so was ist echt kein Zufall, genau wie Beethoven, der wurde taub, wenn es nun umgekehrt wäre, wenn man taub ist, kann man prima Haare schneiden, und mit Parkinson kann man bestimmt noch Lieder machen, aber nein, genau falsch rum, sie kannte auch eine Kosmetikerin, die Schuppenflechte bekam …

Ich denke an Veronique. Warum hat Frau Smit das Jugendamt nicht eingeschaltet? Oder die Polizei?

»Möchtest du vielleicht einen Tee?«, frage ich.

»Sehe ich etwa so blass aus? Nein, lieber einen kleinen Port, einer geht schon.«

Ich stelle ihr ein Weinglas hin und nehme die Flasche roten Port. Im Schrank stehen eine geöffnete und noch zwei volle.

»Koma ist so gar nix für sie, sie ist immer so aktiv, ich habe mich heute Morgen kurz um ihre Haare gekümmert, eben schön durchgebürstet und die Spitzen geschnitten. Vronchen ist also einfach hiergeblieben, zum Glück, sie ist ja scheu wie ein Reh. Es war also die Frage, ob ihr euch einigermaßen versteht, ich hatte Angst, sie würde wieder rumstromern. Achtest du darauf, dass sie keine Läuse hat? Wenn sie sich mit so einem Schlumpf am Kopf kratzt, ist es so weit, sie schafft es immer, sie sich irgendwo einzufangen, Agaath wäscht wie eine Weltmeisterin, Louis hat sie mal mit einer Art Zwiebelsuppe eingerieben, ich muss ehrlich zugeben, geholfen hat's wirklich, aber damit kann man so ein Kind doch nicht in die Schule gehen lassen, es ist sowieso schon schwierig mit ihr in der Gruppe.«

Sie schenkt sich noch mal nach. »Nur einen halben. Nein, aber ihre Mutter erst, die hat ihr einfach ratzfatz den Kopf fast kahl rasiert, millimeterkurz, so kurz wie Alexi, das ist dieser Türsteher, der hier Reparaturen erledigt, den hast du bestimmt auch schon gesehen. Alles, was er anfasst, geht in die Brüche, zum Kaputtlachen, aber Agaath hat mir verboten, ihn aufzuziehen, weil er sich so leicht ins

Bockshorn jagen lässt. Na ja, was soll's. Sie hat ihm einen Job besorgt, Zeitungen austragen, sogar zwei, auf Micks Namen, glaube ich, ach, was sage ich da, Mick, ich meine natürlich Dylan.«

Sie nimmt zwei neue Zigaretten, zündet sie an und reicht mir achtlos eine, als wären wir beste Freundinnen, die das schon seit Jahren so machen. Ich lege sie neben die andere, die unberührt wegbrennt, aber ihre ursprüngliche Form behalten hat, sie ist nur ein wenig gekrümmt.

Wenn Gwen den Rauch ausbläst, spricht sie weiter, mit etwas anderer Stimme. »Armer Dylan, er hat's schwer, und Veronique übrigens auch, ihre Mutter tobt sich manchmal so an ihr aus, dass der Abdruck von ihrem Gürtel auf dem kleinen Rücken sichtbar ist, wirklich wahr, man konnte die Schnalle genau erkennen. Wenn das Jugendamt hört, dass Agaath weg ist, wird sie sofort von zu Hause weggeholt, das ist ihnen natürlich viel zu riskant.«

Mit aller Macht versuche ich, das Bild von der Gürtelschnalle zu löschen; wenn es sich einnistet, bekomme ich es nie wieder aus dem Kopf. Ich muss neutral schauen, damit sie nicht merkt, dass das alles neu für mich ist, sonst verschweigt sie mir vielleicht etwas.

»Kennst du ihre Mutter?«

Sie schüttelt den Kopf. »Nicht persönlich, und das ist auch gut so, ich würde ihr die Kehle durchschneiden. Veronique ist immer hier, darum geht es noch gut, aber eigentlich hätte sie schon längst dort weggeholt werden müssen. Die Mutter ist wieder schwanger, habe ich gehört.«

Sie hält eine zusammenhanglose Rede über Zwangssterilisationen im Allgemeinen, ich nicke immer weiter, aber meine Gedanken drehen sich panisch im Kreis. Ein siebenjähriges Kind wird schwer misshandelt, vor meinen Augen, ich muss etwas tun! Warum hat Frau Smit keine Anzeige erstattet?

Ich unterbreche Gwen. »Niemand hat also Hilfe geholt, sich an die Polizei gewandt oder an das Jugendamt? Warum nicht?«

»Warum nicht? Warum wohl, könnte man besser sagen, die tun doch nichts. Ja, einmal wurde sie mitgenommen in so ein Heim, das war, als die Schule Alarm geschlagen hatte oder der Arzt, das weiß ich nicht mehr, aber innerhalb von einem Tag war sie wieder da. Zu Fuß, auf dem Zahnfleisch, weil es nämlich nicht gerade um die Ecke war, und wo geht sie dann hin? Natürlich nicht zu ihrer Mutter, die sie windelweich klopft, nein, sie geht schnurstracks zu Agaath. Die Mutter wohnt ganz in der Nähe, in diesen Sozialwohnungen da hinten, du weißt schon, die Bewohner dieses Viertels haben noch enorm dagegen protestiert, ja, klaro, gleiche Chancen für alle, aber nicht in meinem Garten.«

»Ich nehme auch gern ein Glas«, sage ich.

»Recht hast du, morgen kannst du tot sein.« Ehe ich ein Glas aus dem Schrank nehmen kann, hat sie es schon getan, ein echtes Portglas, ohne zu zögern, hat sie den richtigen Küchenschrank geöffnet. Durch einen Spalt in der Tür zum Garten ruft sie Louis was zu. »Hey, Alter, nicht zu tief buddeln, ja? Gleich können wir dich nicht mehr finden!«

Er lacht, ohne aufzuschauen.

»Das ist natürlich für alle die beste Lösung, anfangs kam Vronchen nur her, wenn sie Ärger hatte, dann lag sie hier wieder wie ein Häufchen Elend auf dem Sofa, aber im letzten Jahr ist sie kaum noch bei ihrer Mutter gewesen, wie gut, dass sie dich ins Boot geholt haben, jetzt hat Vronchen wenigstens ihren Platz noch.«

»Wenn man es also meldet, wird sie …«

»Sie fragten erst, ob ich es machen wollte, du weißt schon, hier wohnen und Agaath im Krankenhaus pflegen, aber Veronique und ich sind nicht so dick miteinander, das war also keine so gute Idee, und es war auch die Frage, ob es mit dir klappen würde, und übrigens, ich habe irre viel zu tun mit dieser neuen Ausbildung.« Sie trinkt ihren Port, als hätte sie Durst.

»Ich ziehe hier aus, nach dem Wochenende muss ich weg sein«, sage ich schnell.

Ihr Glas ist leer, sie hält es sich eine Weile an den Mund, um auch den letzten Tropfen aufzufangen, dabei schaut sie mich erschrocken an. »Aber du wolltest das Haus doch kaufen?«

»Das Haus ist und bleibt Frau Smits Eigentum; solange sie lebt, darf keiner es mieten oder kaufen.«

»Holy Shit!« Sie checkt ihr Handy, oder vielleicht schaut sie auch, wie spät es ist. »Hast du Magwan schon gesehen?« Sie wartet nicht auf meine Antwort. »Der Kurde, der auch hier wohnt, ohne Agaath ist er tot, und dann meine ich wirklich tot und nicht so gut wie, aber so ein Kind, das ist doch wieder was anderes …«

»Gwen, warte mal!«, rufe ich. »Erst mal Veronique, wie können wir …«

Es klingelt, und sie steht sofort auf. »Das wird der alte Fatzke sein. Großer Gott, was für ein Theater.«

20

Ich presse Apfelsinen aus. Warum muss ich das alles wissen, ich will weg, lasst mich in Ruhe, ich habe genug um die Ohren. Das graue Loch auf der Beneluxlaan wartet auf mich, leer und ruhig. Dort will ich hin, Matratze auf den Boden, schnell tapezieren, Staffelei aufstellen und schön malen. Ohne Modell, einfach so. Wer weiß, vielleicht ist das ja der Schlüssel zu meinem großen Durchbruch.

Mit einem Gürtel! Ich halte die Hände unter den kalten Wasserhahn, ich habe das Gefühl, es müsste zischen, so erhitzt bin ich.

Mit dem Glas Orangensaft gehe ich zu Veronique. Sie zieht sich die Kopfhörer nach hinten und nimmt es. In einem Zug trinkt sie es aus, sie wirft sich den Saft fast ein, und ihr Gesicht verzieht sich, als würde sie in eine Zitrone beißen.

»Bitter!«, sagt sie.

»Eher sauer«, antworte ich.

»Meiner war bitter.«

Meine Mutter würde sie eine kleine Querulantin nennen. Ich setze mich neben sie, sie schaut wieder so einen japanischen Film. »Gwen schneidet gerade jemandem die Haare«, sage ich.

»Bestimmt Jaarsma.«

Ich nicke und denke an die Gürtelschnalle und die anderen Details.

»Kennst du noch einen Witz?«, fragt sie.

Ich muss lachen.

Erwartungsvoll sieht sie mich an. »Nun sag schon!«

»Ich bin nicht so in der Stimmung für einen Witz. Weißt du was? Ich zeichne alle, die zu diesem Haus gehören, für dich, Oma, John, Louis, Veronique …«

Sie übernimmt meinen aufzählenden Ton. »Magwan, Mick, Dylan, Alexi …«

Ich kann ihren Nacken und ihren Hals gut sehen, der Abdruck wird an den Rändern schon gelblich. Ganz vorsichtig streichele ich ihr über den Scheitel, aber sie schüttelt mich ab wie ein Pferd, das eine Fliege verjagt.

Ich nehme meinen Zeichenblock und skizziere die Villa in Puppenhausperspektive, alle Zimmer, Treppen und Gänge an der Vorderseite.

»Unser Haus«, sagt sie entzückt.

Frau Smit darf aufs Sofa, Veronique daneben, nicht auf ihren Schoß, aber schön nah.

»Oma«, murmelt sie.

In diesem Moment steckt Gwen den Kopf um die Ecke. »Ich bringe Jaarsma kurz zur Tür und mach selbst auch wieder die Biege, ich kann nicht zum Essen bleiben, ich hab meinen Kurs. Schönen Abend!«

»Tschüs«, sagt Veronique, ohne aufzusehen.

»Nächste Woche um dieselbe Zeit, prima!«, höre ich Gwen im Flur sagen.

»Ich kann nicht zum Essen bleiben?«, murmele ich.

»Du wohl, sie nicht.« Veronique tippt auf das Blatt. »Mach nur weiter, Gwen darf auch dazukommen.«

Ich drehe das Blatt um und zeichne die Rückseite des Hauses. Louis sitzt am Küchentisch, Gwen steht oben im Frisiersalon.

»Dylan soll auch zu uns aufs Sofa.«

Ich gebe mir so viel Mühe mit seinem perfekten Körper, dass es misslingt. Seine Haltung ist seltsam, er sitzt verkrampft.

»Hey, Mick!«, ruft Veronique.

»Wer ist Mick?«

»Er.« Sie zeigt auf das Bild. »Er ist tot, aber du darfst ihn nicht ausradieren.« Beschützend legt sie die Hand über ihn. »Jetzt Dylan.«

»Sieht Mick Dylan ähnlich?«

Sie nickt ungeduldig.

»Ist er sein Bruder?«

»Ja, aber jetzt ist kein Platz mehr auf dem Sofa, setz ihn nur hierhin.« Sie zeigt auf den Tisch. Ich mache einen neuen Versuch, Dylan zu zeichnen, und dieses Mal gelingt er besonders gut. Nicht nur körperlich, auch der traurige Gesichtsausdruck, den ich bisher für ernsthaft hielt. Ich statte ihn mit vielen Details aus, um ein wenig Zeit zu haben, das Gehörte über Mick zu verarbeiten.

»War Mick auch immer bei Oma?«, frage ich, während ich seine Hose schraffiere.

»Nein, aber fast jeden Tag. Jetzt musst du Magwan zeichnen, in der Küche.« Sie tippt auf mein Blatt.

»Aber ich weiß doch nicht, wer das ist!«

»Zeichne nur, dann siehst du es von selbst.«

Auf ein neues Blatt zeichne ich den betenden Mann, jedenfalls, wie ich mich von der einen Sekunde noch an ihn erinnern kann. »Wer ist das?«

»Alexi!« Sie betrachtet mich bewundernd, aber auch ein wenig argwöhnisch, als wollte sie meinen Zaubertrick ergründen. »Er muss seine Brille aber aufsetzen.«

»Was für eine Brille hat er?«

»Eine, um besser zu sehen«, sagt sie.

Ich muss lachen. »Du hast auf alles eine Antwort, was?«

»Nicht auf alles.«

Ich zeichne die Brille, die ich auf Frau Smits Laken liegen sah. Plötzlich zieht Veronique mir meinen Drehbleistift vorsichtig aus den Händen, um ihn von allen Seiten ausführlich betrachten zu können, nah an ihren Augen. Dann hält sie die Spitze auf mein Papier und wartet, ob etwas geschieht. Sie denkt, mein großer Trick ist mein Stift, sie lässt sich wirklich nicht einfach so auf den Arm nehmen. Die Idee ist nicht so abwegig, weil der Stift mit seinem Extra-Reservoir, einem Radiergummi und sogar einer eingebauten Mechanik, die das Röhrchen im Stiftkörper versenkt, kompliziert aussieht. Sie wartet noch einen Moment, aber als nichts passiert, bekomme ich ihn zurück. »Alexi muss in den Schuppen, da ist er gern.«

Ich ziehe die Umrisse eines Schuppens um ihn herum, aber sie lacht mich aus. »Viel zu klein!«

»Wer, er oder der Schuppen?«

»Ja«, antwortet sie lachend.

»Sitzt er jetzt gerade vielleicht auch im Schuppen?«, frage ich.

Sie schüttelt den Kopf. »Er hat Angst vor dir. Jetzt Magwan noch, setz ihn in die Küche.«

Allmählich gewöhne ich mich daran, ich wundere mich immer weniger über all die Dinge hier. Ich zeichne einen Mann am Herd, mit dem Rücken zu uns: Magwan.

Veronique brummt wohlwollend, dann sagt sie großzügig: »Du darfst auch dazu.«

Ich zeichne mich selbst im Wohnzimmer mit einem Pinsel in der Hand neben einem Bild, auf dem ich mit einem Pinsel in der Hand abgebildet bin, neben einem Bild, auf dem ich stehe, und so weiter.

»Weißt du, wie das Schokoladenmädchen auf den Kakaodosen von Droste aussieht?«, frage ich.

Nein, und sie will es auch nicht wissen. »Häng es mal auf, dann sieht Oma es, wenn sie nach Hause kommt.«

Ich habe mich selbst zu groß gezeichnet, sehe ich jetzt, in dem friedlichen Wohnzimmer steht eine Riesin.

»Oma kommt nicht mehr nach Hause, Veronique, wirklich nicht. Nach nächster Woche wird hier die Tür verschlossen, ich kann nichts daran ändern.«

Ihr Mund ist vor Wut plötzlich verzerrt, und ihre Augen wirken dunkler. »Du sollst dein großes Maul halten.« Sie schiebt sich den Kopfhörer wieder über die Ohren, richtet die Fernbedienung auf den Fernseher und schaltet ihn ein.

Ich schaue zu Frau Smit, ich habe Berends Augen gezeichnet, aber sie passen gar nicht ins Gesicht seiner Tante. Ohne die Sonde in der Nase sieht sie auch ein wenig kahl aus. Ob

Veronique zu ihr auch mal gesagt hat, sie solle ihr großes Maul halten? Wurde sie dann ermahnt, oder ließ die großherzige Oma es ihr durchgehen?

»Ich geh mal in die Küche«, sage ich.

21

Louis macht Feierabend. »Das war's mal wieder.« Heute sieht er noch grauer aus als gestern. Schweigend tauscht er seine Schuhe aus, das Einzige, was ich höre, ist sein schwerer Atem. Er wäscht sich die Hände und geht in den Flur.

Ich stelle schon mal zwei Gläser und ein Schälchen mit gemischten Nüssen auf den Tisch, gebrannt und gesalzen. Früher, also vor drei Tagen, kaufte ich immer ungebrannte und ungesalzene, wegen Stans hohem Blutdruck.

Louis ist schnell wieder da. »Na so was«, sagt er. Er greift nach seiner Flasche und nimmt den leckersten Schluck des Tages. »Die Dame ist deprimiert.«

Ich weiß nicht, ob er mich oder Veronique meint.

»Alle Damen sind deprimiert«, sage ich.

Er rollt eine Haselnuss über den Tisch; wegen der unebenen Form ist es unmöglich, sie auf einer geraden Linie zu halten. Wir betrachten sie beide, als würden wir ein wissenschaftliches Experiment durchführen. Ich bin wütend, meine Kiefer sind zusammengepresst. Ich bin wütend auf alle, die Veronique nicht geholfen haben, auf ihre Mutter natürlich und auf Louis, weil er sich so rätselhaft gibt, und auf Veronique, weil sie sich so danebenbenimmt. Und auf wen nun wirklich? Ich bin selten richtig wütend gewesen, bis auf die Male, als Stan fremdging … Er ist dermaßen in den Hintergrund gerückt, dass ich kaum noch an ihn denke.

»Ich habe Gwen gerade kennengelernt«, sage ich. »Sie

sprach über einen Kurden, der auch unter der Situation leidet. Weißt du, wer das ist?«

Er tut, als würde er nachdenken. »Das können gut so um die zwanzig, dreißig Millionen sein.«

»Du weißt ganz genau, wen ich meine, jemand, dem Frau Smit geholfen hat. Müssen wir es ihm sagen?«

»Das wird schon.« Er rollt die Nuss noch immer hin und her, ich muss mich beherrschen, um sie ihm nicht wegzunehmen.

»Ich mache mir Sorgen um Veronique, es dringt nicht zu ihr durch, dass etwas passieren muss. Als ich darüber reden wollte, sagte sie, ich solle mein großes Maul halten.« Ich versuche, so zu tun, als ob ich das witzig fände.

Louis will etwas sagen, überlegt es sich dann aber anders.

»Vielleicht könntest du noch mal mit ihr darüber reden?«, sage ich. »Von dir nimmt sie …«

»Pass mal auf!« Er schiebt alle Gegenstände auf dem Tisch zur Seite, nur den Verschluss seiner Flasche lässt er liegen, genau in der Mitte. »Das hier ist ein sehr kleines, beschissenes Bötchen«, sagt er. »Veronique sitzt darin, und der Rest ist Ozean.« Er wischt mit der Hand über den großen Tisch. »Sie kann nirgends hin, und sie hat eine Heidenangst. Und dann rufst du von deinem goldenen Hubschrauber aus, sie soll aufpassen: ›Ein Hai, ein Hai, pass auf! Ich sage es noch ein letztes Mal, weil du ja nicht zuhörst: Da kommt ein Hai!‹«

Oh Gott, hör auf, denke ich. *Er hat recht.*

»Was würdest du denn an ihrer Stelle tun?«

»Sagen, ich solle mein großes Maul halten«, sage ich leise.

Er nickt, sehr oft hintereinander. Seinen Standpunkt hat er klargemacht.

»Und was machst du denn, um ihr zu helfen?« Ich spüre, wie falsch mein Lächeln ist, das meinen Ärger verbergen soll.

Er seufzt. »Nichts, überhaupt nichts.«

Ich nehme den Kronkorken und drücke einen gezackten Abdruck in meine Handinnenfläche. Früher konnte man bei einer bestimmten Marke innen das Plastik herausheben, und auf dem nackten Metall erschien ein roter Buchstabe. Als Kind habe ich auf diese Weise viele Entscheidungen getroffen: Was soll ich anziehen, ein Vokal ist die rote Hose, ein Konsonant eine Jeans. »Warum habt ihr nicht längst das Jugendamt eingeschaltet?«

»Weil sie dann sofort mitgenommen wird und irgendwo in einem entlegenen Zipfel des Landes wieder eingepflanzt wird, in eine Gruppe mit zehn oder fünfzehn Mädchen, die sofort riechen, dass sie anders ist. Und dann ist sie verloren, sie kommt nicht so einfach in einer Gruppe zurecht.«

»Hat es Sinn, ihren Vater zu suchen?«

Er schüttelt den Kopf. »Nadel im Heuhaufen. Man kann eine Menge über die Mutter sagen, aber nicht, dass sie wählerisch war.«

»Hast du sie mal gesehen?«

»Zwei Mal, ich kann noch immer nicht glauben, dass es beide Male dieselbe Frau war. Beim ersten Mal war sie ziemlich normal, vielleicht ein wenig zu fröhlich, aber das Mal danach …« Kopfschüttelnd denkt er daran zurück, ich sehe sogar Angst in seinen Augen. »Das war der Teufel.«

»Manisch?«, frage ich.

»Wie eine Achterbahn.«

Ich bekomme Angst. Das ist viel zu groß, viel zu ernst, ich will das nicht mehr, jemand anderes muss das auf seine Schultern nehmen. »Wer weiß davon? Ihr Lehrer, der Hausarzt, eine Beratungsstelle, das Jugendamt …«

»Ihr Lehrer ist ein großartiger Kerl!« Er hebt den Daumen. »Der hat wirklich alles versucht, um Veronique zu sich zu nehmen, aber wenn die Mutter Nein sagt, dann heißt das Nein, basta.«

»Was? Warum hört man auf sie? Sie misshandelt ihr Kind, warum sitzt sie nicht im Gefängnis!«

»Unterschätz sie nicht! Wenn es darauf ankommt, weiß sie genau, was sie sagen muss, um recht zu bekommen. Wenn du dir jetzt eine Wohnung mietest und Veronique reinlässt, macht die Mutter Hackfleisch aus dir. Du wirst der Kindesentführung beschuldigt – und nicht sie, sondern du landest im Knast. Smit hat das kapiert, und was hat sie also gemacht? Sie hat ihr kiloweise Honig ums Maul geschmiert, und mit Erfolg: Veronique darf herkommen, sooft sie nur will. ›Sonst hockt die Alte da auch nur allein rum‹, sagt Veroniques Mutter zu den Nachbarn. Und darum geht es: Was sie den Nachbarn sagen kann. Nein, wenn wir der Kleinen helfen wollen, kommen wir nicht um die Mutter herum, so ist es nun einmal.«

Er schiebt den Stuhl zurück und marschiert mit seinen Crocs in den Garten.

Ich schäme mich, ohne genau zu wissen, warum. Muss ich etwas tun? Jeder normale Mensch ruft jetzt doch einfach die Polizei an? Wir sind hier doch in den Niederlanden?

Veronique kommt in die Küche, meinen Zeichenblock wie ein Baby an ihre Brust gedrückt. »Warum sitzt du so.« Sie fragt es nicht, sie sagt es.

Unbewusst habe ich mir die Hände vors Gesicht geschlagen, als könnte ich so die Hitze auslöschen.

»Meine Wangen sind so heiß«, antworte ich.

Sie stellt sich ganz nah vor mich und berührt meine Wange mit einem Finger. Ich kann ihre Augen gut sehen: Die Iriden sind blaugrau mit einer grünen, funkelnden Aura um die Pupillen, wie eine Explosion.

»Ich fühle nichts.«

»Vielleicht sind sie schon wieder abgekühlt. Darf ich deine Augen mal malen?«

»Pff, dann mache ich mich lächerlich.«

Ich muss lachen. »Ich meine auf Papier. Hast du eigentlich Geschwister?«

Sie geht nicht darauf ein. »Du musst John noch malen.«

Ich schaue auf die Zeichnung vom Haus, acht Personen zähle ich, mit mir sind es neun. Eine ist schon tot und eine fast.

»Ich leih mir die mal kurz aus, du bekommst sie gleich wieder, dann male ich John dazu. Ja?«

Sie muss kurz nachdenken, aber dann bekomme ich das Bild.

Ich gehe damit in den Garten. Erst denke ich, dass Louis Selbstgespräche führt, aber als ich näher komme, sehe ich, dass er telefoniert. Ich hätte ihn als Handyverweigerer eingeschätzt.

»Okay, ich muss auflegen«, sagt er.

Ich halte die Zeichnung hoch, vor mein Gesicht. »Ich will jetzt alles wissen.«

Er geht weg, ins Haus. Gut, wenn ich nur auf Widerstand stoße, bin ich fertig, dann rufe ich das Jugendamt an, packe meinen Koffer und fahre zur Beneluxlaan.

Aber da kommt Louis schon wieder zurück, mit den Bierflaschen. Er reicht mir eine und geht vor mir zur Gartenbank.

22

Monoton und tiefer, als ich je jemanden habe sprechen hören, erzählt Louis die ganze Geschichte. Oder auch nicht. Vielleicht behält er die Hälfte für sich, oder er denkt sich alles aus, das ist natürlich auch möglich.

Es fängt im Elmahof an. Seiner Frau wurde außer Morphin auch medizinisches Gras verabreicht, diese Kombination half gut gegen die Schmerzen. Schon bald war die Dosis Gras zu niedrig, aber der Arzt durfte oder wollte nicht sofort eine höhere verschreiben. Damit fanden sich alle ab, außer Frau Smit.

»Hat der sie denn nicht mehr alle?« Sie fuhr in die Stadt und ging in den erstbesten Coffeeshop.

Der Typ, der dort arbeitete, hörte sich ihre Bestellung an, stellte dann ein paar Fragen und erklärte ihr anschließend alles Wichtige. Er erzählte, das eine Produkt mache einen high, das andere überhaupt nicht und welche Zutaten genau das verursachten. Es gab ein spezielles Öl gegen Depressionen, ein anderes gegen Krämpfe, der eine Joint sorgte für Halluzinationen, der andere vor allem für Entspannung …

Hier zögert Louis. »Es ist ein wenig technisch, aber es liegt vor allem am Unterschied zwischen CBD und THC.«

»Du bist selbst ja auch gut auf dem Laufenden«, sage ich.

Er hält die Bierflasche gegen das Licht, als wolle er sehen, wie viel noch darin ist. »Das kommt gleich. Eins nach dem anderen.«

»Gut, erzähl nur weiter. Dylan informierte sie also über seine Produkte – ich nehme jedenfalls an, dass der Junge im Coffeeshop Dylan war.«

Kapseln, empfahl Dylan. Die ließen sich genau dosieren und machten nicht high, weil das nämlich in Kombination mit Morphin nicht angenehm wäre.

»Sehr gut, pack's einfach ein«, sagte daraufhin Frau Smit.

Ab diesem Moment war Dylan ihr fester Lieferant. Für alle im Elmahof, denen es half, kaufte sie künftig bei ihm medizinisches Gras. Sehr sorgfältig stimmte Dylan seine Produkte auf die Wünsche der Patienten ab. Zum normalen Preis natürlich, aber das medizinische Gras, das von der Krankenkasse erstattet wurde, war viel weniger wirksam, und wer bald stirbt, schaut nicht auf einen Zehner mehr oder weniger.

»Gesetzlich gesehen mag es verboten sein, was sie da alles tat, aber gleich klopft Smit an die Pforte.« Er zeigt nach oben. »Und dann schmettern die Fanfaren zum Empfang, und sie bekommt sofort Standing Ovations vom vollzählig angetretenen Vorstand.«

»Warte mal, hat sie all die Sachen im Hinterzimmer vielleicht darum bekommen? Im Tausch gegen Gras?«

Falsch.

»Das Hinterzimmer ist mit Dankbarkeit gefüllt, das hat hiermit überhaupt nichts zu tun. Nein, die Leute zahlten einfach in barer Münze, und im Tausch dafür bekamen sie medizinisches Gras von Topqualität.«

»Aber was machte sie denn mit … Doch nicht für sich selbst?«

»Smit machte nichts für sich selbst.«

Eine Weile sagt niemand etwas. Ich will ihn gerade anspornen, als er endlich weiterredet. »Im Grunde dreht sich alles um die Kamperfoelielaan.«

Ich höre an seinem Ton, dass es eine echte Geschichte wird. »Veronique saß damals schon hier auf dem Sofa. Vorher schlich sie um alle Häuser in der Nachbarschaft, und wenn irgendwo eine Hintertür offen stand, huschte sie hinein. Die Häuser in dieser Straße sind so groß, sie fand immer einen Platz, an dem sie nicht sofort erwischt wurde. Manchmal nahm sie sich etwas zu essen oder zu trinken aus dem Kühlschrank, und wenn es ein sicherer Ort zu sein schien, blieb sie auch mal über Nacht dort, im Bügelzimmer auf einem Stapel Schmutzwäsche oder so. Bis immer mehr Leute ihre Fenster und Türen sorgfältig verriegelten, weil sie natürlich doch Spuren hinterließ. Aber Frau Smit fing sie auf. Ab diesem Moment hatte Veronique Liebe, Kost und eine Bleibe.«

Ich brauche eine Weile, um das Bild der schlafenden kleinen Einbrecherin auf einem Stapel Schmutzwäsche zu verarbeiten, aber Louis dröhnt weiter: Gwen. Frau Smit gab ihr eine Schere, einen Kamm und eine Ausbildung. Das Fach passte haargenau zu Gwen. Louis fällt sein eigenes Wortspiel gar nicht auf.

»Ich habe sie schon gesprochen oder, na ja, besser gesagt sie mich.«

Er grinst. »Man muss ein Tuch über ihren Käfig werfen, eher hält sie den Schnabel nicht.«

»Woher kennt sie Frau Smit?«

»Das muss sie dir schon selbst erzählen.«

Wahrscheinlich irgendetwas mit Gras, oder würde Dylan weitergehen, Kokain vielleicht?

Louis schaut auf mein Bild, als wäre es eine Liste zum Abhaken, nach Gwen kam Alexi ... erst nur ab und zu auf einen Kaffee zu Frau Smit, aber nach einer Weile aß er auch jeden Abend mit. Wo er wohnt, weiß Louis nicht, aber er schläft oft im Schuppen. »Der Junge hat eine Menge zu verbergen.«

»Zum Beispiel?«

Er zuckt die Achseln. »Wer weiß das schon.«

»Du, weil du alles erzählen wolltest.«

»Wie dem auch sei: Wenn die Polizei ihn zu fassen kriegt, sehen wir ihn nie wieder.«

»Ist er kriminell?«

Er denkt einen Moment nach. »Jeder Mensch trifft so seine eigenen Entscheidungen, das ist nicht meine Angelegenheit.«

Das kommt drauf an, will ich entgegnen, aber jetzt ist nicht der richtige Zeitpunkt für eine Diskussion über moralische Prinzipien. Weiter. Ich zeige auf Magwan. Es zeigt sich, dass er ein kurdischer Asylant ist, der aus der Hölle geflohen und dann wieder in einer neuen Hölle gelandet ist: einem Asylantenheim im Norden des Landes. »Smit hörte ihn auf der Straße rumtröten, und so kamen sie ins Gespräch, na ja ... mit Händen und Füßen halt, aber sie begriff, dass Magwan tief in der Tinte saß. ›Das geht nicht so weiter‹, sagte sie.

›Komm doch einfach mit, kannst du ein wenig kochen?‹ Ja, meinte Magwan, das müsste schon klappen.«

»Und? Konnte er es?«, frage ich.

»Du großer Gott …« Louis schüttelt den Kopf.

»Nicht lecker?«

»Nicht lecker??«

»Ja, was weiß ich denn!«

Louis entpuppt sich als Leckermaul, jedenfalls legt er so richtig los: »Jeden Abend ein Fest: gefüllte dies, gefüllte das, Fleisch, Fisch, Käse, Huhn und mehr Gemüsesorten, als ich jemals in meinem Leben auf einen Haufen gesehen habe. Hier ein Sößchen und da ein Sößchen, Brot, Pfannkuchen, Mannomann … Da fragt sie, ob es lecker war. Also, kein schlechtes Wort über die Kochkünste meiner seligen Gattin, aber das hier war echt eine andere Klasse. Und alles aus dem eigenen Gemüseladen.«

Ich schaue in den Garten, warum habe ich mich nicht eher gefragt, wie eine alte Dame allein diese enormen Berge Gemüse und Obst verputzen konnte?

»Jeden Abend war hier Full House, ab fünf Uhr oder so lief uns schon das Wasser im Mund zusammen. Bloß Gwen war weniger begeistert, aber auch das war kein Problem, weil Smit Anspruch auf Essen auf Rädern hatte, und darauf ist Gwen ganz versessen. Rotkohl mit Frikadelle oder Haschee mit Kartoffelbrei.«

»Magwan wohnte hier also wirklich.«

»Er war jedenfalls mehr als einmal Übernachtungsbesuch, so könnte man es wohl sagen.«

»Wo ist er jetzt?«

Louis zuckt die Schultern. »Zurück nach überall und nirgendwo. Wenn sie ihn erwischen, ist es um ihn geschehen, wenn ich das mal so klipp und klar sagen darf.«

Ich schaue auf die Zeichnung. »Und Mick?«

Es dauert lange, bevor er antwortet. »Was der bei den Menschen bewirkte ...«, sagt er dann.

»Er war doch Dylans Bruder?«

»Ein Blinder hätte es gesehen.« Er lacht kurz.

»Waren sie Zwillinge?«

»Sie hockten zusammen im Bauch, aber Dylan hatte sich ziemlich breitgemacht, also geriet Mick in Bedrängnis. Mangel an diesem, Mangel an jenem ... Erst merkte man ihm wohl gar nichts an, aber als er ein halbes Jahr alt war, blieb er stehen. *Teletubbies* und eine Windel, weiter ist er nicht mehr gekommen. Er ist zweiundzwanzig geworden und konnte den Löffel nicht zu seinem eigenen Mund führen. Aber das vergaß man, er war einfach Mick, ein erstklassiger Kerl. Wie der einen ansehen konnte, Himmelherrgott, mitten ins Herz. Und du hättest die Kleine mit ihm sehen sollen, unzertrennlich waren sie, und was hatten sie für Spaß zusammen! Ich fand es selbst ab und zu an der Grenze, aber Smit sah nichts Falsches daran.«

Ich erstarre. »Was meinst du damit?«

»Ich meine, was ich sage.«

»Nein, Louis! Was war an der Grenze?«

»Dieses Getue natürlich! Sie hat ihm Schleifen ins Haar gemacht und einen Schal umgebunden, solche Sachen.

Aber sie lachten sich kaputt, beide, also hatte Smit wohl recht.«

Ich sah schon vor mir, dass ich Anzeige bei der Polizei erstatten muss: Der Täter ist verstorben, aber das Mädchen braucht höchstwahrscheinlich Nachsorge.

»Oh, diese Grenze«, sage ich. »Wann ist er gestorben?«

»Am kältesten Tag des Jahres, es fror, dass es nur so krachte. Wir waren alle völlig fertig, unglaublich, was dieser Junge bei den Menschen ausgelöst hat ... Aber gut, Dylan blieb also allein zurück. Smit hat ihn nicht aus den Augen gelassen und ihn bei der Stange gehalten, sonst hätten wir zwei begraben können.« Er schaut auf seine Hände, als würde er sie damit vergleichen. »Der Tod ist ein mieser Verräter.«

Ich nicke, aber das sieht er nicht. »Es gibt ein Gedicht über einen Gärtner und den Tod.« Ich murmle es mehr zu mir selbst als zu ihm, aber er sagt: »Isfahan.«

»Ja, stimmt!«, antworte ich erstaunt.

Wir schweigen eine Weile. Die alte Dame dealt, der Gärtner ist Lyrikkenner, das kleine Mädchen wird misshandelt, und die Krankenschwester, die im Haus wohnt, ist weder Witwe noch Krankenschwester.

Louis hebt einen Zweig auf und zupft sorgfältig alle Blätter ab. Jetzt erst dringt zu mir durch, wie katastrophal der Tod von Frau Smit ist. Oder nein: wie katastrophal er wäre.

»War deine Frau lange im Elmahof?«

Er scheint mich zunächst nicht zu hören, aber dann legt er los: »Man muss dabei zuschauen, wie dieser Körper von diesem gottverdammten Scheißkrebs zerfressen wird. Metastasen, Geschwüre, wie Pilze schießen sie hervor, und du sitzt nur da, du sitzt nur da. Du siehst sie vor Schmerzen krepieren, und es ist deine eigene Frau, ja, vergiss das nicht! Was sie für Schmerzen gehabt hat, ich kann dir sagen, dann willst du nur noch eines, und das ist, diese ganze verflixte Bande kurz und klein schlagen und dann nach Hause, mit ihr, zurück in die Zeit, als alles noch gut war. Dann sagt sie: ›Nun kämm dir doch mal die Haare, du siehst aus wie ein Landstreicher!‹ Gott, wie gerne würde ich das noch einmal hören.« Aus seiner Innentasche zieht er eine Metalldose mit Zigaretten. Ich starre auf den Garten, ganz hinten steht eine große Pflanze, an der fünf riesige Auberginen hängen; wenn ich sie malen sollte, würde ich Tiefschwarz nehmen, glänzend und stolz sind sie, und sie sehen bleischwer aus. Es ist kaum zu glauben, dass diese Pflanze sie alle tragen kann.

Ich höre das Feuerzeug klicken – und noch einmal, und noch einmal …

»Es funktioniert nicht«, sage ich.

»Oh, daran liegt es.«

Ich lache, und er grinst leise mit. Am liebsten würde ich mich jetzt bei ihm anlehnen, einfach ein wenig zur Seite sacken und so sitzen bleiben, bis es zu kalt wird. Und dann ins Haus gehen, wo Frau Smit gerade den Tisch gedeckt hat, damit der kurdische Koch sein tägliches Festmahl mit gefüllten Auberginen servieren kann.

23

Wir hören einen Motorroller.

»Da ist Dylan. Bleib nur sitzen, die Kleine macht ihm schon auf.«

Der Dealer und die Kleine.

»Weiß Veronique über all das Bescheid?«, frage ich.

Er schaut schnell zur Küchentür. »Ich glaube, sie weiß mehr als du und ich zusammen.«

»Und Frau Smit, hatte die nie Angst, erwischt zu werden?«

»Smit? Die hatte nicht mal Angst vor dem Teufel!«

Ich lächle wegen seiner kindlichen Bewunderung.

»Du hast doch auch keine Angst, erwischt zu werden?«, fragt er.

»Nein, aber bei mir gibt's auch nichts zu erwischen.«

Schweigend schaut er mich mit einer hochgezogenen Augenbraue an. Ich sehe sie mir an, sie bildet keinen Bogen, sondern einen Winkel.

»Sie machte doch Sachen, die strafbar sind?«

»Tja, wer nicht.«

»Na ja, ich zum Beispiel.«

»Meinst du das? Du hast auch schon was bei uns gekauft, und du wirst bezahlt, um dich um Smit zu kümmern, ist das weiß oder schwarz?«

»Ja, wenn man so anfängt.«

Louis schießt das Tor: »Genau, so fangen wir an, und es gibt keinen Weg zurück. Sobald du hier anklingelst und die Tür wird aufgemacht, kannst du zwei Sachen machen: weglaufen oder reingehen. Wenn du reingehst, wirst du ins Netz gezogen, weiter hinein, weiter, noch weiter, bis du dich nicht mehr rühren kannst. Smit stellt sich tot, aber vertu dich nicht, die zieht immer noch an den Fäden.«

Dylan kommt in den Garten. Jetzt, da ich von Mick gehört habe, ist er nicht mehr derselbe Junge wie gestern, er ist auf eine Hälfte reduziert, er ist das, was noch übrig geblieben ist.

»So, Junge!«, sagt Louis.

Veronique rennt hinter ihm her, sie hat seinen Helm aufgesetzt. Ich denke sofort an Läuse, aber, nun ja, es ist eh schon zu spät. Sie stellt sich vor Louis. »Rate mal, was ich auf dem Kopf habe?«

»Einen Blumentopf«, schlägt er vor.

Sie schüttelt den Kopf, aber der Helm bleibt an Ort und Stelle. Wir lachen, sie lacht mit, und ich denke: Wir müssen nur die Zeit überbrücken, denn sobald Frau Smit tot ist, kann ich das Haus mieten, und alles läuft einfach weiter.

Louis gibt Dylan ein Zeichen, aber ich kann seinen Blick nicht deuten.

»Nun sag's schon!«, ruft Veronique.

Dylan winkt mir. »Komm mal mit.«

Veronique setzt schnell den Helm ab.

»Nein, du bleibst mal kurz hier«, sagt Louis.

Ohne Widerworte setzt sie sich neben ihn.

»Louis, Julia hatte mal ganz komische Haare«, höre ich sie noch sagen.

Dylan führt mich in den äußersten Zipfel des Gartens, und dort, hinter dem Schuppen, steht eine Reihe mannshoher Marihuanapflanzen.

»Wusste Frau Smit das?«, frage ich erstaunt.

Er nickt und schaut mich lachend an, ich sehe, dass er stolz ist.

»Ist das für den Eigenbedarf?«

Er geht zu der größten Pflanze und knickt einen langen Zweig ab. »Nein, ich rauche eigentlich kaum noch.«

Ich meinte eigentlich Frau Smit, aber das ist ja egal.

»Wir probieren hier alles Mögliche aus, eine Art Experiment sozusagen.«

Wir … Ich lehne mich an den Schuppen und sehe mir die saftigen Pflanzen an.

Er zeigt auf den Boden. »Dazwischen wachsen Knoblauchpflanzen gegen Krankheiten, also die von den Pflanzen, meine ich. Sieh mal, diese hier bekommt Dünger zum Wachsen, diese hier, um schöner zu blühen … So können wir unseren Kunden immer besser helfen, verstehst du? Weil unser Angebot superbreit ist und unser Gras einfach am besten wirkt, das wissen die Leute.«

»Und das machst du also zusammen mit Louis?«

Er nickt. »Wir stellen jetzt auch Öl und Salbe her, weil unsere Kunden oft nicht mehr so gut schlucken können. Am besten wäre es, wenn wir Pflaster machen könnten, dann läuft das Ganze über die Haut.«

»Und wo macht ihr … Oh, warte, in Gwens Frisierzimmer natürlich.«

Er hebt den Daumen und spaziert weiter in seinem schneeweißen T-Shirt, das, genau wie seine Jeans, sorgfältig gebügelt ist.

»Wie genau bist du hier gelandet?«

Er zögert.

»Sag's ruhig, Louis meinte, ich dürfe alles wissen.«

Das funktioniert.

»Ich habe also in einem Coffeeshop gearbeitet.« Er wartet einen Moment, vielleicht um zu schauen, wie das ankommt, und fährt dann fort. »Ich verdiente acht Euro die Stunde, acht Euro, obwohl ich da alles ganz allein gemacht habe! Auch putzen und die Kasse, den Einkauf, Kaffee machen, drehen ... Aber ich blieb trotzdem da, weil mein Bruder mitkommen durfte, das war praktisch. Tagesbetreuung hatten wir nicht mehr oder, besser gesagt, den Transport dahin. Weil meine Mutter auch arbeitet, war das also echt ein Problem.«

Drehen? Tagesbetreuung? Wo ist dein Vater? Ich verkneife mir alle Zwischenfragen, erst muss ich mir einen groben Überblick verschaffen.

»Frau Smit meinte, ich hätte einen schlechten Vertrag, und sie fragte, ob ich an eine Kündigungsfrist gebunden war. Sie sagte: ›Wenn du kannst, solltest du sofort da aufhören. Komm und arbeite bei mir.‹ Das habe ich dann gemacht.«

Smit rules. Dass ich mich trauen würde, einen Jungen in einem Coffeeshop auf seine Arbeitsbedingungen hinzuweisen, ist völlig undenkbar.

»Sie kam also als Kundin in den Coffeeshop, in dem du gearbeitet hast?«

Er nickt. »Ich durfte hier züchten, und mein Bruder durfte mitkommen, um auf Veronique aufzupassen. Oder sie auf ihn, beides eigentlich. Louis half mir, und jetzt probieren wir eben alles Mögliche aus.«

Eigentlich will ich etwas über seinen Bruder sagen, aber ich weiß nicht, wie oder was.

»Louis erzählte gerade von Mick«, fange ich vorsichtig an.

Er macht einfach weiter mit seiner Arbeit: dem Abzupfen gelber und verdorrter Blätter. Womöglich hat er mich nicht gehört.

»Louis erzählte gerade ...«

»Ich rede nicht darüber.«

»Oh, einverstanden«, sage ich, als bräuchte er dafür Zustimmung.

Die Stille ist bleischwer, aber vielleicht will er das ja gerade. Wer in tiefer Trauer versunken ist, möchte in der Nähe des Sumpfes sein, der will überhaupt nicht aufgemuntert werden. Ich schaue Dylan eine Weile zu, er reibt die Stängel der großen Pflanzen jetzt mit etwas ein, das so aussieht wie Frau Smits Vaseline.

»Und wirft das noch ein wenig was ab?«, frage ich.

»Einerseits schon«, sagt er schließlich.

»Verdienst du gut daran?«

»Ja, klar, aber jetzt bin ich meine Kunden los, alles lief über Frau Smit. Echt traurig, die Leute dort haben plötzlich nichts mehr, es wäre wirklich schön, wenn jemand das vorläufig übernehmen würde.« Er sieht mich bedeutungsvoll an: Hier gibt's was zu tun!

Louis sitzt noch auf der Bank, Veronique ist wieder ins Haus gegangen.

»Wo waren wir stehen geblieben?«, fragt er.

»Bei Dylans Marihuanapflanzen und euren gemeinsamen Experimenten. Das Ganze wird ein wenig unübersichtlich, verstehst du, was ich meine?«

»Und ob ich das verstehe, Mädel«, antwortet er. »Und ob ich das verstehe.«

Er hat noch mehr in petto, das spüre ich. Sie legen immer einen weiteren kleinen Stein auf einen wackligen Turm, eine Art umgekehrtes Jenga. Vorsichtig, vorsichtig, hält sie es noch aus, kann sie es noch tragen?

»Wusste Frau Smit denn ...« Ach, lass nur, die Antwort kann ich raten: Smit wusste alles, und noch mehr als das. So was in der Art.

Ich habe erst eine andere Frage: Warum bin ich hier?

24

»Wir fangen bei dem Krankenwagen an.« Obwohl ich neben ihm auf der Gartenbank sitze, spricht Louis nach vorn, als wären dort Kamera und Mikrofon aufgebaut.

»Gibt es direkte Familienangehörige, die wir benachrichtigen können?«, fragte der Sanitäter Gwen.

Sie hätte natürlich antworten sollen, dass Frau Smit gar keine Angehörigen hatte, dass da nur ein Gärtner war, der alle wichtigen Entscheidungen traf. Dann hätten sie noch ein wenig Zeit gehabt, aber in Panik nannte sie sofort den Namen des einzigen Erben: Neffe Berend. Sie kannte ihn nicht, weil er nie zu Besuch kam, aber sie wusste von seiner Existenz, wahrscheinlich trug er denselben doppelten Familiennamen wie seine Tante, Smit-Bergman, das war nämlich nicht ihr Mädchenname, sondern einfach ein Doppelname, und Berend war der Sohn ihres Bruders, also …

Während sie noch weiterratterte, hatte der Sanitäter ihn schon gefunden, B. Smit-Bergman.

»Und der roch die Beute, also machte er Dampf«, sagt Louis.

Innerhalb von ein paar Stunden hatte Berend alle Schlösser ersetzen lassen, und sie standen auf der Straße. Natürlich machten sich alle Sorgen um Veronique, aber auch für Magwan war es lebensgefährlich, durch die Gegend zu streunen.

Louis konnte nicht viel ausrichten, weil Berend fand, einmal in der Woche ein wenig Unkraut jäten und gießen reiche völlig. Allerdings hatte er vor, vorübergehend jemanden im Haus wohnen zu lassen, denn in diesem Viertel wurde viel eingebrochen, und wenn die Einbrecher spitzbekamen, dass in diesem großen, schönen Haus keiner wohnte, würden sie sicherlich zuschlagen.

»Nicht dass Berend dachte, hier sei viel zu holen …« Louis sieht mich mit einem Hai-Grinsen an. »Der Krempel im Hinterzimmer konnte von ihm aus in einer Fuhre zum Sozialkaufhaus, aber es gab einen Fernseher, einen Computer, und vielleicht lag hier oder dort noch ein Ring oder eine Kette. Also musste jemand kommen, um das Haus zu bewachen: Vorhänge aufziehen und schließen, Lichter an und aus, Pflanzen gießen und so weiter.«

»Ich kenne eine zuverlässige Dame, die das machen könnte«, hatte Louis sofort gesagt. Er meinte natürlich Gwen.

Aber inzwischen nervte die Hausärztin Berend mit einem anderen Problem: »Ihre Tante muss mindestens einmal am Tag von Kopf bis Fuß eingerieben werden, sonst hat sie im Nu wunde Stellen«, sagte sie.

Darum werden die sich doch wohl im Krankenhaus kümmern, dachte Berend, aber die Ärztin war streng. »Nein, darum kümmern sie sich nicht, sie rechnen heutzutage mit Unterstützung. Schalten Sie jemanden ein, eine Stunde pro Tag, schlage ich vor, Ihre Tante kann das locker bezahlen. Sie können sich an einen Pflegedienst wenden, die regeln das für Sie.«

Aber Berend war klar, dass jeder Cent, den seine Tante noch ausgab, aus seiner künftigen Spardose stammte, also dachte er sich eine Win-win-Situation aus: »Louis, die Dame, die du erwähntest, kann die auch die Pflege meiner Tante übernehmen?«

Damit fiel Gwen weg, weil die viel zu viel zu tun hatte mit ihrer Karriere.

»Aber sicher, gar kein Problem«, antwortete Louis. »Ich werde sie fragen, ob sie heute Nachmittag mal kurz vorbeischauen kann.«

Wo sollten sie so schnell jemanden finden, übers Internet vielleicht? Gwen hatte eine bessere Idee: Dylan sollte zur Wohnungsbaugenossenschaft *Wohnen Zentral* gehen. Die Leute, die vor Schalter C standen, waren in großer Not, die würden sogar eine Abrisswohnung mieten, wenn es sein musste. »Da musst du jemanden aufgabeln«, meinte sie.

»Wenn sie nicht will, einfach gehen lassen, aber unbedingt deine Handynummer dalassen«, hatte Louis gesagt.

Ein paar Stunden später hatte Dylan schon geschrieben: *Ich hab jemanden.*

»Und das war also ich«, sage ich.

Er nickt und schweigt. Vielleicht erwartet er, dass ich mir eine Lösung ausdenke, schließlich haben sie mich nicht umsonst reingeholt und ins Vertrauen gezogen. Ich versuche nachzudenken, aber ich kriege diese Überdosis an Informationen schon längst nicht mehr sortiert. »Ihr habt mich also reingelegt, weil ihr jemanden gesucht habt, der für Veronique sorgen kann.«

Ja, genauso war es, er unternimmt nicht den geringsten Versuch, es abzustreiten, auch gegen den Ausdruck »hereingelegt« erhebt er keine Einwände.

»Pschscht.« Er stößt mich an und nickt zu seiner Kuhle.

Ich gehe hin, und da liegt Veronique auf dem Rücken, den Helm noch auf dem Kopf, die Hände auf dem Bauch gefaltet. Ich spüre, wie das Blut aus meinem Kopf strömt, aber sie sagt: »Ich bin tot, ja!«

Es ist gruselig, aber wegen des Helms auch witzig.

»Wie schrecklich!«, sage ich.

»Gar nicht«, antwortet die kleine Leiche.

Ich habe es ganz kurz geglaubt, weniger als eine Sekunde, aber trotzdem. Das bedeutet, dass ich im Moment wirklich alles für möglich halte.

25

Ich habe mal einen Naturfilm gesehen, in dem ein Löwe ein Zebra auffraß; daran muss ich denken, als ich Veronique Spaghetti essen sehe. Sie reißt daran, als wären es Eingeweide, die Tomatensoße spritzt durch die Gegend. Ihre Hände benutzt sie höchstens als Stampfer.

Als sie mit den Spaghetti fertig ist, stürzt sie sich auf den Salat. Ich war davon ausgegangen, den nur für mich zu machen, aber sie stopft eine Riesenportion davon in sich hinein, auch die Oliven, die Avocado und die Rote Bete.

Als Nachtisch habe ich Sojajoghurt mit Calcium-Zusatz. Kein Kindernachtisch, sollte man meinen, aber auch den führt sie sich grunzend zu Gemüte. Sie wischt sich den Mund mit dem Ärmel ab und steht auf, wahrscheinlich will sie sich wieder aufs Sofa setzen.

»Sollen wir zusammen abwaschen?«, frage ich schnell. Wenn sie nicht will, finde ich es auch okay, aber sie nickt begeistert.

»Was möchtest du, spülen oder abtrocknen?«

Sie denkt kurz nach. »Was möchtest du?«

»Spülen.«

»Ich auch.«

Ich habe mir vorgenommen, ihr so weit es nur geht entgegenzukommen, also stehen wir einen Moment später beide mit den Händen in einer orangefarbenen Schüssel da. Sie steht dabei auf einem Bierkasten von Louis.

»Krempel dir die Ärmel mal lieber hoch, sonst wirst du klitschnass.« Ich will ihren linken Ärmel aufrollen, aber sie zieht den Arm zurück, als würde sie sich an mir verbrennen.

Zu spät, ich sehe noch gerade eben den Abdruck einer Hand. Ich muss etwas unternehmen, heute Abend rufe ich die Polizei an.

»Hast du einen netten Lehrer oder eine nette Lehrerin?«

Sie nickt. »Mein Lehrer ist noch älter als du.«

»Ui! Und Freundinnen, hast du die?«

»Nein.«

»Findest du das schade?«

Sie schüttelt den Kopf, sehr entschieden. »Gar nicht.«

»Und hast du Tanten oder Onkel?«

Sie antwortet nicht mehr, sie hat was Wichtigeres zu tun, nämlich abwaschen. Sie wischt die Tasse mit der Konzentration einer Chirurgin sauber und stellt sie dann in das Abtropfgestell.

»Stell sie besser auf den Kopf«, sage ich.

»Stell sie selbst auf den Kopf.«

Die Wut ist völlig verschwunden, es klingt jetzt eher wie ein freundlicher Vorschlag.

Als wir fertig sind, will sie noch einmal, aber jetzt von links nach rechts.

»Noch ein Mal, dann ist es Zeit, ins Bett zu gehen«, sage ich.

»Für dich vielleicht, ja.«

Von wem lernt sie das, wer spricht so mit ihr, doch nicht ihre Mutter? Vielleicht die Kinder aus ihrer Klasse?

»Ich schlafe hier.« Sie sagt es sehr resolut, aber trotzdem ist sie erleichtert und sogar erstaunt, als ich nicke. Blitzschnell, als könnte ich es mir anders überlegen, fängt sie mit dem Abendritual an.

Sie füllt Alexis Abführmitteltäschchen und rennt dann die Treppe hinauf.

Unten im Badezimmerschrank steht ein Kulturbeutel mit einer gelben Zahnbürste, Zahnpasta mit Erdbeergeschmack und Schneewittchen-Seife. So sorgfältig und genau, wie sie gerade abgewaschen hat, so grob putzt sie sich die Zähne. Sie schrubbt sie, als würde sie ein Boot abschmirgeln.

»Ich hasse dieses Kackding«, sagt sie, als sich die Zahnpasta nicht sofort zuschrauben lässt.

Dann geht sie an mir vorbei, nicht zum Gästezimmer, sondern zum Schlafzimmer von Frau Smit.

»Nicht reinkommen!«, ruft sie.

Durch den Türspalt kann ich sehen, wie sie sich auszieht, ebenso unbeherrscht, als wolle sie sich die Kleider möglichst schnell vom Leib reißen. Dann zieht sie eilig das olivgrüne T-Shirt an, das unter dem anderen Kissen liegt.

Kein Liebhaber, sondern ein Kindersoldat in einem Kampfkleidchen. Die Ärmel sind ordentlich aufgerollt, genau bis zu ihren Händen.

Sie legt sich ins Bett und seufzt selig. »Ich weiß genau, dass du da stehst!«, ruft sie dann.

Ertappt gehe ich zu ihr. »Lagst du immer bei Oma im Bett?«

»Nein, ich liege hier, und Oma liegt da«, erklärt sie mit

der geduldigen Stimme einer Altenpflegerin auf der Demenzstation.

»Ich meine, du hast also nicht im Gästezimmer geschlafen?«

Sie schüttelt den Kopf. Oje, die Läuse, hat sie sich da gerade gekratzt? Nun ja, zu spät.

Ich setze mich, taste aber erst mit der Hand, wo sie liegt, sie wirkt wie eine Falte in der Bettdecke, so schmächtig ist sie.

»Cooles T-Shirt hast du da an«, sage ich.

Sie greift nach dem Stoff am Hals und zieht ihn nach vorne.

»Riech nur.«

Es riecht nach Desinfektionsmitteln aus dem Krankenhaus, Dettol oder so was.

»Es war von Mick, Oma wäscht es nie mehr. Ich rieche immer nur ein ganz kleines bisschen, sonst ist es zu schnell alle.«

Es ist alles so tragisch und rührend zugleich, schade, dass es sich nicht ein wenig gegenseitig aufhebt, es macht mich todmüde.

»He, wo ist dein Mann?«, fragt sie, als würde sie ihn plötzlich vermissen.

»Ganz normal zu Hause.«

»Bist du rausgeworfen worden?«

»Nein, nein, er ist …«

»Ach, soll er sich doch verpissen«, sagt sie.

Das alles kommt aus diesem zarten Elfchen. Oh Gott, nicht an den Gürtel denken.

»Genau, Vronchen«, sage ich.

Sie nickt noch einmal, als würde sie einen Schlussstrich darunterziehen.

»Oma erzählt jeden Abend eine Geschichte.« Es ist keine Mitteilung, sondern ein Auftrag. Ich denke nach, ich kenne nur Märchen.

»Nun mach schon.«

»Ich kenne, glaube ich, keine Geschichte.«

Sie seufzt. »Na ja, dann erzähl die von dem Friseur eben noch einmal.«

»Das ist doch langweilig?«

Ja, das findet sie auch, aber offensichtlich ist es doch besser als nichts.

»Weißt du was, ich zeichne eine Geschichte für dich.«

Sie hebt eine Siegerfaust.

Ich gehe nach unten, um meine Zeichensachen zu holen. Als ich wiederkomme, schläft sie.

26

Es ist, als hätte man mich ins Cockpit eines Flugzeugs geschoben, ohne Pilot, ohne Co-Pilot, ohne Funkverbindung, nur lauter Passagiere, die mich alle anstarren.

Tu was!

Jetzt ist es wirklich an der Zeit für das Jugendamt. Ich stelle den Laptop auf den Tisch und suche die Nummer heraus. Die Notfallnummer ist vielleicht noch zu dringend, aber es gibt auch eine Nummer für Meldungen: *Ein sicheres Zuhause*. Man darf auch anonym anrufen, aber ein paar Zeilen weiter steht das:

Wenn Sie eine Situation melden, über die Sie sich Sorgen machen, müssen Sie den Namen des Kindes und der Eltern nennen. Ohne diese Angaben können wir nichts unternehmen.

Ich wähle die Nummer, zögere aber immer noch.

»Es fühlt sich nicht gut an, Stan«, jammerte ich früher ab und zu, wenn ich eine Entscheidung traf, auf die ich eigentlich keine Lust hatte.

»Ich habe keine Ahnung, was du meinst«, antwortete er dann. »Deine Intuition wird von primären Impulsen genährt, die längst nicht mehr funktionell sind. Du musst deinem Verstand folgen, nicht deinem Gefühl.«

Ein sicheres Zuhause … Sie hat überhaupt kein Zuhause, hier nicht und bei ihrer Mutter auch nicht.

Versprechen Sie einem Kind nie, dass Sie es niemandem sagen.

Und ein paar Sätze danach folgt noch das hier:
Auch wenn Sie lediglich die Vermutung von Misshandlung oder Verwahrlosung haben, können Sie anrufen und um Rat bitten.

Ich zweifle noch immer, vielleicht richte ich nur Schaden an, wenn ich jetzt schon eine Meldung mache. Sollte ich nicht erst mal Rücksprache halten, zum Beispiel mit Louis? Ja, das ist natürlich viel besser. Was weiß ich denn schon, mir wurde alles nur erzählt. Ja klar, sagt eine andere Stimme, Kopf in den Sand und gut ist.

Am anderen Ende der Leitung geht sofort jemand ran. »Hier ist Mark, guten Abend, kann ich Ihnen helfen?«

Er klingt so warm und hilfsbereit, dass ich an mich halten muss, um nicht sofort meine ganze Geschichte über ihn auszukippen, einschließlich Stans körperlicher Wirrungen.

»Haben Sie eine Frage, oder machen Sie sich vielleicht Sorgen?«

»Ich möchte gern Rat«, sage ich.

»Ausgezeichnet. Mögen Sie mir vielleicht ein wenig mehr erzählen?«

Er ist jetzt so vorsichtig und taktvoll, dass es mich nervös macht. Ich beschreibe Veroniques Situation und erzähle, dass die Nachbarin, zu der sie jederzeit konnte, krank geworden ist. Dylan, Magwan, Gwen und Louis erwähne ich nicht, meinen eigenen Namen habe ich gesagt: Julia, ich sagte automatisch Verhagen. An meinen eigenen Nachnamen muss ich mich erst wieder gewöhnen.

Julia Brouwer, Julia Brouwer, Julia Brouwer …

»Sie ist schon mal in einem Heim gewesen, aber das ging nicht gut, sie ist sofort wieder weggelaufen«, beende ich meinen Bericht.

»Hm, das klingt nicht gut, das klingt wirklich nicht gut!« Es hört sich so alarmiert an, dass ich immer nervöser werde.

»Ich weiß nicht so recht, was ich jetzt machen soll.« Ich lache kurz und dümmlich.

»Nein, das verstehe ich, Julia.« Mark wartet einen Moment und stellt mir dann ein paar angsteinflößende Fragen: Ist das Mädchen jetzt in Sicherheit? Sind Sie allein? Ist die Mutter über die neue Situation im Bilde? Sind alle Türen abgeschlossen? Haben Sie noch andere Anzeichen für Misshandlung gefunden, sollten wir eine Krankenhausaufnahme erwägen?

Ich antworte mit Ja oder Nein und frage dann mit dünner Stimme, was ich am besten machen kann und ob denn vielleicht kurzfristig ein Platz in einer Pflegefamilie frei ist.

»Ich möchte Sie bitten, eine amtliche Mitteilung zu machen, das bedeutet mit Namen und Adresse des Mädchens«, antwortet Mark. »Gerade jetzt, zur Sommerferienzeit, dürfen wir sie nicht ihrem Schicksal überlassen, keinen einzigen Tag. Am liebsten würde ich jetzt sofort jemanden mit diesem Fall beauftragen.«

Ich will, dass sie morgen abgeholt und in einen Bunker gebracht wird, wo sie in Sicherheit ist. Dann besuche ich sie ab und zu mit einem Geschenk und einer Zeichnung, so lange, wie sie braucht, um sich in ihrem neuen Leben wohlzufühlen und bis ich mich wieder zurückziehen kann.

»Dürfte ich fragen, warum Sie zweifeln?«, fragt Mark vorsichtig.

»Es fühlt sich an wie Verrat«, sage ich.

»Das kann ich vollkommen nachvollziehen, aber ich garantiere Ihnen mit hundertprozentiger Sicherheit, dass Sie anonym bleiben.«

Als wäre es egal, wenn es nur heimlich passiert.

Er erklärt, dass viele Leute keine Anzeige erstatten möchten, weil sie das Gefühl haben, Verräter zu sein, aber das ist natürlich nicht so, es ist eine reine Frage der Sorgsamkeit.

»Heutzutage fühlen sich die Menschen nicht mehr für ihre Umgebung verantwortlich.« Er wird plötzlich streng. »Misshandlung oder Missbrauch wird zwar signalisiert, aber anschließend bleibt …«

»Also gut, sie heißt Veronique.« Danach nenne ich alle Angaben, die ich in ihrem Zeugnis gelesen habe: ihren Nachnamen, ihr Geburtsdatum, ihre Schule und den Namen ihres Lehrers: Michael Demeulenaere.

Ich buchstabiere den Nachnamen, nach jedem Buchstaben sagt Mark: »Ja?«

Jetzt kann ich nicht mehr zurück, ich habe die Türen des Forts aufgeschlossen, der Feind kann einmarschieren. Sie haben zusammen einen Plan geschmiedet, damit Veronique hierbleiben kann, aber ich habe sie verraten. »Haben Sie notiert, dass sie nicht in so eine Gruppe kommen darf? Steht denn schnell eine Pflegefamilie zur Verfügung?«, frage ich besorgt.

»Wir werden den Fall so schnell wie möglich bearbeiten«, sagt Mark.

Ich höre ein Knarren, die Klinke wird heruntergedrückt, ganz langsam wird die Tür aufgedrückt, und da steht sie, verwirrt wie ein Zombie bleibt sie auf der Schwelle stehen, sie blinzelt im hellen Licht. Was hat sie gehört, was war mein letzter Satz? Oh ja, über die Pflegefamilie.

»Aber sicher, wird schon alles«, sage ich schnell. Meine Mutter sprach früher immer Englisch, wenn ich sie nicht verstehen sollte.

»Davon dürfen wir nicht so einfach ausgehen«, antwortet Mark.

Ich kann nicht erkennen, ob Veronique es gehört hat, sie setzt sich auf ihren Platz und starrt auf den schwarzen Fernsehbildschirm.

»Nein, das stimmt, das stimmt.« Ich lächle.

»The victim is in the room«, würde meine Mutter jetzt sagen.

»Sie haben also mehrfach Spuren von Misshandlung auf dem Körper vorgefunden?«, fragt Mark.

»Das ist prima«, sage ich. »Ich hoffe, möglichst bald von Ihnen zu hören.« Ich verabschiede mich schnell und setze mich neben Veronique.

»Konntest du nicht schlafen?«

Sie reagiert nicht. Völlig apathisch starrt sie auf den Bildschirm; wenn man es nicht genau wüsste, würde man denken, sie sähe einen Film. Ich greife nach ihrer Hand, die so kalt ist wie ein Eiswürfel, aber sie zieht sie sofort zurück, mit einer Bewegung, die mir für eine Schlafwandlerin ein wenig zu schnell vorkommt.

Es kann gut sein, dass sie einen Schock oder so etwas hat, dann muss ich gleich in der Notaufnahme viel erklären. »Sie ist doch zu Ihnen gekommen, haben Sie denn wirklich nicht gemerkt, wie schlecht es ihr ging? Jetzt sind wir zu spät.«

Ich werde antworten, dass alles, was ich heute zu Ohren bekommen habe, mich völlig matt gemacht hat.

»Sumpf reimt sich auf Schlumpf«, sage ich zu Veronique.

Es ist kein pädagogischer Trick, ich kenne nicht mal einen, aber plötzlich habe ich ihre volle Aufmerksamkeit. Schnell fahre ich fort: »Und Strumpf auch, hast du schon mal einen Schlumpf mit Strumpf gesehen?«

Ich habe auch noch Stumpf in petto, aber zum Glück ist sie schon wieder auf der Erde.

»Total oft«, antwortet sie.

»Komm, leg dich aufs Sofa, ich hole dir schnell ein Kissen«, sage ich.

Sie steht sofort auf. »Ich komme mit.«

Wir gehen zusammen nach oben, ich vor, sie folgt mir auf den Fersen. Aber als ich die Schlafzimmertür öffne, wartet sie im Flur.

Ich sehe, dass sie sich in mein Bett gelegt hat. Da ist sie etwas näher bei Oma, denke ich noch, aber als ich ihre Decke nehme, sehe und rieche ich, dass sie ins Bett gemacht hat. Inkontinenz kann ich auf Frau Smits Liste also auch wieder streichen.

Wahrscheinlich gibt es gar keine Liste, sie war kerngesund, als sie mit einem einzigen Schlag vor die Hunde ging, jedenfalls fast.

»Unter der Windel besonders sorgfältig waschen, Urin kann sich in die Haut einfressen«, rief Fleur.

Veronique steht auf der oberen Stufe, zum Wegrennen bereit, falls ich wütend werde.

»Das macht doch nichts. Komm nur, dann wasche ich dich schnell.«

Sie geht rückwärts ein paar Stufen nach unten.

»Ich habe auch ins Bett gemacht, als ich so alt war wie du.«

»Du Baby!«

Ich muss lachen, und das hilft, sie kommt wieder rauf.

»Ich hab mir schon eine Plastikhose angezogen«, sagt sie. Plastikhose klingt besser als Windel. »Hast du dich auch gewaschen?«

Sie nickt. Ich glaube ihr nicht, aber was soll's.

»Bei Oma brauchte ich nie allein im Bett zu liegen.«

»Bist du immer unten geblieben, bis Oma auch schlafen ging?«

Ich biete ihr eindeutig eine überraschende Option, aber sie nickt schnell und voll Überzeugung. Vielleicht ging Frau Smit ja mit den Hühnern schlafen.

»Gibt's hier irgendwo eine Decke oder so was?«

Aus Frau Smits Kleiderschrank holt sie eine selten hässliche Strickjacke, hellgelb mit einem seltsamen Dufflecoat-Verschluss. Sie lässt mich die Knöpfe schließen und die Ärmel aufrollen. »Komm mal mit nach unten.«

Sie setzt sich aufs Sofa, im Schneidersitz auf das runde Kissen. So habe ich sie zum ersten Mal gesehen, vor drei Tagen. Nicht zu fassen, was seitdem alles geschehen ist.

»Ein Schlumpf hat überhaupt keinen Strumpf«, sagt sie herausfordernd.

»Ach, nein?« Ich nehme meinen Block und zeichne ein Männchen. Es sollte ein Schlumpf werden, ein simpleres Modell ist kaum vorstellbar, aber trotzdem misslingt er von Kopf bis Fuß, er sieht buchstäblich nach nichts aus.

»Er braucht noch eine Mütze«, sagt Veronique. Sie lehnt auf meinem Oberschenkel wie auf einer Stuhllehne.

»Warum eine Mütze? Das ist kein Schlumpf, falls du das etwa glauben solltest.«

Sie wirft einen schnellen Blick auf das Monster. »Das weißt du nicht.«

»Das weiß ich wohl«, sage ich.

»Nicht!« Sie strahlt. Jetzt ich wieder.

»Doch, weil er nämlich keine Mütze aufhat.«

Darüber muss sie unerwartet laut lachen.

»Sieh nur.« Ich male ihm Punker-Haare, um zu beweisen, dass ich recht habe, es wird eine Art Troll.

»Ah, ja.« Sportlich gibt sie klein bei.

Mit kräftigen Strichen zeichne ich das Haus, der Troll steht daneben.

»Ich kenne ein Rätsel: Alle Türen sind geschlossen, alle Fenster auch. Es gibt keine Luke, keinen unterirdischen Tunnel und keinen Schornstein, aber trotzdem kann der Troll immer reinkommen, wie macht er das nur?«

Sie weiß die Antwort und ich nicht, das ist zu schön, um wahr zu sein.

Wenn sie mit dem Schwanz wedeln könnte, würde sie das jetzt tun. »Sag ich nicht.«

»Dann weißt du's nicht!«

»Weiß ich wohl! Er geht überhaupt nicht raus, er ist schon drinnen!«

Ich starre sie an. Berend hat sofort alle Türschlösser ersetzt, ist sie seitdem einfach im Haus geblieben? Vielleicht war sie sogar da, als Frau Smit zusammenklappte.

»Liebes, Oma ist plötzlich gar nicht gut.«

»Wo bist d… Wo hat der Troll denn geschlafen?«, frage ich.

Sie lächelt triumphierend, sagt aber nichts mehr.

»Ich kenne noch ein Rätsel.« Ich nehme ein leeres Blatt Papier und zeichne den Troll auf einem Floß. Nirgends ist Land in Sicht, das Meer ist wild, und die Haie lauern schon. Über ihm kreist ein Hubschrauber.

»Das ist die Frage: Was kann der Pilot tun, um dem Troll zu helfen?«

Sie stürzt sich sofort darauf. »Eine Leiter runterwerfen, dann kann er schnell in den Hubschrauber klettern.«

»Der Pilot hat keine Leiter«, antworte ich.

»Das hast du nicht gesagt!«

»Aber trotzdem ist es so.«

Sie späht wieder auf das Bild, gehetzt wie jemand, der immer auf der Hut sein muss.

»Hat er ein Gewehr?«, fragt sie.

Ich denke schnell nach. »Nein, hat er nicht.«

Sie zischt empört. »Der hat auch überhaupt nichts, dieser Loser.«

Nein, genau, so ist es, dieser Loser hat tatsächlich überhaupt nichts.

»Ich weiß es!«, sagt sie plötzlich. Ihre Wangen haben wieder ein wenig Farbe bekommen. »Er muss seinen Freund anrufen, und der muss mit seinem Hubschrauber kommen, um eine Leiter zu bringen.«

»Gut so, du hast die Antwort erraten.« Ich mache ein Häkchen.

Erst schaut sie sehr erstaunt. »Siehst du!«, sagt sie dann.

Ihr rechtes Ohr ist plötzlich ganz rot.

»Leg dich ruhig hin«, sage ich.

Sie rollt sich sofort zusammen und zieht die Beine unter die Strickjacke.

»Jemand wollte mir den Kopf abbeißen«, murmelt sie noch, und dann fallen ihr die Augen zu.

Ich habe überhaupt nichts, keine Leiter, keine Waffe, das Einzige, was ich tun kann, ist Hilfe holen. Jetzt bin ich mir sicher: Ich habe die richtige Entscheidung getroffen.

27

Nun stehe ich hier schon wieder und schaue auf ein schlafendes Wesen auf dem Sofa. Ab Montag werde ich sie wahrscheinlich nie wiedersehen, und sie fehlt mir jetzt schon. Ich kenne keine Kinder, dieser kameradschaftliche Kontakt ist neu für mich, als wäre ein Marsmännchen zu Besuch, an das ich mich zwar ein wenig gewöhnen muss, mit dem ich mich aber dennoch prächtig verstehe. Alles ist erlaubt, wir müssen uns nur kurz aufeinander einstellen. Meine Mutter geht auf diese Weise mit ihrer Katze um. »Eigentlich saß ich ja da«, sagt sie zum Beispiel zu ihr.

Ich setze mich an den Tisch und versuche, Veronique zu zeichnen, aber die gelbe Strickjacke bedeckt auch den größten Teil ihres Kopfes. Dann fällt mir die zerknitterte Skizze im Kochbuch ein; wenn ich die dazunehme, vielleicht gelingt es mir dann, mich von dem starren Muster zu lösen.

In diesem Moment klopft jemand mit einem harten Gegenstand ans Fenster, wieder im Rhythmus von eins, zwei, eins, zwei.

Gwen, denke ich, und ohne zu zögern, mache ich auf. Ein Mann steht vor der Tür, er hat große braune Augen, einen kurzen Bart und einen Schnäuzer, der seinen gesamten Mund bedeckt. Er stinkt fürchterlich nach altem Schweiß, der Geruch ist so sauer und beißend, dass ich zurückweiche, als würde ich tatsächlich von einer Welle überspült.

Er verbeugt sich vor mir, wie ich es irgendwann mal beim Yoga gelernt habe. »Magwan.«

Der kurdische Koch. Ich erkenne seinen Namen nicht sofort, weil Louis ihn ausspricht wie »Backwahn«, dem er übrigens ein wenig ähnlich sieht. Er zeigt auf mich. »Chulia«, sagt er, als würde er den Namen einer Heiligen aussprechen. Ich trete sofort einen Schritt zurück und halte ihm die Tür auf.

»Aber warum um Himmels willen hast du ihn einfach reingelassen, so spät am Abend, da sind die Probleme doch bereits vorprogrammiert, oder?«, klingt Stans Stimme in meinem Kopf.

Magwan steht neben dem Sofa, er drückt beide Hände auf sein Herz und schaut einen Moment in andächtiger Stille zu Veronique.

Er muss jetzt wirklich duschen, ich würge fast.

»Geh dich gerne waschen.« Ich zeige nach oben.

»Stink?«, fragt er erschrocken.

Ich nicke.

»Sorry, sorry!« Er geht sofort weg, aber sein schwerer Körpergeruch bleibt wie eine niedrige Nebelwolke im Wohnzimmer hängen. Der Orchideenduft ist verschwunden, alles wird davon übertönt. Zum Glück schläft Veronique einfach weiter. Ich öffne die Tür und ein Fenster und setze mich mit einer der Orchideen auf dem Schoß an den Tisch, die Nase in der Pflanze. Die Dusche prasselt, und Magwan singt leise in schönen Schlangenbeschwörer-Intervallen, die so fremdartig klingen, dass ich nicht hören kann, ob es authentisch ist oder einfach falsch. Natürlich darf er bleiben, dieses Haus gehört ihm mehr als mir, aber was, wenn dieser Gestank auch bleibt? In Fernsehserien streichen sich Pathologen dagegen immer etwas auf die Oberlippe, das kann ich auch machen. Frau Smit hat Tigerbalsam, und sonst muss ich auf die Geruchsblindheit vertrauen, die dann irgendwann immer einsetzt.

Ich habe mir umsonst Sorgen gemacht, Magwan kommt als anderer Mann nach unten. An seinen großen braunen Guru-Augen erkenne ich, dass er es ist, aber ansonsten habe ich keinen einzigen Erkennungspunkt mehr. Er trägt ein frisches, sorgfältig gebügeltes Oberhemd und eine saubere, vielleicht sogar neue hellblaue Anzughose mit scharfen Bügelfalten. Sein Bart und sein Schnurrbart sind verschwunden, seine nassen Haare sind streng zurückgekämmt. Ich rieche nur noch meine eigene Seife, Vanille mit Zimt, wunderbar.

»Gut?«, fragt er.

»Voll und ganz.«

Er setzt sich zu mir an den Tisch. »Louis sagt, Chulia sehr, sehr gut.«

Ja, aber da hatte ich noch keine Anzeige erstattet, denke ich.

»Wie geht's dir?«, frage ich.

»Schwierig.« Er schüttelt ein paarmal den Kopf und erzählt dann seine Geschichte in einem Sprachenmix, in dem ich nur ab und zu ein Wort erkenne, zum Beispiel Dylan, WhatsApp oder Asylantenheim.

Trotzdem verstehe ich ihn gut, weil er sich mit Gesten unterstützt, und die beherrscht er wie ein Gebärdendolmetscher – ein wahrer Pantomime. Von seiner Familie verstoßen, unter lebensgefährlichen Umständen geflohen und nach seiner Ankunft in den Niederlanden im Asylantenheim gedemütigt und bedroht.

»Smit hörte ihn auf der Straße rumtröten«, hatte Louis mir erzählt. Ich dachte, er hätte eine Demonstration gemeint, aber Magwan ist Straßenmusiker, seinen Gesten zufolge spielt er Klarinette.

Frau Smit nennt er Mama. »Mama sagt: ›Komm nur.‹« Hier war alles gut. Veronique ist ein liebes Mädchen, Alexi wohnt im Schuppen, Louis ist ein kluger Mann. Mama ist eine sehr, sehr gute Frau. Wenn Mama stirbt, ist er auch tot. Alexi: auch tot. Er macht eine Geste, der ich entnehme: Pech gehabt, kann man nix machen, kann passieren. Aber was wirklich schlimm ist … Er zeigt auf Veronique. Auch tot.

Wirklich oder im übertragenen Sinne, will ich wissen, aber er versteht mich nicht.

Ich lehne mich zurück und betrachte ihn. Seine Orientierung ist sonnenklar, und wenn man in Kurdistan schwul ist, gilt man als Freiwild, dazu stehen ist lebensgefährlich. Plötzlich muss ich an einen Jungen denken, der von seinen streng gläubigen Eltern zu Stan in Therapie geschickt wurde, weil er ihrer Meinung nach an zwanghaften homosexuellen Gefühlen litt. Sie betrachteten das als eine Form der Sucht und hatten über Stan viel Gutes gehört.

Beim ersten Mal erzählte Stan dem Jungen, dass es Gesprächsgruppen für homosexuelle Jugendliche innerhalb der Kirche gab und auch seine Eltern Unterstützung bekommen könnten. Aber der Junge wollte nicht akzeptiert werden, er wollte von seinen zwanghaften homosexuellen Gefühlen geheilt werden, mehr nicht. Er wollte frei sein. Ein paar Jahre später lasen wir in der Zeitung, dass der Junge geheiratet hatte, eine Frau.

Aber bei Magwan lag es einfach auf der Hand. Wer an seiner Orientierung zweifelte, war blind, verrückt oder hatte böse Absichten. Als sein Asylantrag abgelehnt wurde, war damit sein Todesurteil unterzeichnet worden.

»Du?«, fragt er.

Ich nehme meinen Zeichenblock und zeichne meine Geschichte, angefangen bei dem pickepacke vollen Auto vor meinem Haus. Er folgt meiner Hand und macht zustimmende Geräusche, genau wie man es tut, wenn jemand mit einem spricht. Als ich fertig bin, zeigt er auf mich. »Mieze?«

Ich brauche nicht zu raten, weil er schon »Salaze« und »flüchzen« gesagt hat.

»Miete geht nicht«, sage ich. Mit ein paar schnellen Strichen skizziere ich Berend. So stümperhaft ich den Schlumpf zeichnete, so gut gelingt Berend auf Anhieb.

Er nickt. »Sehr, sehr schade.«

Es gibt einen Strohhalm, und der bin ich. Da hat er Pech, weil ich nicht mutig bin. Es gibt Leute, die kein Unrecht ertragen, sie organisieren Unterschriftensammlungen, gehen auf die Straße, suchen die Öffentlichkeit. »Ich dachte, na ja, also, das kann ich einfach nicht zulassen!«, rufen sie ins Mikro des Journalisten.

Aber ich gehöre zu den Menschen, die kopfschüttelnd sagen: »Dass das einfach so geht, was?«

»Könntest du nicht bei Louis wohnen?«, frage ich.

Er schüttelt den Kopf und stellt dar, dass Louis an einem Portier vorbeimuss, um in seine Wohnung zu gelangen. Ich begreife, dass er jemandem eine Karte oder einen Pass zeigen muss, dann öffnet sich eine Tür, er grüßt und geht weiter. Betreutes Wohnen? Seine Pantomime ist virtuos. Louis geht wie ein Reiher, es fällt mir erst jetzt auf.

Magwan schaut zu Veronique. Er seufzt tief und laut, als würde er einen Spiegel anhauchen, und erzählt dann, wieder mit vielen Gebärden, dass ihre Mutter wieder schwanger ist. Das hatte Gwen auch schon gesagt.

»Veronique nicht gut, neues Kind vielleicht gut.«

Als Veronique leise stöhnt, geht er zu ihr, hebt sie hoch und trägt sie wie ein großes gelbes Wollknäuel die Treppe hinauf.

Ich bleibe länger sitzen, als ich selbst merke, denn als ich nach oben komme, stopft er gerade die Laken in die Waschmaschine, und Veronique liegt in einem sauberen Bett.

»Schlaf schön«, sagt er zu mir.

28

Die Nacht dauerte wieder unendlich lang, aber jetzt, da ich Veronique in meiner Obhut habe, traue ich mich nicht, Grastee zu trinken. Womöglich schlafe ich dann zufällig ein, oder ich bekomme Albträume, wer weiß.

In weiter Ferne höre ich Magwan schnarchen, aber es ist so leise, dass ich es mir auch einbilden kann. Alle Geschichten, die ich heute gehört habe, rasen durch meinen Kopf, alle gleichzeitig, ich kann sie nicht mehr entwirren: Wörter, Bilder, Klänge … Ab und zu taucht Stan auf. Dann geh doch einfach zu dieser Anouk! denke ich dann plötzlich wütend, aber im Großen und Ganzen bleibt er sehr im Hintergrund.

Jemand, wahrscheinlich Magwan, hat das Nachttischlämpchen neben Veronique eingeschaltet und damit abermals ein Rätsel des Hauses gelöst: Das Origami-Kunstwerk aus Zeitungspapier passt wie eine Baseballkappe über die Lampe, wodurch das Licht auf Kerzenstärke gedämpft wird. Veronique schläft unruhig, ich glaube, sie träumt. Sie runzelt die Stirn und beißt die Zähne aufeinander.

Wo wird man sie hinbringen, und wann?

Ich will endlich schlafen, morgen will ich fit sein, ich muss wichtige Entscheidungen treffen.

»Vergiss nicht, die Kiste in Sicherheit zu bringen«, hatte Louis gesagt, als er nach Hause ging.

»In Sicherheit? Du meinst beiseitezuschaffen?«

»Wenn sie bloß hier weg ist.«

»Louis, das ist Diebstahl.«

»Das hängt davon ab, wie man es betrachtet«, antwortet er.

»Ja, ja, das kann man über alles sagen.«

»Genauso ist es, Mädel. Not kennt kein Gebot.«

Ich mag es, wenn er »Mädel« sagt. Vielleicht habe ich ja einen Vaterkomplex und bin darum so lange bei Stan geblieben.

Früher träumte ich regelmäßig von Aufgaben, denen ich nicht gewachsen war. Eines Nachts fuhr ich einen Schulbus voller Kinder, die »Von den blauen Bergen kommen wir« sangen, und ausgerechnet als wir den Berg hinunterfuhren, konnte ich das Lenkrad nicht mehr finden. Es war ein grausamer Albtraum, aber Stan musste lachen, als ich ihm davon erzählte, wegen der singenden Kinder. »Wie kann man nur so eine Gruselgeschichte träumen«, sagte er fast bewundernd.

Auch stand ich ziemlich häufig auf einer Bühne vor einem vollen Saal, ohne Text und manchmal auch ohne Kleider. Und immer dachte ich: Warum um Himmels willen tue ich das? Wann habe ich Idiotin diesen Auftritt angenommen? Ich war immer wütend auf mich, ich hätte etwas verweigern sollen. Ich war übermütig oder leichtsinnig gewesen.

Los, schlafen! Ich überlege mir Maler in alphabetischer Reihenfolge: Appel, Bacon, Cézanne, Degas … bis auf das X fällt mir zu jedem Buchstaben einer ein, danach Lieder von den Beatles, aber beim K bleibe ich hängen.

Nicht vergessen, Dylan zu fragen, ob Frau Smit denn Grastee trank, wenn Veronique hier übernachtete. Ich schaue zu ihr, sie hat einen schön geschnittenen, klaren Amorbogen und ein Grübchen im Kinn. Das hatte ich übersehen, als ich sie zeichnete, wie konnte das nur passieren! Ihre Augenhöhlen sind groß.

Ich beuge mich über sie, um sie mir genau ansehen zu können. Plötzlich schlägt sie die Augen auf. Ich würde mich zu Tode erschrecken, wenn mich mitten in der Nacht eine fremde Frau anstarrt, aber sie lächelt verschmitzt, als wäre ich ihr One-Night-Stand. Sie dreht sich um und schiebt sich wie ein Seepferdchen zurück, genau so weit, bis sie ganz nah an mir liegt. Sie ist warm und weich und schmiegt sich perfekt an meine Kurven. Einen Moment erstarre ich – ist das okay, zu vertraut? Aber dann kapituliere ich, lege den Arm um sie und ziehe sie noch mal so richtig fest an mich. Teelöffelchen und Esslöffel.

Es ist halb neun, als ich die Augen wieder öffne. Automatisch taste ich neben mir herum, um festzustellen, ob Stan schon aufgestanden ist, dann wird auch mein Bewusstsein wach, und ich realisiere, dass Veronique nicht mehr dort liegt. Mein Gedächtnis meldet sich: Gestern Abend habe ich sie angezeigt, sie muss weg aus ihrem warmen Nest, es gab wirklich keine andere Lösung.

Schnell ziehe ich mich an: Unterhose, BH und das Kleid von gestern, mehr nicht. Auch mit geschlossenen Vorhängen kann ich sehen, dass es wieder ein sonniger Tag wird.

Sie sitzt auf den Knien vor dem Sofa, in dieser viel zu warmen gelben Strickjacke.

»Schscht.« Sie legt den Finger auf ihre Lippen und zeigt vor sich: John ist zurückgekommen, schnarchend wie ein erwachsener Kerl liegt sie wieder auf ihrem Platz.

»Sie hat total dicke Titten«, flüstert Veronique.

Meine Problemliste wächst und wächst, noch nicht mal die Orchideen kann ich abhaken.

Sie klopft neben sich auf den Fußboden. »Komm.«

John legt sich einladend auf den Rücken, über ihre gesamte Körperlänge ausgestreckt, als würde sie sich am Strand sonnen.

»Du bist so lange gelaufen, den ganzen schrecklich langen Weg, jetzt brauchst du nicht mehr zurück, bleib nur schön hier.«

Natürlich weiß ich, dass Veronique das gesagt hat, aber trotzdem schaue ich mich um. Sie klingt so gruselig anders, wahrscheinlich ist das der Text von Frau Smit und auch ihre Stimme, der Tonfall ist ein wenig Ostniederländisch. Mit einem Finger streiche ich vorsichtig über Johns Bauch, sie sieht aus wie ein Quadrat, so geschwollen ist alles. Veronique macht es mir nach, mit einem Zeigefinger, dessen Nagel bis aufs Nagelbett abgeknabbert ist.

»Hast du ihr die Tür aufgemacht?«, frage ich. Schnell schaut sie mich an, als würde sie erst einschätzen wollen, was ich davon halte, dann nickt sie. »Sie hat nach mir gerufen.«

John schnarcht und schnurrt abwechselnd, es sind eindeutig zwei unterschiedliche Geräusche. Ab und zu hat sie kleine Muskelzuckungen.

»Hat sie den Hicks?«, flüstert Veronique.

»Sie träumt«, sage ich. »Hast du schön geschlafen?«

»Nein, ich habe hässlich geschlafen!« Sie schenkt mir wieder dieses ziemlich laute, heisere Lachen. »Frag es noch mal!«

»Hast du schön geschlafen?«

»Nein, ich habe hässlich geschlafen.« Sie lacht genauso laut wie beim ersten Mal.

»Weißt du, warum sie schon wieder schwanger ist?«, fragt sie dann.

»Nein?«

»Die anderen waren Scheißkinder, und darum will sie neue.«

Sprachlos starre ich sie an.

»Was ist!«, sagt sie.

»Ist deine Mutter schwanger?«

Sie zuckt die Achseln. Weiß ich nicht, meint sie, oder: Ja, aber das ist mir schnurzpiepegal.

Soll ich jetzt weiterfragen? Ich traue mich nicht, sonst bringe ich sie noch auf Gedanken, die sie selbst noch gar nicht hatte. Plötzlich sehe ich eine andere Möglichkeit, eine, die noch um vieles schlimmer ist: Es kann auch sein, dass sie mich meint, weil sie mich belauscht hat, als ich sie verpetzt habe. Oh Gott, bitte …

Ganz vorsichtig streichelt sie mit ihrem Zeigefinger über Johns Bauch, vielleicht berührt sie ihn nicht einmal. Ich mache dasselbe bei ihr, nur die Spitzen ihrer Haarstoppeln. Das erlaubt sie eine Weile. Danach probiert sie aus, ob ich auch schneller werde, wenn sie das macht, langsamer, Kreise ziehe … Ich mache es ihr ganz genau nach. Sie lächelt.

»Vronchen«, sage ich.

Ihr Finger hält inne.

»Wenn wir woanders wohnen, weil wir von hier wegmüssen, soll ich dich dann ab und zu noch besuchen, ich meine dort, wo du dann bist?« Was für eine unmögliche Frage, ich hätte vorher üben sollen.

»Nein, ich bleibe einfach hier.« Es klingt entschuldigend, als hätte ich gefragt, ob sie mit mir spazieren geht. »Aber du darfst auch hierbleiben.«

Ich will schreien, ohne Text, nur mit sehr viel Ton. »Wir haben noch zwei Nächte, danach müssen wir wirklich weg hier. Berend will das, Omas Neffe, und er ist nun einmal der Chef hier.«

»Dieser Gammelschwanz«, sagt sie. Diese Ausdrucksweise. Darum müssen sich ihre neuen Pflegeeltern kümmern, ich weise sie nicht zurecht.

Wegen der Adresse des Tierheims rufe ich Berend an, vielleicht können sie John schnell abholen.

»Gibt's Neuigkeiten?«, fragt er sofort.

Er meint: Ist sie tot?

Ich erkläre ihm den Grund für meinen Anruf, aber er erinnert sich nicht mehr an den Namen des Tierheims. »Irgendwas mit Home, glaube ich«, sagt er.

Es würde mich nicht wundern, wenn er das gesamte

Nest mit der Katzenmutter einfach irgendwo abgestellt hat. »Voilà, so machen wir das!« Die kleinen Neffen haben es nicht überlebt, und da ist John mit ihren dicken Titten nach Hause gelaufen, nicht zum Kamel, sondern zu Frau Smit.

Ich lächle, Veronique soll mir nichts anmerken. Verwundert schaut sie mich an, als würde sie meinen Gesichtsausdruck nicht verstehen. Ich nicke ihr beruhigend zu, während Berend erzählt, dass gleich ein Monteur vom Sicherheitsbetrieb kommt, um ein Angebot zu machen. »Er dreht ein paar Runden durchs Haus, um sich alles anzusehen, also stopf deine Unterwäsche mal kurz in den Koffer, das macht sich so schlecht.« Er wartet einen Moment. »Kleiner Scherz am Rande. So gegen vier steht er auf der Matte, ich bin ein wenig eher da, okay, Tschüssikowsky!«

Berend beendet Gespräche immer völlig unerwartet, jeder Satz kann plötzlich in einem kurzen Gruß enden. Meist grüße ich noch schnell, nachdem er die Verbindung bereits beendet hat, sonst fühlt es sich so unfertig an.

»Holen wir sie ab?«, fragt Veronique, während ich mit meinem Telefon in der Hand auf die Orchideen starre.

»Das ist nicht nötig, sie haben schon ein anderes Zuhause gefunden.«

»Nicht wahr!«

»Doch, wirklich.« Unser lieber Herrgott ist doch auch eine Art Zuhause.

»Darf John sie dann mal besuchen?«, fragt sie.

Oben ertönt Husten. Pfeilschnell springt sie auf. »Magwan!« Und weg ist sie.

John drückt den Kopf gegen meine Hand, sie hat nichts mehr zu verteidigen, ich darf sie überall streicheln. Sie schnurrt übertrieben laut, als wäre sie ein Rasenmäher. Mit einer Hand streichle ich sie, mit der anderen google ich »Katze Junge tot«.

Nicht abpumpen! Eine Woche lang täglich vorsichtig mit Kampfer einreiben.

Und auch:
Kranke Katzen schnurren oft auffällig laut, wenn man sie liebkost, weil eine freundliche Geste gerade dann viel bedeutet. Das Schnurren heißt nicht, dass die Katze auch wirklich glücklich ist.

In ihren Augen sehe ich die unermessliche und tiefschwarze Trauer einer Mutter, die ihre Kinder verloren hat, aber womöglich denkt John nur an Fisch.

»Ich hol ihn dir aus dem Kühlschrank«, sage ich.

Im Flur höre ich Veronique so laut lachen, dass sie fast erstickt.

»Ruhig atmen!«, will ich rufen. Ich bleibe kurz unten an der Treppe stehen und lausche. Magwan macht gorillamäßige Geräusche, nur gut, dass ich Veronique lachen höre, sonst würde ich denken, er sei im Todeskampf.

»Chu …«, höre ich Magwan nachdrücklich sagen.

»Nein, du Trottel, hör doch mal zu, Ju-li-ja«, sagt Veronique.

»Chu-lie …«

Wieder lacht sie ihn laut aus. »Noch einmal: Juu …«

»Chu …«

Ich rufe meine Mutter an, um sie zu fragen, ob sie sich um John kümmern könnte, aber es geht nur die Mailbox ran. »Hinterlassen Sie eine Nachricht nach dem Signalton«, sagt sie, und anschließend muss man eine geschlagene Minute auf diesen Ton warten, schon darum spreche ich nie was drauf.

Stan hat wieder dreimal angerufen, ich nehme mir vor, ihn heute zurückzurufen.

29

Ich hocke neben der Kiste im Hinterzimmer. Das Ende ist nah, wir dürfen jetzt nicht den Kopf verlieren, wenn wir von dem sinkenden Schiff springen. Erst lege ich die Sachen ordentlich zurück in die Kiste, und danach werde ich das Jugendamt anrufen, um mich zu erkundigen, wie weit sie sind. Und dann finden sie hoffentlich heute noch eine Familie für sie, mit lieben Pflegeeltern, die nicht sofort in die Luft gehen, wenn sie sagt, dass sie sich die Schnauze an dieser Scheißkartoffel verbrannt hat.

Louis bekommt John, die Orchideen und diese Kiste, vielleicht kann er den Inhalt verkaufen und mit dem Erlös etwas für Magwan mieten. Und ich? Ich lande wahrscheinlich in der Beneluxlaan, aber ich kann auch zurück zu Stan, nicht um ihm wieder eine Chance zu geben, sondern um meinen endgültigen Abschied dieses Mal in Ruhe vorzubereiten.

Veronique kommt rein. Sie trägt die Strickjacke jetzt geschmackvoll um sich drapiert und mit einem schwarzen Schal um die Taille festgezurrt. Das mürrische Igelchen in einer viel zu großen Oma-Strickjacke hat sich in ein Fotomodell verwandelt, gekleidet im *pièce de résistance* des Abends.

»Was machst du da«, sagt sie.

»Ich räume auf, hilfst du mit?«

Sie nickt.

»Du könntest Zeitungen zerknüllen, dann stopfen wir die zwischen die Sachen in der Kiste.« Ich mache es vor, aber sie schaut nicht einmal.

»Nein, ich packe diesen hier ein.« Ehe ich eingreifen kann, hat sie sich einen der chinesischen Kerzenständer geschnappt, aber sie unterschätzt das Gewicht und lässt ihn fallen. Explosionsartig knallt das Glas auf dem Holzfußboden unter ohrenbetäubendem Scheppern auf. Automatisch halte ich mir eine Hand vors Gesicht, um meine Augen zu schützen. Als ich wieder hinsehe, ist der gesamte Fußboden übersät mit Glassplittern, als hätte es geschneit.

Veronique steht zusammengekrümmt da, während sie ihren Kopf mit beiden Armen schützt, wie Boxer es manchmal machen. Die Ellbogen voran, geht sie rückwärts, bis sie gegen den Schrank stößt. Sie stöhnt, vor Schmerzen wohl oder vor Wut.

Magwan rennt sofort herbei. »Himmelherrgott«, sagt er nahezu akzentfrei. Er rennt knirschend zu Veronique, hebt sie hoch und rennt aus dem Zimmer. Dann erst wird mir wirklich klar, was da gerade passiert ist: Sie ist auf Socken durch das Glas gegangen. Ich hätte sie natürlich sofort hochheben müssen, bevor ich meine Augen bedeckte. Nein, ich hätte diesen Kerzenständer gar nicht erst in ihre Reichweite stellen sollen. Da sieht man es doch, ich bin überhaupt nicht fähig, für ein Kind zu sorgen. Ich setze mich kurz hin, zehn Sekunden, dann stehe ich wieder auf und gehe mit wackligen Beinen in die Küche. Magwan ist schon bei der Sache, effizient wie ein Krankenpfleger. Er hat Veronique auf den

Küchenfußboden gelegt, flach auf den Rücken, in der Eile hat er ihr auch noch zwei Ofenhandschuhe unter den Kopf geschoben. Ihre Füße baden in einer Blutlache. Ihre Socken liegen daneben, sie sehen aus wie zwei blutige kleine Leichen. Magwan hebt vorsichtig ihre Beine hoch und schiebt die Bierkiste darunter.

»Gut?«, fragt er.

Sie nickt achtlos, als hätte er ihr kurz die Schuhe zugebunden.

»Rede du, ich hole Sacken«, sagt Magwan. Er gibt mir einen Schubs und rennt weg.

Ich ziehe den Campingstuhl neben sie und setze mich.

»Er sagt Sacken«, sagt sie.

»Deine Füße, sollen wir die sacken lassen?«

»Nei-ein, er sagt: ›Ich hole Sacken.‹«

Vor meinen Augen funkeln schon winzige Sternchen: Eine Ohnmacht kündigt sich an. Schnell schaue ich in die andere Richtung und atme tief ein. Zum Glück ist Magwan schon wieder da, er hat eine Verbandskiste dabei und eine Lesebrille mit einem gesprungenen Glas.

»Bisschen unangenehm.« Er zeigt Veronique eine Pinzette.

Ich stehe vorsichtig auf und wanke in den Flur. Mir ist schwindlig, ich presse den Kopf gegen den kalten Spiegel, meine Ohren sausen, als wäre gerade Feueralarm ausgelöst worden.

Linke Wange gegen den Spiegel, rechte Wange, Stirn …

Ich höre strömendes Wasser und Magwans ruhige Stimme.

Ruhig atmen, noch ein paarmal … Nach einer Weile sind die Sternchen weg, und ich traue mich zurück in die Küche. Lass es nicht so schlimm sein, lieber Gott, bitte, bitte, keine tiefen Wunden …

Veronique liegt noch. Sie blutet nicht mehr, oder jedenfalls weniger.

»Das Kackteil war voll glatt«, sagt sie.

»Ja, du konntest wirklich nichts dafür!« Ich setze mich wieder zu ihr.

»Ich hab's nicht absichtlich gemacht.«

»Natürlich nicht! Und überhaupt, es gibt noch so einen Kerzenständer, genau den gleichen, es ist also überhaupt nicht schlimm, dass einer kaputt ist. Tut es weh?«

Sie schüttelt den Kopf.

»Soll ich deine Hand festhalten?«, frage ich.

»Musst du selbst wissen.«

Ihre Hände sind genauso schlaff wie die von Frau Smit, aber viel kälter.

»Schon traurig für Nummer zwei«, sagt sie.

»Komm nur, dann halte ich die auch fest.«

Sie lächelt. »Sie versteht alles falsch«, sagt sie zu Magwan, der jetzt mit einem Stück Verband ihre Fußsohlen abtupft. »Ich meinte: traurig für den anderen, weil der eine jetzt kaputt ist.«

»Oh, den Kerzenständer meinst du! Der bleibt allein zurück, weil sein Bruder zerbrochen ist.« Erst beim Wort »Bruder« denke ich an Dylan.

Sie nickt. Magwan setzt sich die Brille auf und fängt an,

Glassplitter herauszuziehen. Es ist unglaublich, dass sie so ruhig daliegt, während er in ihren Fußsohlen herumstochert. Eine hohe Schmerzgrenze – ich habe auf der Homepage gelesen, dass das eines der möglichen Symptome für Kindesmisshandlung ist. Ich will sie loben, weil sie so tapfer ist, aber vielleicht sollte sie sich gerade das abgewöhnen.

»Du kneifst«, sagt sie, aber sie zieht ihre Hand nicht zurück.

Ab und zu klopft Magwan die Pinzette an einem Teller ab, dann hat er wieder einen Splitter erwischt.

»Ich finde es schade, dass ich Mick nicht gekannt habe«, sage ich.

»Mick ist sehr, sehr schade«, sagt Magwan.

Veronique nickt. »Genauso schade wie Oma.«

Wir sind in eine friedliche Stimmung geglitten, ganz ruhig und intim, als würden wir zu dritt ein Puzzle machen.

»Hier.« Veronique reicht mir auch ihre andere Hand, als würde sie mir einen Gefallen tun.

»Danke dir.«

So bleiben wir eine Weile sitzen, ich mit diesen kalten Hähnchenfilets in den Händen, sie geduldig wartend.

»Manchmal sehe ich ihn wieder«, sagt sie plötzlich.

»Wen?«

»Mick. Au, das tut weh!«

Magwan antwortet in seiner eigenen Sprache. Ich bin nicht empfänglich für Spiritualität, aber dass ein schwerbehinderter Junge nach seinem Tod noch ab und zu ein kleines

Mädchen besucht, das ihn so gerngehabt hat, will ich in diesem Moment durchaus glauben.

»Wenn du ihn siehst, kann er dann gehen?«, frage ich.

Sie denkt kurz nach und schüttelt dann den Kopf. »Nee, das wäre ja sonst komisch.«

Und Magwan stochert und stochert. Ich habe mal gehört, Fußsohlen zählen zu den empfindlichsten Körperstellen, aber sie scheint es völlig kaltzulassen. »Eigentlich ist es nämlich Dylan«, sagt sie. »Aber manchmal macht er Mick nach, wenn ich ihn ganz doll vermisse.«

Das muss ich kurz verdauen. »Tut er dann, als wäre er sein Bruder?«

Veronique nickt. »Sieh mal, so.« Sie fuchtelt mit den Armen durch die Luft.

»Still!«, ruft Magwan.

Ich verstehe es: Genau wie Veronique mich ab und zu bittet, Frau Smit zu zeichnen, so bittet sie Dylan, ob er Mick nachmachen kann, wenn sie ihn sehr vermisst.

Ich versuche, mir vorzustellen, wie Dylan seinen spastischen Zwillingsbruder nachahmt, um Veronique zu trösten. Wie furchtbar lieb das ist … Ob er das auch ab und zu für seine Mutter oder seinen Vater macht? Oder für sich selbst, vor dem Spiegel?

Louis kommt mit einer großen Tasche vom Baumarkt herein. »Zum Teufel noch mal«, murmelt er.

»Louis, schau nur, ich blute.« Inzwischen ist Veronique leichenblass. Wenn ich sie malen müsste, würde ich Weiß mit ein wenig Ocker verwenden.

»Magwan, hält sie das durch?«, frage ich leise.

Er wirft einen schnellen Blick auf sie, nickt beruhigend und fängt dann leise an zu summen.

»Hör bloß, wie komisch er singt«, sagt Veronique.

Es ist angenehm, ihm zuzuhören, er gibt einem das Gefühl, dass alles in bester Ordnung ist.

»Bist du jetzt endlich fertig?«, fragt Veronique plötzlich ungeduldig.

Magwan antwortet in seiner eigenen Sprache.

»Ja, hallo!«, sagt Veronique.

»Was sagt er?«

»Was weiß ich.«

»Fertig!«, sagt Magwan.

»Pf.«

Mit einer geschmeidigen Bewegung hebt er sie auf den Tisch. Er hat ihre Füße rundum bandagiert, als wären es Söckchen. »Nicht laufen!« Er nimmt ihr Kinn in die Hand, sein Daumen passt genau in die kleine Kuhle, als hätte er sie selbst da reingedrückt, und er sagt es noch einmal: »Nicht laufen!«

Sie nickt gehorsam. Dann dreht er sich um, und sie klettert geschickt auf seinen Rücken, es sieht aus wie Akrobatik.

»Jetzt Julia«, sagt er.

Fügsam gehe ich in die Knie, und den Rest macht sie. Sie ist gruselig leicht, ich bin schon mit Rucksäcken gewandert, die schwerer waren.

»Wie viel wiegst du?«

»Sag ich nicht.«

Nicht mal zwanzig Kilo, schätze ich.

Magwan hängt mir den schwarzen Schal um den Hals und zieht die Enden unter meinen Armen hindurch. Mit dem Geschick einer jungen Mutter verknotet er sie zu einem stabilen Tragesack, sodass ich die Hände frei habe und Veronique hängen bleibt.

»Ich muss pissen«, sagt sie.

Ich gehe zur Tür. »Dann werde ich Sie mal kurz zur Toilette geleiten, meine Dame.«

Darüber muss sie sehr laut lachen, direkt in mein Ohr.

»Noch einmal«, sagt sie. »Ich muss pissen.«

»Dann werde ich Sie mal kurz zur Toilette geleiten.«

Sie wartet einen Moment. »Meine Dame«, flüstert sie dann.

»Oh, ja: meine Dame.«

30

Ich dusche so schnell ich nur kann. Veronique muss zum Arzt oder sofort ins Krankenhaus, aber wie? Hinten auf dem Fahrradgepäckträger? Nein, ich rufe ein Taxi, das ist besser. Vielleicht könnte Louis die Scherben schon mal beseitigen und Magwan das Chaos in der Küche, überlege ich, für den Fall, dass Berend eher eintreffen sollte. Als ich nach unten komme, scheint schon wieder alles in geregelten Bahnen. Magwan hat die Küche aufgeräumt, und Louis hat die Glassplitter im Hinterzimmer aufgesaugt, er schrubbt jetzt auf Händen und Knien mit einer großen Bürste den Fußboden, das Wasser in seinem Eimer ist rosa.

»Als würdest du die Spuren eines Mordes beseitigen«, sage ich.

»Ja, ja, wir sind in allen Sätteln gerecht.« Er wirft mir einen kurzen Blick zu, was aus dieser Haltung heraus nicht ganz einfach ist. Danach schrubbt er weiter, ab und zu gießt er einen Schuss Milch auf den Blutfleck, und in der Zwischenzeit unterrichtet er mich über den Stand der Dinge: Dylan wurde angerufen und ist sofort gekommen, er bringt Veronique zum Arzt. Wie denn? Mit Frau Smits Auto natürlich, und nein, die Ärztin findet es nicht seltsam, dass ein vierundzwanzigjähriger Typ mit einem siebenjährigen Mädchen auf dem Schoß im Wartezimmer sitzt, denn die Kamperfoelielaan hat keine Geheimnisse vor der Ärztin, sie weiß alles, wirklich alles.

Na bitte, denke ich grimmig, endlich mal wieder etwas, was ich noch nicht wusste. »Kann die Ärztin Veronique nicht zu sich nehmen?«

Er lacht überrascht. »Wenn das alles nur so einfach wäre.«

Ich glaube nicht, dass das seine Absicht ist, aber mit dieser Bemerkung beleidigt er mich zutiefst.

Geh du nur schnell zurück in dein Schickimicki-Haus, höre ich ihn denken. *Zieh dich wieder zurück in dein heiles kleines Leben und lass uns hier den Karren aus dem Shit der großen bösen Welt ziehen, wir haben die falsche Person ins Boot geholt. Hau nur ab!*

Ich schaue auf die rotierende Bürste. Das Blut lässt sich ziemlich leicht aus dem Holz schrubben, vielleicht dank der Milch. Der große Fleck in der Mitte ist fast weg, daneben steht ein einziger Fußabdruck: eine große Garnele mit fünf kleinen Zehen darüber, von dort aus läuft noch eine Tropfspur zur Tür.

»Ich habe übrigens das Jugendamt eingeschaltet, sie kümmern sich«, sage ich.

Er erstarrt. »Du hast *was*?«

»Ja, Himmel … Ich musste doch irgendwas tun! Veronique läuft hier herum wie ein angeschossenes Reh, und keiner unternimmt etwas. Sogar die Hausärztin weiß Bescheid, warum greift sie nicht ein? Sorry, sorry, aber ich finde das wirklich seltsam.«

Louis bleibt noch einen Moment bewegungslos sitzen, dann dreht er sich ganz langsam zu mir. »Täusch dich nicht.« Es klingt drohend.

»Was meinst du damit?« Meine Stimme überschlägt sich, als wäre ich gerade in den Stimmbruch gekommen.

»Verdammt noch mal.« Louis wirft die Bürste in den Eimer und lehnt sich gegen die Tür, breitbeinig, die Arme verschränkt.

»Wir dürfen sie nicht einfach so hängen lassen, das können wir nicht machen!« Ich hocke neben der Kiste und schlage einen Eierbecher in ein Stück Zeitungspapier ein.

»Und dann schreibst du uns mal kurz vor, was wir machen können und was nicht?« Sein Gesicht ist vor Wut verzerrt. Plötzlich habe ich Angst vor ihm. Er kann jeden Moment den zweiten Kerzenständer vom Tisch nehmen und mir damit eins überziehen. Die Grube liegt schon offen da.

Schnell stehe ich auf. »Ich schreib euch überhaupt nichts vor.«

Er schaut mich weiterhin unverwandt an.

»Ich hatte keine Wahl, ihr holt mich hier rein und halst mir ein schwer misshandeltes Mädchen auf, aber ich kann überhaupt nichts tun! Gleich streunt sie wieder allein durch die Gegend, das kann ich doch nicht zulassen? Jetzt wird sich wenigstens jemand um sie kümmern, Leute, die wissen, was sie tun!«

Er zieht eine Augenbraue hoch. »Und was für Leute sollen das bitte sein?«

»Experten.«

»Da sieh mal einer an, Experten!«

Wenn ich mich mit Stan gestritten habe, war ich immer diejenige mit diesem herablassenden Ton: *»Schon wieder* *ein allerletztes Mal, nun ja, da bin ich aber sehr gespannt!«*

»Louis, wir können sie nicht ihrem Schicksal überlassen, da bist du doch wohl meiner Meinung?« Unbeugsam wie ein Leibwächter bleibt er vor der Tür stehen. Eigentlich sollte ich auch einfach den Mund halten, ich muss überhaupt nichts verteidigen. »Du kannst nicht von mir erwarten, dass ich mich plötzlich ihrer annehme, ich habe nicht einmal eine Wohnung!«

Mich ihrer annehme … Alles, was ich zu ihm sage, klingt fürchterlich affektiert. Übrigens, ich habe eine Wohnung, das habe ich ihm selbst erzählt, als er die Schnecken zerschnitt.

»Einfach ein kleines Mädchen von der Straße auflesen und es in seine Obhut nehmen … Es ist naiv zu denken, dass man das so leicht machen kann«, plappere ich weiter. »Das ist absurd, so etwas muss über die amtlichen Kanäle laufen.«

»Absurd?« Er imitiert mich extra affektiert. Auf einmal bin ich richtig geladen, er soll jetzt endlich seinen sarkastischen Mund halten.

»Ja, absurd! Es geht hier um ein Kind, nicht um ein Kaninchen!«

Er nickt lange. »Ganz genau, es geht hier um ein Kind und nicht um ein Kaninchen.«

»Also?«

»Also musst du für sie sorgen, du kannst dich dafür entscheiden, es nicht zu tun, aber das wird an dir nagen.«

Was er sagt, berührt mich, aber wieso und warum, das weiß ich so schnell nicht. »Ich habe für sie gesorgt. Frau Smit würde es vielleicht anders angehen, aber ich bin nicht Frau

Smit.« Ich stehe auf und wiederhole das Wesentliche: »Ich habe für sie gesorgt.«

Er nickt kurz. »Das war's dann wohl.«

Mit geschlossenen Augen stecke ich diesen Nackenschlag ein, dann gehe ich auf ihn zu. »Dürfte ich kurz vorbei?«

Er öffnet die Tür und verlässt das Zimmer.

Als ich ins Wohnzimmer komme, fängt John proaktiv an zu schnurren.

»Nein!« Ich nehme mein Handy und rufe noch einmal das Jugendamt an.

»Stiftung *Ein sicheres Zuhause*, Dorothee Meyer am Apparat, guten Morgen, kann ich Ihnen helfen?«

Ich laufe im Wohnzimmer auf und ab, während ich ihr sage, wer ich bin und dass ich gestern Abend bereits im Zusammenhang mit Veronique Brust angerufen habe. »Ich möchte wissen, ob es Entwicklungen gibt.« Meine Stimme zittert, aber sie kennt mich nicht, vielleicht merkt sie es ja nicht. Ich werde weiterverbunden.

»Sie sprechen mit Natasha Stern, womit kann ich Ihnen helfen?« Ich wiederhole alles, was ich gerade auch schon gesagt habe.

»Alles korrekt. Ich habe die Akte kurz für sie hinzugezogen.« Sie klingt wie ein achtzehnjähriges Mädchen. »Veronique war bei uns bereits bekannt, daher haben wir schon eine Akte angelegt. Zurzeit prüfen wir die Gesamtsituation noch einmal sehr genau, damit wir sichergehen können, dass Veronique in gute Hände kommt. Ihr Fall hat bei uns Priorität, sehr gut, dass sie Alarm geschlagen haben, ich möchte Ihnen nochmals recht herzlich für Ihre Fürsorglichkeit danken.«

Wenn ich mich nicht täusche, ist sie jetzt schon dabei, das Gespräch zu beenden. »Einen Moment bitte«, beeile ich mich zu sagen. »Sie hat nicht Ihre Priorität, das kann überhaupt nicht sein, weil sie nämlich immer hier ist.«

»Das habe ich Ihren Ausführungen entnommen, und wir schätzen es sehr, dass Sie sich um sie kümmern wollten.«

Sie will mich abwimmeln, das Ganze geht in die falsche Richtung. »Was haben Sie jetzt vor? Was kann ich Veronique sagen?«

»Ich kann gut verstehen, dass alles sehr verwirrend ist und Sie sehr mitnimmt, schließlich geht es um ein Kind.«

Sie behandelt mich wie ein Opfer, als würde sie mir eine Decke über die Schultern legen und mich vorsichtig vom Unfallort wegführen.

»Meine Frage war, was Sie jetzt unternehmen.« Ich spreche klar und deutlich, als würde sie unsere Sprache nicht gut beherrschen.

»Ich habe Ihre Frage gehört.«

Ich setze mich neben John und streichle ihn von Kopf bis Schwanz, von Kopf bis Schwanz. Sie macht antizipierende Wellenbewegungen, um möglichst viel abzukriegen. »Nathalie, ich möchte Veronique sagen können …«

»Natasha«, sagt sie freundlich.

»Oh ja, sorry, Natasha, kann ich ihr versprechen, dass sie vor Sonntag einen Platz hat? Es wäre so schön, wenn sie nicht erst noch in irgendeine Wohngruppe müsste. Ist da bitte irgendwo eine Familie, die sie aufnimmt?«

»Alles Weitere müssen Sie jetzt uns überlassen, wir versuchen, Veroniques Situation schnell zu stabilisieren.«

»Was kann ich ihr sagen?«

»Ich glaube, wir bleiben besser selbst verantwortlich für die Kommunikation, aber natürlich halten wir Sie auch auf dem Laufenden.«

Sie gibt mir nur Standardantworten. Es ist, als würde ich mit einem Airbag reden, alles wird aufgefangen und gedämpft. »Finden Sie vor Montag eine Pflegefamilie? Würden Sie bitte Ja oder Nein sagen? Mehr nicht: Ja oder Nein.«

»Sie sind nicht persönlich bei uns bekannt, ich kann Ihnen nicht einfach so Informationen erteilen.«

Sie bleibt höflich, das muss ich schon sagen, und natürlich hat sie recht; vielleicht sitzt die Mutter ja neben mir, oder vielleicht bin ich selbst diese Mutter oder eine Nachbarin, die gleich alles weitertratscht.

»Oh ja, ich verstehe«, antworte ich leise.

Die Tür öffnet sich, und Berend steckt den Kopf um die Ecke. »Ich bin da.« Er ist sofort wieder weg, aber ich konnte sehen, dass er wütend war.

»Frau Verhagen, wissen Sie …« Plötzlich klingt Natasha ein wenig verzweifelt. »Es ist wirklich eine sehr schwierige Zeit, wir haben im Moment eine Warteliste, um auf die Warteliste für eine Pflegefamilie zu kommen.«

Ich wiederhole ihren Satz in Gedanken. »Sie kommt also auf eine Warteliste«, sage ich dann. »Und wenn sie obenan steht, darf sie auf die nächste Warteliste, verstehe ich das richtig?«

»Stimmt genau. Wir sind selbst auch alles andere als glücklich über diese Situation, lassen Sie sich das gesagt sein«, erklärt sie. Dann ist Schweigen, aber alles besser als dieser Abwimmel-Jargon.

»Es gibt aber doch auch Pflegefamilien, die sich extra für akute Fälle zur Verfügung stellen, oder? Das nennt sich Bereitschaftspflege«, sage ich.

Sie ist einen Moment lang still. »Darüber war ich bereits unterrichtet, ja«, sagt sie dann freundlich.

Ich muss an einen Kollegen von Stan denken, der mal bei uns zum Essen eingeladen war. Als ich erzählte, ich würde Porträts malen, erklärte er mir, dass man neue Farben erzeugt, indem man existierende Farben miteinander mischt. Wahrscheinlich habe ich damals auch nach einer kurzen Stille höflich gesagt, dass ich darüber bereits unterrichtet war.

»Wir geben unser Bestes, um die beste Lösung für Veronique zu finden.« Sie ist wieder zu ihren Standardformulierungen übergegangen.

Natürlich verstehe ich sie. Alle, die anrufen, wissen es wahrscheinlich besser, und alle fordern unverzüglich eine Pflegefamilie.

»Wäre es vielleicht eine gute Idee, wenn ich selbst nach einem Platz für sie suche?«, frage ich in einem plötzlichen Impuls.

»Wir beziehen Netzwerkpflege grundsätzlich mit ein. Sobald wir mehr wissen, werden Sie wieder angerufen, das verspreche ich Ihnen.«

Mit gepresster Stimme sage ich, dass ich das sehr schätze.

»Gut, Sie kurz gesprochen zu haben«, antwortet sie.

Wir unterbrechen die Verbindung. Sie lügt, ich lüge, und wir sind beide ratlos, sie ebenso wie ich. Ich kneife die Augen zu und besprühe mein erhitztes Gesicht mit Wasser aus dem hässlichen orangefarbenen Pflanzensprüher.

Berend sitzt im Hinterzimmer am Tisch, der jetzt mit Ordnern und Mappen bedeckt ist. Er hat die dicken Samtvorhänge aufgezogen, eigentlich ist das hier das schönste Zimmer im Haus, mit den Türen zum Garten hin. Es riecht stark nach Schmierseife, und der Fußboden ist noch feucht. Louis ist nicht da, vielleicht steht er bei den Marihuanapflanzen, die kann man vom Haus aus nicht sehen.

»Also, es hat geklappt, sie haben einen Platz für sie!« Berend dreht den Stuhl zu mir, ich erschrecke vor seinem roten Kopf. »Junge, Junge, wie zufrieden sie sind! Das ist wirklich ein Glücksfall, Herr Smit-Bergman! Bitte sehr, nur her damit.« Dem Rest seines Geschnaubes entnehme ich, dass der Elmahof bereit ist, eine Ausnahme von den eigenen Regeln zu machen: Frau Smit ist willkommen, obwohl sie keine Sterbepatientin ist. Nächsten Montag wird sie schon verlegt.

»Und weißt du, was diese edelmütige Geste kostet? Halt dich fest: sechstausend Euro pro Monat.«

Er wartet, bis ich ein erstauntes »Oh« von mir gebe.

»Gut sechstausend Euro pro Monat.« Ganz langsam und deutlich spricht er, als ob ich es auch durch Lippenlesen verstehen müsste. »Ja, sicher, herzlich willkommen! Sie haben sofort selbst Kontakt zum Krankenhaus aufgenommen. Für diese liebe alte Dame möchten sie natürlich einen Platz frei machen, sie hat auch so viel für den Elmahof getan.« Er zieht das untere Augenlid herunter. »Verstehst du?«

Ich schließe die Tür und lehne mich dagegen, ich stehe genau wie Louis heute Morgen. »Aber sie hatte doch vorrangigen Anspruch auf einen normalen Platz?«

Es scheint, ich könnte in letzter Zeit nur noch in diesen Begriffen denken.

»Stimmt, aber wenn dieses Sterbehaus sagt, dass sie ein Bettchen frei machen wollen, wird sie sofort von dieser Liste gestrichen, dann ist sie nämlich schon unter Dach und Fach. Krankenhaus happy, Fall geschlossen.«

Schnell versuche ich, die Situation zu überblicken. Steht jetzt wieder irgendwo eine Tür einen Spalt für uns offen? Nein, solange Frau Smit lebt, gehört das Haus ihr, selbst wenn sie ans andere Ende der Welt emigriert.

»Und in diesem Haus werden sie natürlich alles dafür tun, sie am Leben zu halten, das kann dauern, locker noch ein paar Jährchen. Sie können ja selbst ausrechnen, wie viel zwölf mal sechs ist. Ja, das klingt vielleicht brutal, aber so ist es doch, oder etwa nicht?«

Politisch korrekt ist er auf jeden Fall nicht. Der Schweiß perlt ihm auf der Stirn. Was passiert eigentlich, wenn er tot umfällt?

»Wissen Sie, was ich so seltsam finde?«, frage ich.

»Dass ich noch Junggeselle bin?« Ich bin überrascht, dass er schon wieder lacht. Er sieht sein Erbe in rasendem Tempo schrumpfen, aber Männer wie Berend sind sportliche Verlierer.

»Ja, das auch.« Ich meine es ernst, es gibt genügend Frauen, die auf solche Bonvivants stehen. »Aber jetzt meine ich etwas anderes. Es wundert mich, dass Frau Smit ihre Angelegenheiten nicht ordentlich geregelt hat. Sie war so alt, die meisten Leute regeln dann irgendetwas.« Während ich es sage, geht mir erst so richtig auf, was ich meine: Frau Smit wusste doch, dass ihr gesamter Besitz an Berend gehen würde?

»Schscht!« Gespielt erschrocken schaut er zur Tür. »Nix für ungut, aber sollten Sie unerwarteterweise noch auf einen Zettel mit abweichenden Anweisungen stoßen, bitte hier abgeben.« Er zwinkert mir bedeutungsvoll zu.

Ich zeige auf die Aktenordner. »Suchen Sie das gerade?«

Und dann erzählt er, seinem Buchhalter sei noch eine Idee gekommen. Er erklärt es umständlich, aber es läuft darauf hinaus, dass Frau Smit so schnell wie möglich ihre Hypothek abbezahlen muss. Mit einem leeren Sparkonto werden ihre Pflegekosten nicht so hoch angesetzt, weil das eigene Haus nicht als Vermögen gilt.

»Das wandert in die eigene Tasche zurück, kein Hahn, der danach kräht.«

Während er weiterspricht, sehe ich, dass er wirklich in Panik ist. Ob das die reine Habgier ist, Angst, dass sein Erbe weniger groß ist, als er zunächst dachte? Vielleicht ist er ja pleite, und das hier war seine letzte Rettung.

»Wo wohnen Sie eigentlich?«, frage ich.

»Haben Sie Pläne mit mir?« Er lacht, aber ich schaffe es nicht mehr, mit einzustimmen.

»Nein, im Ernst«, sagt er dann. »Die Frau des Hauses hat ihr Glück anderswo gesucht, das war das Ende vom Lied. Ich dachte noch, jeder Mensch hat das Recht auf einen Aussetzer, aber Madame hat sofort die Koffer gepackt und ist mir nix, dir nix bei Rambo eingezogen.«

Plötzlich habe ich Mitleid mit ihm und finde ihn sympathisch, weil er so offenherzig ist.

»Meistens hat, wenn zwei sich scheiden, einer etwas mehr zu leiden.« Mit Daumen und Zeigefinger macht er die Geldgeste. »Während Tarzan mit seinem Lümmel rumwedelt, darf dieser Herr hier latzen, und zwar nicht zu knapp.« Er zeigt auf sich selbst. »Also steht da in Kürze so ein schönes Holzschild in meinem Vorgarten mit ZU VERKAUFEN. Ich hatte noch kurz auf Rettung aus unerwarteter Ecke gehofft …« Er zeigt um sich. »Aber das wird wohl auch nichts. Sechstausend Ocken pro Monat, man muss sich nur trauen.«

31

Frau Smit bekommt heute eine Turbo-Behandlung. Ich lasse nichts aus, mache jedoch alles im doppelten Tempo. Meine Hände zittern, das sind die Nachwehen der Schrecken wegen des Blutbads, und ich habe auch zu viel Kaffee getrunken und zu wenig geschlafen. Vielleicht bin ich aber auch nur wegen Louis so durcheinander. Was für ein Sack! Wütende Monologe stampfen durch meinen Kopf, unwillkürlich gebe ich ihm die ganze Zeit Antworten, manchmal sogar laut, wie eine wütende Irre.

»Ich will nichts mehr mit dir zu tun haben, ich hätte sofort meinen Koffer packen sollen, als mir klar wurde, dass ich in einem Wespennest gelandet war. Du hast dir irgendein kompliziertes Konstrukt ausgedacht, und jetzt, wo es nicht klappt, bekomme ich die Schuld, du machst es dir schön einfach! Wir können nun einmal nichts anderes tun, als professionelle Hilfe einschalten, und wenn du das nicht akzeptieren kannst, ist das dein Problem!«

Viel zu stark ziehe ich an Frau Smits Bein, es sieht aus, als würde ich Wasser pumpen.

»Sorry«, sage ich, und plötzlich wird mir klar, dass ich zu Veronique spreche. »Sorry, Vronchen, sorry, sorry!« Ich setze mich kurz hin. Hätte ich eher eingreifen können, hätte jemand mit Mutterinstinkt sie davon abhalten können? »Schätzchen, lass den Kerzenständer mal bitte da stehen, der ist zu schwer.«

Frau Smit atmet immer ein und sofort wieder aus, danach bleibt sie mindestens fünf Sekunden im Niemandsland, dann wieder ein, aus und dann wieder einen Moment lang nichts. Ganz kurz mache ich es wie sie, aber mir wird sofort schwindlig.

Wenn Veronique abgeholt wird – hoffentlich ist das morgen –, will ich nicht mehr bis Montag in der Kamperfoelielaan bleiben. Sie sieht mich als die große Verräterin, ich habe ihre Pläne zerstört, sie werden nicht begreifen, dass wir keine Wahl hatten. Vielleicht ist es gar nicht so eine dumme Idee, vorübergehend wieder nach Hause zu ziehen, aber dann in mein Atelier. Das heißt also: zurück zu Stan, aber dann anders. Oder halte ich mich selbst zum Narren?

Raucher, die lange Zeit nicht mehr geraucht haben, denken manchmal: Jetzt habe ich die Sucht besiegt, ich darf mir ab und zu mal eine anzünden, und danach höre ich einfach wieder auf. Stan musste lachen, als er mir das erzählte: *»Obwohl sie ganz genau wissen, dass es ein Trick vom Nikotinteufel ist, sagen sie jedes Mal, dass es dieses Mal ganz anders ist.«*

Veronique ist wieder zu Hause, ich höre sie schon im Flur. »Fuck!«, ruft sie.

Ich gehe ins Wohnzimmer, sie sitzt neben Dylan auf dem Sofa und spielt ein Spiel auf seinem Handy. John liegt daneben, dick und schnaufend.

»Du musst es ruhiger machen, du drückst immer zu schnell!«, sagt Dylan. »Hey, Julia.«

Veronique schaut nicht auf, und das berührt mich mehr, als mir lieb ist.

»Wie war's bei der Ärztin?«, frage ich.

Sie stößt Dylan an. »Mach du lieber, ich bin immer so schnell tot.«

»Wir mussten sicherheitshalber zum Krankenhaus, um ein Röntgenfoto machen zu lassen, aber es war kein Glas mehr in ihrem Fuß, Magwan hat das gut gemacht, was, Vronchen?« Dylan findet es offensichtlich auch schwierig, dass sie mich so voll und ganz ignoriert. »Sie darf nicht laufen. Wir konnten uns einen Rollstuhl leihen, aber tragen geht auch.«

»Ich will nicht in einen Rollstuhl«, sagt Veronique.

»Tut's noch weh?«, frage ich.

Sie zuckt die Achseln, ohne aufzusehen: Nun stör uns doch nicht so. Na bitte, was mache ich hier noch? Jemanden, der keine Hilfe will, muss man in Ruhe lassen, auch wenn es ein Kind ist. Sollen sie doch zusehen, wo sie bleiben, ich habe mein Bestes getan, ich kümmere mich jetzt wieder um mich selbst. Ich fange an, meine Malsachen zusammenzusuchen. Sollte sie fragen, was ich da mache, werde ich eine ehrliche Antwort geben: Ich packe meinen Koffer. Sie muss jetzt wirklich einsehen, dass es ernst ist.

»Verdammte Kacke! Siehst du, ich kann das nicht!«, sagt sie.

Dylan gibt ihr einen Schubs. »Nun mach schon! Die ganze Zeit fragst du, wo sie nur bleibt, und jetzt ist sie da, und du sagst nicht mal Hallo!«

Veronique seufzt übertrieben und laut und wirft ihm dann

etwas in den Schoß, als müsste sie es zur Strafe abgeben. Er reicht es mir, es ist ein durchsichtiger Plastikköcher mit einem roten Drehverschluss. Darin sind sechs Buntstifte. »Sie durfte sich im Krankenhaus was aussuchen, und da hat sie das hier genommen, extra für dich.«

»Es gab auch andere Sachen, aber ich habe trotzdem das hier genommen«, flüstert Veronique.

»Es gab auch andere Sachen, aber sie hat trotzdem das hier genommen«, wiederholt Dylan.

Ich kann nur noch auf die Buntstifte starren.

»Siehst du, sie findet sie doof«, sagt Veronique leise zu Dylan.

Schnell setze ich mich an den Tisch, neben die Zeichnung der Kamperfoelielaan, und fange an, sie auszumalen, mit den billigsten, elendigsten, unbrauchbarsten Buntstiften, die ich je in der Hand gehabt habe.

»Ich will da sitzen!«, ruft Veronique.

Dylan hebt sie hoch und setzt sie auf den Stuhl mir gegenüber. Er geht dabei ein wenig in die Knie, wie man es tun muss, um den Rücken zu schonen. Das hat er natürlich gelernt, als er seinen Bruder ständig heben musste.

»Die sind wirklich klasse!«, sage ich.

»Da siehst du, was hab ich dir gesagt?« Dylan gibt ihr einen Klaps gegen den Hinterkopf, viel zu feste, finde ich, aber sie lächelt.

»Was hat die Ärztin sonst noch gesagt?«, frage ich.

Mein Handy klingelt, eine unbekannte Nummer, wahrscheinlich jemand vom Jugendamt.

Veronique lacht. »Frag das noch mal!«

»Was hat die Ärztin sonst noch gesagt?«

Sie imitiert meinen Klingelton.

Ich gehe ran und verlasse das Zimmer. »Hallo?«

»Musste sie lachen?«, höre ich Veronique Dylan fragen.

»Hier ist Doktor Baakma, die Hausärztin von Agaath Smit. Ich habe gehört, dass Sie jetzt für Veronique sorgen, Sie brauchen keine Angst zu haben wegen der Verletzungen, es waren zum Glück winzige Splitter, die jetzt alle entfernt sind.«

Ich gehe die Treppe rauf ins Schlafzimmer, eine Treppenstange hat sich gelöst. Ich darf nicht vergessen, sie gleich zu befestigen.

»Wenn sie Schmerzen hat, geben Sie ihr ruhig eine halbe Aspirin«, sagt die Ärztin. »Aber ich glaube nicht, dass das nötig sein wird, das Kind hat die Schmerzgrenze eines Soldaten.« Sie klingt energisch und nüchtern, ich kenne diese Art von Frauen, sie sind Vorsitzende im Parlament oder Richterin für jugendliche Straftäter. Sie finden jammernde Frauen noch schlimmer als jammernde Männer. Stan würde sagen, das unsichere, schwache Mädchen unterdrücken sie selbst auch, also erwarten sie das auch von dir.

»Veronique ist ganz verrückt nach Ihnen«, fährt sie fort. »Chapeau, das schafft kaum jemand. Sie hatte sich wie ein Schiffshalter, einer dieser Saugfische, an Agaath festgeklammert, wir befürchteten das Schlimmste.«

Wir? Ist das wieder ein Versuch, mich mit ins Boot zu holen? Ich setze mich aufs Bett, genau vor den Spiegel auf der schmalen Frisierkommode. Eine Bürste mit ein paar schneeweißen Haaren liegt daneben … und ein Kamm. Mehr nicht, keine Schminksachen oder Parfüm.

»Sind Sie noch da?«

»Ja, ja! Es stimmt, dass ich mich um Veronique gekümmert habe, das heißt: Ich habe dafür gesorgt, dass für sie gesorgt wird. Gestern habe ich das Jugendamt offiziell eingeschaltet, sie kümmern sich jetzt um einen Platz in einer Pflegefamilie.«

Während ich rede, sehe ich mich selbst im Spiegel. Ich brauche mich nicht schuldig zu fühlen, ich habe in Veroniques Interesse gehandelt.

»Das habe ich schon von Louis gehört, er hat mich heute Morgen angerufen.«

Louis hat gepetzt.

Ich schaue an mir herab, ich muss mir die Beine rasieren. Ich sollte mich mal wieder um mich selbst kümmern, für Veronique kann ich jetzt nichts mehr tun. Mein Rollkoffer liegt offen vor mir auf dem Fußboden. So viel habe ich die vergangene Woche nicht gebraucht: ein paar Unterhosen, meine Malsachen und meinen Kulturbeutel.

Die Tür geht auf, und da steht Louis. Wir schauen uns im Spiegel an. Sein Gesicht ist unglaublich schief, er scheint ein anderer Mann zu sein, so radikal verändert sich sein Gesicht als Spiegelbild.

Er wirft einen Blick auf meinen Koffer und geht wieder weg.

»Für Veronique ist der amtliche Weg vom Jugendamt eine

Sackgasse«, sagt die Ärztin. »Bitte vertrauen Sie nicht einfach darauf, dass alles gut wird.«

Ihr Ton macht mich verrückt, als würde ich mich einfach aus der Affäre ziehen wollen! »Erwarten Sie nun wirklich von mir, nein, erwartet ihr wirklich von mir, dass ich mir nichts, dir nichts einfach mal eben für ein Kind sorge? Ich habe nicht einmal eine Wohnung!«

Die Ärztin seufzt, nicht genervt, sondern verzweifelt. »Nein, Sie können ansonsten auch nichts mehr tun, das verstehe ich wirklich.«

Aha, endlich.

»Agaath bekommt also einen Platz auf dem Elmahof, hörte ich gerade«, sagt sie.

»Ja, das habe ich auch gerade gehört.«

Wir sind beide eine Weile still, dann seufzt sie wieder. Hoffentlich nimmt sie nicht bei allen Patienten so viel Anteil, das hält sie nicht lange durch.

»Agaath im Sterbehaus und Vronchen in einer Wohngruppe, das haben wir toll hinbekommen.«

»Ihr, nicht wir.«

Als wir das Gespräch beendet haben, lege ich mich aufs Bett. Ich schaue zu der schönen Zimmerdecke mit den feinen Ornamenten in den Ecken und denke an die Buntstifte.

Ich sehe mich selbst, wie ich mit Veronique über einen Waldweg gehe. Ich ziehe einen Bollerwagen voller Gepäck hinter mir her. Der Weg entpuppt sich als Sackgasse, wir stoßen auf eine riesige Schranke. Ich weiß inzwischen, was

Frau Smit tun würde: Sie würde darunter durchkriechen und dann einfach weitergehen … oder die Schranke heben. Aber ich bleibe brav stehen und warte, bis mir der Förster hilft.

Nach einer Weile nehme ich mein Handy und google »Schiffshalter«. Es sind Fische mit einem Saugnapf, der so groß ist, dass er mindestens die Hälfte ihres Rückens bedeckt, damit saugen sie sich an einem großen Fisch fest, damit sie nicht mehr selbst zu schwimmen brauchen. Ich lese: *Der Wirt bietet Transport und Sicherheit.*

Genau, Veronique sucht Transport und Sicherheit bei mir, und das kann ich ihr nur über den offiziellen Weg bieten. Ich werde sie ordnungsgemäß der professionellen Fürsorge übergeben, und dann muss ich darauf vertrauen, dass alles gut wird. Was soll ich denn sonst machen?

32

Veronique ist allein, sie sitzt neben John auf dem Sofa.

»Wo ist Dylan?«, frage ich.

»Was weiß ich denn.« Sie ist wieder stur und abweisend, vielleicht hat sie Angst, für sie ist es natürlich sehr gefährlich, nicht gehen zu können.

»Ich musste kurz telefonieren, aber ab jetzt bleibe ich wieder bei dir.«

Ich setze mich an Johns andere Seite.

»Wirklich?«

»Wirklich. Tun deine Füße weh?«

Sie schüttelt den Kopf und lächelt mich unerwartet lieb an.

»Vronchen, wir müssen hier weg, gleich kommen Leute, die sich das Haus ansehen.« Ich denke nach; was macht man mit einem siebenjährigen Kind? Allein würde ich in ein Museum gehen, aber das ist natürlich zu langweilig, und sie kann ja auch gar nicht laufen. Ein Spielplatz fällt also auch weg, oder wäre das sowieso schon zu kindisch? Ins Kino? Und wenn das Jugendamt kommt, was dann?

»Wohin gehst du immer, wenn du nicht hier bist?«, frage ich.

Sie zuckt die Schultern. »Nirgendwohin.«

»Zum Beispiel Dienstagnacht, warst du da bei deiner Mutter?«

Sie schaut geheimnisvoll, schweigt aber. Ich fühle mich

versucht, ihr Geld anzubieten. *Wenn du's mir verrätst, bekommst du einen Zehner.* Aber sogar ich begreife, dass das pädagogisch unverantwortlich ist.

»Nun sag's schon!«

»Gut, aber du darfst nicht sauer werden.« Sie schaut mich streng an.

»Okay, das verspreche ich.«

»Da.« Sie zeigt mit dem Daumen über ihre Schulter zu der Schiebetür.

»Im Hinterzimmer?«

John streckt sich aus. Sein ganzer Körper bebt.

»Im Hinterzimmer?«, wiederhole ich.

Sie nickt. »Aber du darfst nicht sauer werden!«

Hat sie denn dort geschlafen? Alles ist möglich, wirklich alles ist möglich...

»Weißt du was? Wir gehen ins Kino, wir fahren mit dem Taxi.«

Sie schaut, als hätte sie gerade ein unfassbar schönes Geschenk ausgepackt. Möglichst schnell versucht sie, wieder lässig zu tun, aber das misslingt, sie ist noch zu klein für ein Pokerface.

»Von mir aus«, sagt sie.

Der Film handelt von Bobby, einem dreizehnjährigen Jungen, der für einen großen Boxwettkampf trainiert. Seine Eltern sind bettelarm, er hat die Boxhandschuhe im Sperrmüll gefunden. Der Trainer ist ein Prolet, er will, dass sein eigener Sohn gewinnt, und legt Bobby lauter Steine in den Weg.

Ich glaube, es ist ein netter Film, aber ich verpasse die Hälfte, weil ich die Augen nicht von Veronique lassen kann. Ihr Gesichtsausdruck ist identisch mit Bobbys, wenn er trainiert, boxt sie mit. »Bäng, bäng«, sagt sie leise.

In der Mitte des Films hält der Trainer eine scheinheilige Rede vor den Zuschauern des Boxwettkampfs, in der er sagt, wie sehr er bedauert, dass Bobby nicht dabei sein kann. Das ist für Veronique zu viel. »Fuck you, Fettsack!«, ruft sie. Drohend zeigt sie auf die Leinwand. Hinter uns wird gelacht und auch verärgert gezischt, aber sie hört es nicht.

»Gammeliger Drecksschwanz«, murmelt sie noch.

Jeden Moment kann mir das Jugendamt Bescheid geben, dass ein Platz frei ist, und dann? Gehen sie davon aus, dass sie freiwillig mitkommt? Das wird nicht geschehen. Dieses Kind muss gekidnappt werden, und auch dann wird sie weglaufen, notfalls auf ihren geschundenen Füßen.

Während des Abspanns hängt sie erschöpft in ihrem Sitz, der Film hat sie wirklich mitgenommen, vielleicht sieht sie zu Hause und bei Frau Smit vor allem Zeichentrickfilme. Ich schaue schnell auf mein Handy, noch kein Anruf.

»Der dachte wohl, er wäre superschlau!«, sagt sie.

»Tja, falsch gedacht. Kommst du mit?« Ich hocke mich vor sie und ruck, zuck hängt sie wieder. Eigentlich ist es zu warm, um so viel Körperkontakt zu haben, aber hier drinnen geht es ganz gut wegen der Klimaanlage. Ich könnte sie ohne Weiteres eine Stunde tragen, wahrscheinlich sogar länger.

»Bist du nicht müde?«, frage ich.

Sie schüttelt den Kopf so heftig, dass sie gegen mein Kinn stößt.

»Aua!«, rufe ich gespielt empört.

Auch das macht Spaß. Fröhlich sagt sie: »Sag noch mal: ›Bist du nicht müde?‹«

»Auf keinen Fall, dann kassiere ich bestimmt wieder so einen Kopfstoß!«

Sie kriegt sich nicht mehr ein vor Lachen, und je lauter sie lacht, desto verzweifelter werde ich. Es ist viel zu schön und vertraut, und das ist völlig falsch. Ich gebe ihr massenhaft Gelegenheiten, an mir zu hängen, wörtlich und im übertragenen Sinne. Vielleicht ist das das letzte Mal in ihrem Leben, dass sie sich das traut, und morgen reiße ich mich schon wieder von ihr los.

»Ich muss pissen.«

Wir gehen zu den Toiletten, es ist noch ziemlich viel los im Kino, ich hätte gedacht, dass alle an einem so warmen Tag zum Strand gefahren wären. Ich stelle mich vor eine Toilette, sie zieht sich die Hose ein Stück runter, ich beuge mich runter, bis sie sitzt, und ziehe ihr dann die Hose weiter runter. Sie hält sich an mir fest, damit ihre Füße frei hängen können.

Unser Zusammenspiel ist perfekt, ohne Worte. Sie ist ungeheuer gelenkig und geschickt. Einen Moment zweifle ich, ob ich sie kurz allein lassen soll, aber dann höre ich den Strahl schon prasseln, sie ist nicht prüde, die Tür steht sogar noch immer halb offen.

»Jamie hatte die teuersten Handschuhe, aber das bringt nichts«, sagt sie. »Oder?«

»Wenn man nicht boxen kann, dann nicht, nein. Wisch mal ab.«

Sie tupft ein wenig mit dem Toilettenpapier, das ich ihr gebe, dann wiederholen wir unsere Bewegungen in umgekehrter Reihenfolge, und sie hängt wieder auf meinem Rücken.

»Tut's nicht weh, die ganze Zeit so zu hängen?«, frage ich.

»Überhaupt gar nicht. Ich will morgen wieder in diesen Film.«

Morgen hängt sie an jemand anderem … Oder sie sitzt in einem Rollstuhl. Vielleicht bittet man mich, sie irgendwohin zu bringen, oder warten wir in der Kamperfoelielaan, bis sie abgeholt wird? *Nanu, es klingelt, wer kann das nur sein?*

Lass mich nur der Buhmann sein, ich habe sie schließlich dem Jugendamt gemeldet. Von mir aus sagt Louis ihr ganz klar, dass er es nicht so gewollt hat, dann kann sie ihm weiterhin vertrauen. Vielleicht ist es eine gute Idee, wenn sie hier abgeholt wird.

»Sieh mal!« Ich zeige auf das Foyer mit Popcorn und Getränken, an der Wand hängen riesige Behälter mit Weingummi in den Farben von Markierstiften.

»Sollen wir von jeder Farbe einen nehmen?«, frage ich.

Sie holt tief Luft. »Jaaa!«, sagt sie dann entzückt.

Ich nehme eine der spitzen Plastiktütchen, sie hebt den Deckel hoch, ich halte die Tüte auf, sie wirft ein knallrosa Weingummi hinein. Veronique zählt sechs verschiedene Farben, ich würde sagen sieben, aber sie findet, dass Weinrot dieselbe Farbe wie Rosa ist.

»Ich lasse die Tüte offen«, sagt das Mädchen an der Kasse.

Ich bestelle Kaffee, und Veronique nimmt auf meinen Rat hin Kakao, aber sie will auf keinen Fall einen Strohhalm.

»Aber das ist doch praktisch?«, frage ich.

Nein, sie will einen Becher.

»Alles genau wie die Mama, was?«, sagt das Mädchen an der Kasse lachend. »Ein, zwei, drei, vier, Hütchen aus Papier.« Sie schiebt den Becher über die Flasche. Ich habe keine Ahnung, wie Veronique reagiert. Es ist sehr seltsam, so nah zusammen zu sein und trotzdem keinen Blickkontakt zu haben. Ich höre und spüre ihren Atem, unser Schweiß mischt sich, aber ich kann ihr nicht in die Augen schauen.

Ich bezahle, und wir gehen zu einem Tisch. Magwans Tragetuch ist einfach perfekt, ich brauche Veronique nicht mit den Händen zu unterstützen, auch weil sie mich mit den Beinen fest umklammert. Der Tisch ist fettig und mit Schälchen und Dosen übersät, aber es ist kein anderer frei. Egal, Veronique nimmt es nicht so genau, sobald sie sitzt, fängt sie mit großem Appetit an, die kalten Pommes aus einem der Schälchen aufzuessen.

»Weggegangen, Platz vergangen«, sagt sie triumphierend.

Ich setze mich ihr gegenüber. Mein Widerwille gegen das kommende Gespräch ist so groß, dass ich erwäge, einfach nichts zu sagen, sie merkt es früh genug.

Die Mayonnaise hat schon dunkelgelbe Ränder, aber ausgerechnet die isst sie. Soll ich es ihr verbieten? Sie sieht meinen Blick und schiebt das Schälchen sofort sehr großzügig in die Tischmitte. Ich muss sie so weit kriegen, dass sie versteht, dass es wirklich nicht anders geht, damit sie freiwillig mitgeht. Dann erspare ich ihr auf jeden Fall eine traumatische Erfahrung, das ist das Einzige, was ich noch für sie tun kann.

»Ich will dir etwas sagen.« Ich schenke den Kakao ein, ganz langsam und sorgfältig …

»Dann mach!«

»Da sind Leute, die jetzt gerade Gespräche mit deiner Mutter führen.«

»Weiß ich längst.«

Erstaunt schaue ich auf. Sie nimmt den Becher, schüttet einen Riesenschluck Kakao in sich hinein und wischt sich danach mit zwei schnellen, vertikalen Bewegungen die Mundwinkel sauber. Ein messerscharfer Hitler-Schnurrbart bleibt zurück. Echte Mütter haben immer Feuchttücher dabei. Ich nehme die unbenutzte Serviette von den Pommes und wische ihren Mund ab. Sie lässt es zu und beugt sich sogar ein wenig vor, um es mir leichter zu machen.

»Woher weißt du das?«, frage ich.

»Von Louis.«

»Was hat er denn gesagt?«

»Dass sie mit ihr reden und so.« Sie scheint nicht sehr beeindruckt zu sein, im Gegenteil, ich habe sie noch nie so entspannt erlebt.

»Diese Leute suchen einen Platz für dich, irgendwo in einem schönen Haus, in dem noch andere Kinder wohnen und wo gut für dich gesorgt wird.«

Nun nimm schon einen Bissen von diesem schönen, roten, glänzenden Apfel, dachte die böse Hexe.

Ich machte mich auf alles gefasst, aber es scheint nicht zu ihr durchzudringen, ihre gute Laune ist unverwüstlich.

Über meinen Rücken rinnt ein Strahl Schweiß, wie eine kleine Spinne, bis zum Bund meiner Unterhose.

»Verstehst du? Sie wissen, dass deine Mutter nicht so gut für dich sorgt, darum suchen sie woanders einen Platz.«

Sie leckt sich den Finger ab, pickt ein paar Salzkörner auf und steckt sie sich in den Mund. Ob Louis das hier geschafft hat? Hat er Veronique davon überzeugt, den Kampf aufzugeben?

»Schön für sie«, sagt sie. »Du bleibst jetzt doch bei mir.«

Auf einmal verstehe ich ihre plötzliche Gelassenheit und die verschwörerische Haltung … Lass diese Trottel ruhig machen, denkt sie. *Wenn sie unbedingt einen Platz für mich reservieren wollen, sollen sie das ruhig tun. Sie müssen bloß nicht glauben, dass ich mitkomme. Ich bleibe schön bei Julia.*

»Ja! Das hast du gerade gesagt.« Es ist kein Vorwurf, es klingt eher, als würde sie mich kurz daran erinnern: Kein Problem, dass ich es ein wenig vergessen hatte, aber es ist natürlich doch so.

Sie darf mich ruhig anschreien, verfluchen und brüllen, dass ich doch endlich mein großes Maul halten soll und sie mich ermorden würde, wenn ich mich in ihre Angelegenheiten einmische … Ich akzeptiere alles, aber das hier ertrage ich nicht, diese Blitz-Metamorphose von einem sterbensunglücklichen kleinen Igel zu einer entspannten Siebenjährigen, nur weil sie denkt, ich würde sie retten. Sie ist beruhigt. Man hat mich in eine Wanne mit Zement geworfen, es fängt jetzt an, hart und schwer zu werden, ich muss zusehen, dass ich den Kopf an der Oberfläche behalte, sonst ersticke ich.

»Ich muss mal kurz telefonieren, aber ich bleibe in der Nähe, dort bei den Weingummis, damit wir uns noch sehen können«, sage ich.

Das ist kein Problem für sie, schließlich habe ich ja gesagt, dass ich bei ihr bleibe, und einmal gesagt ist gesagt.

33

Die Stimme am Telefon klingt sehr freundlich, ich sage meinen Namen und werde wieder verbunden, dieses Mal mit Chris. Er klingt munter, erinnert mich an einen der Wettermänner aus den Nachrichten.

»Sehr gut, dass du anrufst«, sagt er.

»Ich möchte wissen, ob es Fortschritte gibt, die Zeit wird allmählich knapp. Ist schon ein wenig mehr bekannt?«, frage ich.

Seine Antwort ist völlig absurd: Es wurde beschlossen, die Begleitung zu erweitern.

Die Begleitung erweitern …

»Das verstehe ich nicht, was genau heißt das?« Ich verstehe es sehr wohl, aber ich kann meinen Ohren nicht trauen.

»Wir haben uns für die familienunterstützende Hilfe entschieden. Ich habe heute ein ausführliches Gespräch mit der Mutter geführt, und ich muss sagen: Das war sehr positiv!«

Ich schaue zu Veronique, wahrscheinlich wiederholt sie den Film im Kopf, sie macht Boxbewegungen. Keine Pflegefamilie und auch keine Wohngruppe, sondern einfach ein gutes Gespräch mit ihrer Mutter …

»Aber ihr wolltet eine Inobhutnahme vorbereiten! Die Mutter ist manisch-depressiv, wie kann man dann nach einem einzigen Gespräch sagen, dass es ihr gut geht?« Ich rede zu laut, die Leute schauen zu mir rüber.

»Immer mit der Ruhe!«, sagt Chris. »Wer sagt, dass wir an eine Inobhutnahme denken, wer sagt, dass wir nur ein einziges Gespräch geführt haben, und wer sagt, dass ihre Mutter manisch-depressiv ist?« Er klingt noch immer herzlich, aber ich schweige beschämt. Ich kann nur sagen, ich hätte es vom Gärtner gehört, der sagte, sie wäre so verrückt wie eine Achterbahn. Veronique wird mit einer Gürtelschnalle geschlagen, aber das weiß ich nur von der Friseurin. Vielleicht ist eigentlich alles in Butter, ich weiß nichts sicher.

Veronique winkt, ich winke zurück.

»Du bist doch die Nichte von Frau Smit? Darf ich übrigens Du sagen?«, fragt Chris.

»Ja, natürlich. Nein, nein …« Ich lache nervös. »Ich meine nicht *ja, natürlich* wegen der Nichte, sondern wegen dem Duzen.«

Er schweigt, vielleicht macht er schnell eine Notiz: Nichte klingt ziemlich verwirrt.

»Aber warte bitte kurz«, sage ich. »Sie wohnt einfach so bei Frau Smit, und keinen interessiert das, soll ich das normal finden? Sie braucht nicht einmal zu Hause anzurufen, keiner vermisst sie.«

Er hustet. »Chris ist Raucher«, würde Stan sagen. Ich habe auch ein Ohr dafür bekommen, Raucher husten anders, es klingt voller, da schwingt mehr mit.

»Nun gut, ich will ganz ehrlich sein«, sagt Chris dann, als wäre das nicht selbstverständlich. »Den Idealfall können wir nicht realisieren, in dieser luxuriösen Position befinden wir uns nun einmal nicht. Wir müssen nach der bestmöglichen Situation suchen, und das bedeutet meist dasselbe wie die am wenigsten destruktive. Vergiss nicht, dass wir auch noch Sommerferien haben, wir haben an allen Fronten mit Unterbesetzung zu kämpfen. In absehbarer Zeit eine Pflegefamilie finden ist zurzeit keine Option, und auch die Bereitschaftspflege ist völlig überlaufen. Das ist nun einmal so, damit müssen wir umgehen, und das fordert eine völlig andere Denkweise. Natürlich gibt es immer freie Plätze für Notfälle, aber dann kommt sie in eine Gruppe mit älteren Mädchen, die mit schrecklichen Traumata kämpfen, ich rede von Blutrache, Vergewaltigung, Versklavung …« Er redet in einem Ton, als würde er eine spannende Geschichte erzählen.

»Es läuft darauf hinaus, dass wir Veronique aus ihrer heutigen Situation ausklinken, aber keinen Platz haben, an dem wir sie wieder einklinken könnten. Sie bleibt sozusagen in der Luft hängen. Verstehst du, was ich meine?«

Veronique will aufstehen, ich bekomme einen Riesenschrecken, aber bevor ich Nein schreien kann, lacht sie schon. Es war ein Scherz. Sie zeigt auf mich: *Haha, reingefallen!*

»Im Großen und Ganzen betrachtet ist uns sehr daran gelegen, die heutige Situation zu erhalten. Es ist natürlich schön, dass Veronique ab und an zu Oma kann, das hat ihre Mutter vollkommen akzeptiert, und das bedeutet für uns ein Sicherheitsnetz.«

Veronique hält die Tüte mit dem Weingummi hoch, ich nicke und hebe den Zeigefinger: *Eins!*

»Da ist noch etwas, das du dir klarmachen solltest«, fährt Chris fort. »Wir entscheiden uns erst im äußersten Fall für eine Zwangs-Inobhutnahme, das Kind gerät dadurch nämlich in einen Loyalitätskonflikt, und das führt meist zu einem schwierigen Spagat. Unterschätz nicht den Schaden, der dabei entsteht!«

Am liebsten würde ich mich auf den Boden setzen, so müde bin ich. Veronique hat alle Weingummis nebeneinander auf den Tisch gelegt.

»Also gut!« Chris möchte das Gespräch beenden.

»Warte noch kurz«, sage ich.

»Einen kleinen Moment noch, Patrick«, höre ich ihn leise sagen.

»Habt ihr eigentlich mit Veronique gesprochen? Wisst ihr, wie es ihr geht und was sie selbst will?«

»Das natürlich an allererster Stelle!«

Und dann erzählt er von den vielen Gesprächen, die mit Veronique geführt wurden und aus denen immer wieder hervorging, wie panisch sie ist, von ihrer Mutter wegzumüssen.

»Die Tatsache, dass die Mutter positiv mitwirkt in Kombination mit ihrer neuen Situation, hat dazu geführt, dass wir Veronique noch eine Chance gönnen.«

Ich sehe Veronique vor mir, wie sie an einem zu großen Tisch sitzt, gegenüber Natasha, Mark, Chris und weiß ich wem. Sie erzählt, wie gut sie es bei Mama hat, sie ist schlau genug, um genau die richtigen Dinge zu sagen, und plötzlich begreife ich Louis' Ozean mit dem beschissenen Bötchen und auch die Sackgasse der Ärztin. Ich höre lauter Sätze durcheinander: Wir müssen die Kleine durch die Ferien bringen, bitte vertrauen Sie nicht einfach darauf, dass alles gut wird, ich durfte immer zu Frau Smit, wirklich immer, du kannst dich auch umdrehen, das war's dann wohl, sie loswerden, aber das wird an dir nagen, ein Dach und vier Wände, mehr braucht sie nicht, und ein Sofa, auf dem sie liegen darf, wenn sie mal wieder ein Häufchen Elend ist. Mit einem Mal ist es glasklar: Ich mache es. Das hier ist keine Entscheidung, es ist die Feststellung einer Tatsache: Ab jetzt sorge ich für sie.

Inzwischen sehe ich Veronique angestrengt auf die Weingummis starren. Vier scheiden schon aus, es geht jetzt noch um ein türkises oder rotes, schwierig, schwierig … Sie hält sie hoch, damit ich es gut sehen kann, ich zeige nach links, das rote würde ich nehmen. Sie denkt noch eine Weile nach und steckt sich dann doch das türkise in den Mund. Gut so, selbst entscheiden.

Die Begleitung, die sie einsetzen, beruht auf einem Video-Hometraining, erzählt Chris weiter, aber ich höre nur noch mit halbem Ohr hin, er kann uns nicht helfen, also stehe ich hier und verschwende meine kostbare Zeit. Ich muss ein Kind erziehen und eine Wohnung suchen.

»Wie geht es Frau Smit jetzt?«, erkundigt er sich.

»Ausgezeichnet, sie ist auf dem Weg der Besserung«, antworte ich sofort.

»Ja, also, das hören wir gern! Julia, ich gebe dir meine Telefonnummer hier im Büro, sollte noch was sein: einfach anrufen! Das ist also null sechs …«

Er fragt nicht, ob ich Papier und einen Stift habe, wahrscheinlich denkt er, ich würde die Nummer sofort in meinem Handy speichern. »Zwei, acht, sieben, fünf, eins, neun, fünf, drei.«

Ich wiederhole jeweils zwei Zahlen.

»Tja, dann würde ich sagen: Wollen wir das Beste hoffen, es hat den Anschein, dass wir in etwas ruhigeres Fahrwasser geraten sind!«, sagt Chris.

34

»Vronchen, wir müssen was besprechen.« Ich setze mich wieder. Mit ernstem Blick wartet sie ab; bestimmt sieht sie mir an, dass sich etwas verändert hat.

»Ich habe diesen Leuten gesagt, ich würde für dich sorgen, sie holen dich also nicht ab.«

Sie ist keineswegs überrascht. »Kannst du das hier auch?«, fragt sie. Noch nie im Leben habe ich jemanden dermaßen schielen sehen, ihre Iriden verschwinden fast in ihrer Nase.

»Lass lieber, das ist bestimmt nicht gut für deine Augen«, sage ich schnell.

Sie muss sowieso zum Augenarzt, aber erst mal setze ich mich mit ihrem Lehrer in Verbindung, oder nein, erst mal rede ich mit Louis …

Ich stecke mir das giftgrüne Weingummi in den Mund, es ist unglaublich eklig, man könnte genauso gut einen Schluck Spülmittel Limone nehmen. »Ist deins auch so eklig?«, frage ich.

»Nein, gar nicht, gerade lecker.« Sie streckt die Zunge raus, ein kleiner Rest Weingummi liegt noch darauf.

»Türkis«, sage ich. »Das ist ein Stein, wusstest du das?«

Sie schüttelt den Kopf. »Das ist ein Weingummi.«

Ich muss lachen. »Das wird noch was mit uns beiden.«

»Ja, weil jetzt darf ich auch mit zu Oma, oder?«

Ich will gerade sagen, dass das Krankenhaus das nicht erlaubt, aber sie kommt mir zuvor. »Magwan ist auch heimlich hingegangen.«

»Zu Oma?«

»Nein, als ich dort lag.«

Ich zeichne einen Hals mit einer Krawatte unter den braunen Flecken auf der Serviette. »Warum hast du im Krankenhaus gelegen?«

Sofort hängt sie wieder mit der Nase über meiner Hand, um mich zeichnen zu sehen. »Einfach so.«

Ihr Ton hat etwas Bedrohliches, ich kann mir keine unheimlichere Antwort vorstellen. Die Krawatte bekommt Pünktchen, darunter zeichne ich ein gestreiftes Hemd. »Einfach so?«

»Ich war die Treppe runtergefallen«, sagt sie dann.

Der Stift kleckert. Wir sind beide mucksmäuschenstill, als würden wir uns vor jemandem verstecken. Ein einziger lauter Atemzug, eine auffällige Bewegung – und wir werden erwischt, und dann ist es um uns geschehen.

»Wer ist das?«, fragt sie nach einer Weile.

»Ein schickes Männchen mit einer Papiertüte über dem Kopf«, antworte ich.

»Warum?«

»Das mag er, ist schön ruhig.«

Ich muss jetzt weiterfragen, aber ich will es eigentlich nicht hören. In meinem Kopf überschlagen sich die rationalen Sätze: Was bringt es, noch mehr zu wissen, ich kann doch nichts ändern. Ich helfe ihr doch jetzt? Je weniger ich weiß, desto besser, eigentlich …

»Darf ich auf deinen Rücken?«, fragt sie.

Sofort gehe ich in die Hocke, und ebenso schnell klettert

sie auf mich drauf. Ihr Griff ist so fest, dass ich fast ersticke. Vorsichtig lockere ich ihre Hände, sie greift nach meinen Daumen, als würde sie ein Steuer festhalten. »Meine Mutter hat mich aus Versehen geschubst, weil ich gequengelt habe«, sagt sie.

Mir wird sofort schlecht. Nein, nicht schlecht, es ist Abscheu, ich muss mich vor Abscheu fast übergeben. Wäre ich bloß nicht so visuell veranlagt, dann hätte ich jetzt nur Wörter im Kopf und keinen Film. Es ist nicht der Fall, den ich haarscharf vor mir sehe, sondern das Schubsen.

»Hopp, Pferdchen!«, sagt sie.

»Warte noch mal kurz.« Ich stütze die Hände auf den Tisch und beuge mich vor, wodurch sie nicht mehr an mir hängt, sondern auf mir liegt. Sanft schaukle ich hin und her, sie legt den Kopf an meine Schulter und lässt die Arme baumeln.

»Gibt's noch jemanden, der das weiß, das mit dem Schubsen?«, frage ich.

»Ja, meine Mutter.«

Vorsichtig richte ich mich auf, ich ziehe den Schal wieder so, dass sie darin sitzen kann. So allmählich wird es Zeit, etwas zu unternehmen.

»Warte, warte!«, ruft sie. »Ich will die Serpette mitnehmen.«

»Die Serviette.«

»Ja, die will ich.«

Ich gebe sie ihr und gehe zum Ausgang. »Weiß dein Lehrer es, Herr Demeulenaere?«

»Nein, dann muss ich in so eine beschissene Gruppe.«

»Und Oma?«

Ich glaube, sie nickt.

»Was hat Oma gesagt, als du es erzählt hast?«

»Sie hat mit meiner Mutter geredet.«

Meine Mutter … Auf der Website über Pflegefamilien las ich: »Ich hatte zwar eine Mutter, aber keine Mama.«

»Und dann?«

»Was weiß ich.«

Als wir draußen stehen, beschließe ich, zu Fuß nach Hause zu gehen. Ich sehe mir die Route auf meinem Handy an, während Veronique über meiner Schulter hängt, um die Strecke ebenfalls sehen zu können.

»Achtundzwanzig Minuten, hältst du das durch?«, frage ich.

Sie nickt, ich fühle zwei Kinnstöße. Das Problem ist nicht ihr Gewicht, sondern unser Schweiß. Ohne die Klimaanlage glitschen wir wie Aale übereinander. Trotzdem bleibt sie dank des Tragetuchs gut hängen. Ihr Griff fühlt sich jetzt an wie eine innige Umarmung.

»Begeben Sie sich bitte zur geplanten Route«, sagt die Navi-Dame streng.

Anfangs bieten die Schaufenster viel Ablenkung. Wir kommunizieren wie bei Johns Kätzchen: Eine von uns zeigt auf etwas, eventuell mit Kommentar, und die andere bestätigt es. Wenn ich nicht reagiere, tippt sie mir auf den Kopf und wiederholt es.

Ich sehe einen grünen Rock hängen. »Sollen wir den für dich kaufen? Das ist viel praktischer, wenn du musst.«

»Nein, dann sieht man, dass ich ein Mädchen bin«, sagt sie entschieden.

Ich bleibe stehen. Im Schaufenster sehe ich uns stehen, sie hängt tiefer, als ich dachte.

»Warum darf man das nicht sehen?« Ich wende den Blick nicht von uns ab, sie hebt mit äußerster Sorgfalt meine Haare hoch, damit sie mir etwas ins Ohr flüstern kann. »Weil ich Jungenhaare habe.«

»Oh, darum.« Ich gehe weiter, meine Beine sind noch schlapp, erholen sich aber rasch, inzwischen bin ich an die Adrenalinstöße gewöhnt. »Haare wachsen einen Zentimeter im Monat, wusstest du das? Nach den Sommerferien hast du schon wieder Mädchenhaare.«

Sie kratzt meinen Kopf. »Und du bekommst Omahaare, hier oben ist alles weiß.«

»Ja, ja, ja!«

Wir verlassen die Einkaufsgegend und können ein Stück durch den Park gehen.

»Geradeaus«, sagt das Navi.

Veronique ahmt die Stimme nach, das kann sie auffällig gut, obwohl sie so heiser ist. Wenn ich die Stiftung *Ein Sicheres Zuhause* noch einmal anrufe und erzähle, dass Veronique Brust ernsthaft misshandelt wird, wird der Mutter doch das elterliche Sorgerecht entzogen oder sie wird sogar verhaftet? Tja, aber was geschieht dann mit Veronique? Sie kommt natürlich in so eine beschissene Gruppe. Wenn sie offiziell in

Obhut genommen wird, wird es kaum helfen zu sagen, dass irgendwo noch eine obdachlose Frau rumzulaufen scheint, die sich um sie kümmern will. Offenheit bringt in diesem Fall niemandem etwas.

In Frau Smits Viertel tragen die Kinder einen Fahrradhelm, und an ihren Rädern sind knallige orangefarbene Fähnchen befestigt, damit sie gut sichtbar sind. Stützräder, Hand- und Rückbremse, Papa daneben, Mama dahinter.

»Hast du ein Fahrrad?«, frage ich.

»Nein, aber ich darf bei Dylan hinten auf den Motorroller.«

Das verbiete ich natürlich. Wird sie meine Autorität akzeptieren? Ich fühle mich so unbeholfen wie ein Kind, das einen herumstreunenden Hund behalten will. Läuse, ins Bett machen, Ausdrucksweise, soziale Fähigkeiten … Lauter erzieherische Aufgaben, warum sollte ich das einfach so können? Und was, wenn ich nicht mehr will? Oder schlimmer: Was, wenn ich an ihr hänge oder sie an mir, und dann sagt ihre Mutter, ich solle ihr Kind gefälligst in Ruhe lassen?

»Darfst du wirklich zu Oma, sooft du willst? Ich meine, erlaubt deine Mutter es immer?«

Sie sagt nichts.

Ich greife nach ihren Waden. »Vronchen, ich denke mir einen Plan aus, aber dann musst du mir eine Antwort geben.«

»Wenn sie anruft, muss ich schnell nach Hause«, sagt sie.

Ich denke an das ausgestöpselte Telefon: Ob die Mutter ein paarmal angerufen hat?

»Und wenn sie anruft und du bist nicht da?«

Wieder bleibt es still, aber gerade, als ich sie anspornen möchte, sagt sie: »Weißt du, warum sie nicht anruft? Weil sie einen Freund hat.« Sie klingt nicht traurig oder aufgebracht, überhaupt nicht, sie ist nur völlig mit sich zufrieden, dass sie das durchschaut.

»Meine Mutter hat auch einen Freund.« Ich weiß nicht, warum ich es erzähle, aber wir müssen beide darüber lachen.

»Was für eine Oma«, sagt sie.

Wir kommen an Nummer 19 vorbei, im Garten steht ein Schild: ZU VERMIETEN. Viertausend pro Monat ... Was werden sie haben wollen, mindestens drei Monatsmieten und einen Monat Kaution oder so? Wenn ich das zusammenkriege, ist es eine gute Notlösung, dann frage ich Dylan, ob er das Telefon verbinden kann.

»Wie geht's deinen Füßen?«

»Gut.«

Wir sind zu Hause, neben der Tür sitzt John und langweilt sich, als hätte sie ihre Schlüssel vergessen und musste darum viel zu lange auf uns warten.

»John hatte auch plötzlich Kinder, also geht das einfach«, sagt Veronique.

Wir folgen John ins Haus.

»Also geht das einfach«, wiederholt sie.

»Alles geht. Du musst mal kurz hier warten, ich komme gleich wieder, ruf einfach, wenn du zur Toilette musst.« Ich lasse sie auf das Sofa sinken. Sie ist angespannt, aber es ist, als würde sie spüren, dass sie sich jetzt zurückhalten muss.

Ich gehe ins Hinterzimmer, wir müssen die Sachen aus der Kiste schnell verkaufen, vielleicht schaffen wir es dann.

Ich starre eine Weile auf die leere Ecke. Sie steht nicht da, die Kiste ist weg.

Ich schaue mich um, aber es ist wirklich so: Sie ist weg. Ich renne nach oben, durchsuche alle Zimmer … Weg. Warum habe ich sie nicht versteckt, die Leute von der Firma Lambrix haben das ganze Haus inventarisiert, natürlich haben sie Berend informiert! Oder vielleicht hat Dylan sie, er ist gerade mit Frau Smits Auto im Krankenhaus gewesen, also kann er auch mit dem Auto die Kiste abgeholt haben. Und danach? Zu einem Hehler natürlich. Dreihunderttausend, er hat ja recht: Sein Grashandel stagniert, er braucht Geld. Ich renne nach draußen, wo Louis auf der Gartenbank vor sich hin starrt.

Er lacht, als würde ich einen Scherz machen, auf den er wirklich nicht reinfällt.

»Ich meine es ernst, sie steht nicht mehr da, und wir brauchen sie!«, sage ich gehetzt. Ich setze mich neben ihn, dann brauche ich ihn nicht anzusehen. In einem einzigen langen Satz erzähle ich, dass ich mit der Ärztin und dem Jugendamt gesprochen und beschlossen habe, für Veronique zu sorgen, jenseits der offiziellen Wege.

Ohne ihm die Chance zu geben, zu reagieren, rede ich weiter, ich entschuldige mich, weil ich heute Morgen von Experten geredet habe, während mir jetzt klar ist, dass die wahren Experten hier in der Kamperfoelielaan sind und ich große Bewunderung dafür habe, wie sie alles bisher hinbekommen haben.

Er holt Luft, um etwas zu sagen.

»Nein, warte«, sage ich, und ich erzähle, dass Frau Smit nach dem Wochenende auf den Elmahof kommt, und auch, dass Veronique erzählt hat, von der Treppe geschubst worden zu sein. Meine Oberlippe verzieht sich zu einem Weinkrampf, als ich die Worte ausspreche, aber ich rede weiter, ich sage, dass ich nicht weiß, wie ich es anpacken soll, alles ist so viel komplizierter, als ich dachte, aber dass ich alles auf eine Karte setzen werde, um Veronique über Wasser zu halten.

Erschöpft schaue ich in den Garten. Heute Nacht hat es eine Klatschmohn-Invasion gegeben, mindestens fünfzig sind gleichzeitig aus dem Boden geschossen, das grelle Rot macht mich wütend, und ich ertrage auch die Amseln mit ihrer hysterischen Fröhlichkeit nicht. *Schnabel zu! Hier gibt's nix zu zwitschern, Kinder werden misshandelt, und es gibt kein Geld, ihnen zu helfen.*

»Das war's.« Ich sehe Louis an. »Darum brauchen wir die Kiste; wenn wir die Sachen schnell verkaufen, können wir das Haus Nummer 19 mieten.«

Er schaut mich aus den Augenwinkeln an und nickt.

»Jetzt darfst du antworten«, sage ich.

»Tja.« Er kratzt sich den Kopf. »Tja ...« Diese tiefe Stimme, ich höre kaum Ton, nur Bass. »Erst mal die Kiste ...« Er zeigt auf die Stelle, an der sich heute Morgen noch eine Kuhle befand. Jetzt steht dort ein frischer Fliederstrauch mit schwarzem Dünger und einem Stützstöckchen.

»He!«, rufe ich. »Die Grube ist zu!«

Er grinst so hintergründig und gleichzeitig so charmant, dass ich ganz verlegen werde.

»Oh nein, natürlich nicht«, sage ich schnell. »Da war nie eine Grube. Netter Strauch!«

35

Ich habe noch nie auf meine eigene Klingel gedrückt. Offensichtlich klemmt der Knopf. Ich weiß, dass die Nachbarin von oben mich jetzt da stehen sieht. Ach, Julia hat ihre Schlüssel vergessen, wird sie denken. Oder nein: Aha, Julia ist wieder da, ob es wieder was wird mit den beiden? Vielleicht denkt sie ja auch voll Schadenfreude: Da ist Julia, da wird Stans neue Freundin aber einen Schrecken bekommen!

Ich fand es immer völlig normal, dass sie den ganzen Tag rumsaß und nichts tat. Wenn man über achtzig ist, steht außer die Nachbarn im Auge behalten nicht mehr viel auf dem Tagesprogramm. Damals kannte ich Frau Smit noch nicht.

Die Tür öffnet sich, und da steht Stan, plötzlich ist er mir so schrecklich nah. Er schaut mich an, geradezu entzückt, als wäre ich eine Erscheinung. »Endlich, mein Schatz.«

»Hallo«, sage ich. Es klingt, als würde ich einen Fremden begrüßen, normalerweise müssten wir darüber zusammen lachen. Er streicht mir eine Haarsträhne hinters Ohr. Genau wie Veronique will ich den Kopf schnell zurückziehen, aber ich beherrsche mich.

Er wirft einen Blick über meine Schulter. »Soll …«

»Nö.«

Er wollte fragen, ob mein Rad nicht reingestellt werden soll. So miteinander verbunden sind wir, er atmet ein, und ich weiß, was er sagen wird. Er geht vor mir her ins Wohnzimmer, ich glaube, er hat ein wenig abgenommen. Verrückt, wieder in meinem Flur zu stehen. Ich rieche Holz, es ist ein vertrauter Geruch, aber ich habe ihn nie bemerkt. Mein Schal liegt auf dem Boden, als hätte ich ihn vor ein paar Stunden fallen lassen. An der Decke hängt eine nackte Glühbirne. Ab und zu sagten wir zueinander, wir müssten mal eine schöne Lampe anschaffen, aber dabei ist es geblieben.

Ich hänge meinen Schal an die Garderobe, atme tief ein und gehe hinter ihm her. Über dem Esszimmertisch hat er ein Selbstporträt von mir aufgehängt. Es ist noch nicht fertig und sollte sowieso nie an die Wand. Was wollte ich mit diesem Bild darstellen? Doch wohl kaum die blöde Einfältigkeit, die ich jetzt sehe: fragender Blick, lieb und offen, aber auch so verletzlich, nein einfältig. Ich habe Lust, mit dicken, kackbraunen Buchstaben FUCK darüberzuschmieren.

Stan geht zum Sofa, ein neues, moosgrünes Kissen liegt darauf.

»Schöne Farbe.« Ich setze mich ihm gegenüber. Der Sessel ist unbequem, ich weiß wieder, warum ich nie darauf saß.

»Du siehst müde aus«, sagt er.

Du siehst selbst müde aus, würde Veronique sagen.

»Wie geht's dir?«

»Tja, schlecht eben.«

Mein Mund ist staubtrocken, aber Stan bietet mir nichts zu trinken an. Als wäre es meine allererste Sitzung, vor dreizehn Jahren. Kann ich selbst kurz Tee machen? Wie lauten die Regeln dieses Spiels? Als würde man auf einem Monopoly-Spielbrett Schach spielen: Die Figuren sind bekannt, das Brett auch, aber irgendwas stimmt nicht, wie in den meisten Träumen. Gleich kommt Louis noch rein oder Berend mit einem Stapel Aktenordner.

Ich versuche, Spucke zu produzieren, um meine Zunge zu lösen. Manche Leute leiden unter einem chronisch trockenen Mund, darüber habe ich mal was gelesen, die müssen eine Art Gel benutzen.

»Könnte ich vielleicht Tee machen?«

»Oh, sorry, völlig vergessen!« Er springt auf. »Nimmst du Zucker?«

Wir müssen beide lachen. Als er aus dem Raum gegangen ist, schaue ich schnell auf mein Handy. Keine Nachrichten. Dylan ist jetzt bei Veronique, ich habe ihm geschrieben und gefragt, ob er kommen könnte, und bekam sofort Antwort: *Kein Problem.* Samt Smiley, das sich vor Lachen nicht mehr einkriegt, und einem zwinkernden Smiley.

Ich sehe sie vor mir, Veronique, Dylan und John auf dem Sofa: Veroniques Beine auf Dylans Schoß und den Blick in äußerster Konzentration auf den Bildschirm gerichtet, auf dem der Boxfilm von heute Nachmittag zu sehen ist, dieses Mal in Form eines illegalen Downloads.

Veronique hatte ihm direkt zur Beruhigung erklärt:

»Du brauchst nicht sauer zu werden, weil am Ende gewinnt Bobby. Stimmt's, Julia?«

Eigentlich will ich wieder weg, ich habe hier nichts mehr zu suchen. Ja, Geld, aber das ist alles. Ist das nicht verrückt, dass ich mich in fünf Tagen vollkommen abgenabelt habe? Vielleicht kommt der Rückschlag ja noch, oder ich war schon abgenabelt, das kann natürlich auch sein.

Ich schaue mich im Wohnzimmer um. Außer dem Kissen und dem Bild hat sich überhaupt nichts verändert, sogar meine Lesebrille liegt noch auf dem Tisch, und trotzdem habe ich das Gefühl, dass ich hier schon seit einem Jahr weg bin statt seit einer knappen Woche.

Stan kommt mit dem Tee. Unfermentiert, wegen der Antioxidantien, so jemand war ich früher.

Er stellt den dampfenden Becher neben mich und setzt sich wieder hin. Vor nicht so langer Zeit habe ich ihn auch einmal gemalt, er durfte es erst sehen, als es fertig war. »Das bist du«, sagte ich.

Er schaute sich das Bild lange an, mit einer Mischung aus Bewunderung und Spott. »Das hätte ich gern«, sagte er schließlich.

Jetzt verstehe ich erst richtig, was er meinte: Er war viel zu perfekt, eine Art Guru, der ausschließlich Kraft und Harmonie ausstrahlte.

»Julia, bitte komm zurück nach Hause. Unser Problem ist hier, also befindet sich die Lösung auch hier.« Er zeigt vor seine Füße.

»Nein, deine Lösung befindet sich dort.« Ich zeige auch auf seine Füße, aber es könnte auch so wirken, als würde ich auf seinen Schritt zeigen.

»Ich bin in Therapie.« Er sagt es feierlich, als würde er hiermit einen wichtigen Trumpf auf den Tisch legen.

»Und was sagt er zu allem?«, frage ich.

»Sie.«

»Wirklich? Musst du einer Frau erklären, dass du …«

Wieder zeige ich auf seinen Schritt, es geht ganz von selbst.

Er seufzt.

Ich kann es mir kaum vorstellen: Stan auf dem anderen Stuhl, mit diesem schuldbewussten Blick und dieser unterwürfigen Haltung. Er ist mir vollkommen fremd. Hier stimmt was nicht, Stan in Therapie, unsicher, abwartend und folgsam.

»Kann sie dir helfen?«, frage ich.

»Absolut, ich glaube, dass ich jetzt endlich verstehe, wie ich es angehen soll und woran es liegt.«

Ich denke an Gwen. Sie war dabei, den Salon aufzuräumen. Als ich reinkam, wirkte es, als sei sie gerade mitten im Gespräch gewesen, so aus dem Nichts plapperte sie los: Sie hatte einen Transporter bestellt, um alle Sachen wegzubringen, weil die viel wert waren, aber sie hatte keine Ahnung, wohin damit, und jetzt musste sie sich beeilen, weil sie sonst zu spät kam, auf Anraten und auch auf Kosten von Frau Smit machte sie nämlich eine Zusatzausbildung, für Leute mit Haarausfall nach einer Chemotherapie, und dazu gehörte jede Menge Psychologie …

Ratter, ratter, ratter.

»Woher kennst du Frau Smit eigentlich?«, fragte ich. Ohne den geringsten Anflug von Scham erzählte Gwen, sie hätte davor einen anderen Beruf gehabt, sie war Sexualbegleiterin. Es war nämlich so, dass Mick irgendwann fast ständig eine Erektion hatte; so ein Junge hat natürlich auch so seine Bedürfnisse, dafür braucht man nicht lesen und schreiben zu können. Er tat Frau Smit leid, und außerdem war es auch für

Vronchen nicht gut, weil sein Pimmel oben aus seiner Windel ragte, und da hatte sie Gwen angerufen.

»Um ihn …«, sagte ich vorsichtig.

Sie nickte.

Ich schaue zu Stan, sein Daumen streichelt das neue Kissen, achtlos und zärtlich. »Es sind natürlich sehr viele Faktoren im Spiel«, sagt er.

Selbstverständlich, denke ich. Könnte ich nur eine Augenbraue hochziehen, wie Louis. Hatte ich mir so was früher ernsthaft angehört? Ja, weil ich es unheimlich gern relativieren und beschönigen wollte und fand, ich selbst wäre auch ein wenig schuld daran, genau wie der Nachbar meinte, als sein Hund einen Passanten gebissen hatte: »Natürlich darf er das nicht, was er getan hat, ich möchte das auch nicht bagatellisieren, aber der Mann muss einfach eine seltsame Bewegung gemacht oder herausfordernd geschaut haben, denn einfach so aus dem Nichts heraus beißt so ein Hund wirklich nicht einfach zu, man darf nicht die ganze Schuld auf ihn schieben.«

Ich will meine Mission zu Ende bringen und dann wieder zu Veronique. Warum habe ich nicht nach einem Glas Wasser gefragt, dieser Tee ist glühend heiß.

Stan sitzt noch immer da, rutscht hin und her und seufzt, ich habe ihn noch nie so erlebt, auch nicht, als es wieder mal passiert war.

»Hast du vielleicht jemand anderen?«, fragt er vorsichtig.

»Nein.« Ich schüttle den Kopf. »Wirklich nicht.«

»Liebling, ich würde alles tun, um unsere Ehe wieder auf den richtigen Weg zu bringen: ein Sabbatical, Paartherapie, umziehen … Wenn es uns bloß hilft, tue ich es! Bitte, gib mir diese letzte Chance noch.«

Himmel, gleich fällt er noch auf die Knie! Ich spüre nur Widerwillen, und ich hab's eilig, ich will einen Sack voll Geld und dann nix wie weg.

»Aber ich bin schon auf einem anderen Weg«, antworte ich. »Schon ziemlich lange, wird mir jetzt klar, weil ich überhaupt nicht mehr an uns denke.«

Er kaut auf seiner Zunge, während er meine Bemerkung verdaut. »Was ich dich also sagen höre, ist …«

Dieser grässliche Satz: Ich verstehe dich besser als du dich selbst.

»Setz die Therapeutenkappe ab!«, rufe ich.

Er erschrickt und ich eigentlich auch.

»Nun sieh dich doch an.« Mit beiden Händen gleichzeitig zeigt er auf mich, als würde er mich einem Publikum vorstellen. »Du sitzt hier wie eine Vierzehnjährige, die eine Predigt von ihrem Vater bekommt, von Kopf bis Fuß strahlst du Widerwillen aus, so kommen wir doch nicht weiter!«

Nicht darauf eingehen, das ist jetzt das Beste.

»Ich habe dich so vermisst«, sagt er. In seiner Stimme klingt Erstaunen durch, aber vielleicht höre ich das nur. Ich könnte übrigens in genau demselben Ton das Umgekehrte sagen. Ich hole tief Luft.

»Eigentlich bin ich gekommen, um über das Finanzielle zu sprechen.« Ich rede jetzt leise und bedächtig, als wollte ich ihn beruhigen. Ganz nüchtern unterbreite ich ihm meinen Vorschlag: »Ich brauche keine Sachen, du kannst alles haben, ich werde auf Unterhaltszahlungen verzichten, auf Pension, sogar auf das Haus. Ich will einmalig einen Betrag von fünfzigtausend Euro, und danach werde ich dich nie mehr belästigen.«

Dabei hätte ich es belassen sollen, aber plötzlich packt mich doch noch die Wut. »Und dann darfst du ficken, wen auch immer du willst, hier drinnen oder außer Haus, sogar deine Therapeutin, das ist mir alles völlig egal.«

Mit diesem hässlichen, ordinären Zusatz habe ich mir meine Chancen endgültig verdorben; ich werde ohne Geld nach Hause gehen, ganz klar. Sein Lächeln ist noch da, aber seine Augen machen nicht mehr mit.

»Ich möchte keine Situation finanzieren, hinter der ich nicht stehe«, sagt er eisig freundlich.

Das hatte ich schon befürchtet, so sehr befürchtet, dass ich nicht gewagt habe, wirklich daran zu denken: Ich habe auf nichts Anspruch, nicht mal auf meine eigene Kleidung. Offiziell gehört alles ihm. Von dem Geld, das ich verdiente, bezahlten wir unsere Einkäufe, einen Teil unserer Einkäufe.

»Wir müssen endlich was regeln«, sagte er oft. »Wenn was passiert, hast du offiziell überhaupt keine Ansprüche, dann geht alles an meine Eltern.«

Wenn was passiert – das bedeutete, dass er tot war und ich die trauernde Witwe, aber nicht, dass ich genug von ihm hatte und ihn für immer verließ.

»Zwischen uns ist so viel Liebe«, fährt er fort. »Wirf das nicht weg, wir brauchen einander.«

»Ich brauche dich überhaupt nicht, ich finde es großartig, von dir weg zu sein, und das sage ich nicht, um dich zu verletzen, sondern weil es einfach so ist.« Ich gehe zum Tisch und nehme das Bild von der Wand. »Das hier muss ich noch fertig machen, danach kannst du es mir abkaufen.«

An der Tür drehe ich mich noch kurz um, was mit dem großen Bild in der Hand schwierig ist. »Vielleicht sieht man sich ja noch mal.«

36

Im Haus hängt ein stechender, miefiger Geruch, den ich nicht einordnen kann. Magwan ist es nicht, der roch anders. Vielleicht Dylans Schweißgeruch. Er sitzt mit Frau Smits Laptop im Wohnzimmer am Tisch.

»Lief alles gut?« Ich stelle mein Bild auf den Boden, das Gesicht, mein Gesicht, sorgfältig zur Wand.

Während er spricht, tippt er weiter. Magwan sei oben, erzählt er. Er habe Johns Bauch eingerieben und Veroniques Verband gewechselt. Erst durfte sie auf dem Sofa liegen, und als sie eingeschlafen war, hat Magwan sie ins Bett gebracht. Er schläft jetzt auch.

»Bei dir auch alles gut?«, fragt Dylan.

Ich habe das Gefühl, er verbirgt etwas, er tut so übertrieben locker.

»Prima«, sage ich.

John liegt schnarchend auf dem Sofa, flach auf dem Rücken, ich sehe ihren glänzenden Bauch.

»Jetzt weiß ich, was ich rieche: Kampfer!«, sage ich. »Hat Magwan den benutzt?«

»Kann sehr gut sein.« Er klingt abwesend, weil er den Blick nicht vom Bildschirm abwendet.

An dem Düsenjägergeräusch höre ich, dass er eine Nachricht verschickt.

Hinter ihm auf dem Fußboden steht ein Gemälde oder ein eingerahmtes Foto oder vielleicht auch ein Spiegel, das kann man nicht erkennen, da es in Luftpolsterfolie eingeschlagen ist.

»Was machst du da?«, frage ich.

Er denkt kurz nach, dann gibt er seine Vorsicht auf. »Louis meinte, wir müssten total schnell abcashen, damit wir Nummer 19 mieten können, und da fiel mir plötzlich das hier ein.«

Er löst die Plastikfolie und zeigt mir ein eingerahmtes Porträt von Clint Eastwood, gemalt von Lucian Freud. Ich erkenne seinen Stil sofort, er ist einer meiner Lieblings-Porträtmaler. Natürlich ist es kein Original, ich glaube, dafür werden manchmal dreißig Millionen bezahlt, aber es ist auch keine normale Reproduktion. Es sieht eher aus wie ein in Ölfarbe gemaltes Replikat und zwar kein schlechtes. Auf der Rückseite steht eine unleserliche Signatur.

Clint Eastwoods gequältes Gesicht tut mir beim Anblick fast weh. Er ist nicht melancholisch oder traurig, sondern verbittert und gekränkt, er will Rache, er ist so mordlustig, dass es ihn hässlich macht. Abstoßend, aber faszinierend, eine Art umgekehrtes Photoshop. Ich kann den Blick nicht davon abwenden, voller Ehrfurcht für sowohl den Maler als auch das Modell.

»Er ist wütend«, sagt Dylan.

Ich setze mich ihm gegenüber. Auf dem Tisch stehen drei Gläser und eine Kanne mit einem Rest Wasser, in dem eine Zitronenscheibe und Gurkenstückchen schwimmen. *Magwan was here.*

»Woher hast du das?«

»Es stand im Hinterzimmer.«

Ist das wohl erlaubt? denke ich, ist das Bild nicht bei Lambrix registriert? Und weiß der Käufer eigentlich, dass es eine Fälschung ist? Aber ich sage nichts, ich werde mich hüten, wir müssen »abcashen«, und ich habe selbst gerade auf Granit gebissen.

»Für wie viel?«

»Rate mal.« Sein Stolz siegt über seine Vorsicht.

Ich nehme das Gemälde auf den Schoß und betrachte es noch einmal genauer. Mal sehen, ich verlange meist zweihundert Euro für ein Porträt in Ölfarbe – dass ich dafür im Verhältnis viel zu lange gebraucht habe, geht den Käufer nichts an.

»Zweihundert?«

Er zeigt nach oben.

»Dreihundert? Vierhundert?«

»Mehr.«

»Fünfhundert?«

Er kneift ein Auge zu und zeigt auf mich.

»Nicht schlecht!«, sage ich. »Wem?«

Er nickt Richtung Laptop, aber seine Aufmerksamkeit ist schon wieder woanders, er steht auf und dreht mein Porträt um. *»O my god«*, sagt er. »Hast du das machen lassen?«

Ich fand es gerade bei Stan schon Schund, aber hier, neben dem rauen Bild von Freud, ist es noch schrecklicher anzusehen, der Bambi-Gehalt ist unerträglich.

»Ja, fürs Lagerfeuer.«

Er stellt es aufs Sofa und schaut immer wieder von dem Bild zu mir.

»Das reicht!«, rufe ich.

»Du bist eine ziemlich schöne Frau, weißt du das?«

Ich muss lachen, aber er bleibt todernst. »Wie viel hast du dafür bezahlt?«

Geniert drehe ich das Bild wieder um. »Es ist ein Selbstporträt.«

»Holy shit!« Seine Kinnlade fällt herunter. »Das hast du also ...«

»Selbst gemalt, ja, einfach als Übung.«

Ungläubig schüttelt er den Kopf und starrt mich an. »Du bist genial, ich schwöre!«

Er setzt sich wieder neben den Laptop und fängt sofort an zu tippen. »Warte mal kurz, das bin ich sofort für dich los.«

»Nein, Dylan!«

»Wetten?«

»Ich verkaufe es nicht, kommt gar nicht infrage.«

Er zögert einen Moment und zuckt dann die Achseln. »Dann nicht.«

Ich sehe jetzt, dass meine Zeichnung von der Kamperfoelielaan mit allen Bewohnern neben dem Laptop liegt. Dylan folgt meinem Blick.

»Das ist mein Bruder«, sagt er, als würde er ihn mir vorstellen.

Es ist für mich unmöglich, mich in ihn hineinzuversetzen, ich weiß nicht einmal, wie es ist, eine Schwester oder einen Bruder zu haben, geschweige denn einen schwerbehinderten eineiigen Zwillingsbruder, und was es bedeutet, ihn zu verlieren. Ich habe mal von männlichen Zwillingen von siebzig

Jahren gelesen, von denen einer an einem Herzstillstand gestorben war. Der übrig gebliebene Bruder war grenzenlos traurig, stand gleichzeitig aber auch Todesängste aus, dass auch seine Stunden gezählt sein könnten, weil er genau dasselbe genetische Paket besaß wie sein Bruder.

»Eigentlich wollte ich dich zeichnen, aber es ist misslungen.«

Zu spät höre ich, was ich gesagt habe. »Sorry, sorry, das tut mir leid, ich meine es anders«, sage ich schnell, aber es ist zu spät, er schaut wütend, als würde er ein Kata machen. »Ich weiß, dass alle das denken, aber er war nicht misslungen.«

»Nein, das weiß ich, wirklich!«

»Wenn ich mir jetzt einen Bruder aussuchen dürfte, würde ich Mick nehmen, genau so.«

Bloß lebendig, denke ich. Ich nicke.

Dann zeigt er auf mein Bild. »Siehst du?«

»Ob ich was sehe?«

»Ich hatte eine Idee zum Geldverdienen, aber Louis hat mir verboten, dich zu fragen.«

Themenwechsel, zum Glück. Er lässt die Blätter meines Zeichenblocks durch seine Finger gleiten, rrrrt, rrrrt … Plötzlich ist er verlegen, so habe ich ihn noch nie gesehen. Ob er an die Sexarbeit denkt? Und für wen, für sich oder vielleicht sogar für mich? Ist er wieder dabei, mich langsam, aber sicher irgendwo reinzulocken?

»Sag's nur.«

»Nicht sauer werden!«

Ich schüttle den Kopf.

»Ja, also ... Louis fand diese Zeichnung auch völlig genial.« Er tut, als gäbe es kein größeres Kompliment.

»Und?«

»Dieses Bild war innerhalb einer halben Stunde verkauft, und ich bekomme noch immer Anfragen und Likes. Daher habe ich heute Nachmittag zu Louis gesagt, dass du auch malst, aber das wusste er schon. Ich meinte, wenn sie jetzt einen neuen echten ... malt, dann können wir ihn noch mal verkaufen.«

Ein neues echtes Replikat – und noch eins und noch eins.

»Das nennt man fälschen«, sage ich.

»Das sagte Louis auch, darum durfte ich dich ja auch nicht fragen. Weil, da ist noch was ...« Er zögert.

»Sag's ruhig.«

»Mit meinem Handy kann ich dieses Bild auf dein Dings projizieren.« Er zeigt auf meine Staffelei. »Dann brauchst du es nur noch auszumalen.«

Ich muss lachen. »Die ganze Kunstakademie hätte ich mir also auch schenken können.«

»Ja, das meinte Louis auch.«

»Was?«

»Dass du eine Künstlerin bist und keine Möchtegern-Malerin.«

Natürlich bin ich erstaunt, Louis hat nicht die geringste Bewunderung oder auch nur Interesse durchschimmern lassen.

Kurz darauf ist das ganze Haus still, Dylan ist weg, Magwan und Veronique schlafen, und John liegt auf dem Sofa und schaut sich griesgrämig die Orchideen an. Das Porträt von Clint Eastwood habe ich neben John aufs Sofa gestellt. Die Ähnlichkeit ist frappierend, sie haben denselben nachtragenden Blick, und auch Eastwood schaut nicht in die Linse, sondern knapp daneben, als wäre ich Luft für ihn. Wäre er mein Modell gewesen, hätte ich wahrscheinlich einen glatten Filmstar aus ihm gemacht, gut aussehend und sympathisch. Lucian Freud holt gerade das Hässliche zum Vorschein, alles, was dem Auge schmeicheln könnte, wurde eliminiert.

Ich studiere das Porträt so genau, dass meine Nase fast das Papier berührt, so wie Veronique meine Zeichnungen immer betrachtet. Es ist mit einem ganz dünnen Pinsel gemalt, jedenfalls wenn der Fälscher nicht vom Original abgewichen ist.

Ich stelle ein sauberes Blatt auf meine Staffelei und fange an, die Komposition mit Holzkohle aufzubauen und danach die Linien nachzuahmen. Es geht ganz gut, keine falsche Bescheidenheit, nach einer guten Stunde habe ich eine anständige Skizze. Ich will mit Farbe weitermachen, aber ich habe keine Leinwand. Oh ja, die habe ich wohl, mein Selbstporträt. Ich stelle es auf meine Staffelei und mische Farbe an. Eine gute Palette ist die halbe Arbeit. Ein paar Nuancen bekomme ich nicht hin, aber mit den Farben, die ich dabeihabe, komme ich recht weit. Und dann fang ich an, ich schaue, und ich male, schauen, malen … Ich achte nicht auf Ausstrahlung, Stimmung oder Widersprüche, nach einer Weile habe ich sogar keinen Gesamtüberblick mehr. Das

Einzige, was ich tue, ist quadratische Millimeter kopieren, es geht um Punkte, Linien und Flecke.

Es ist drei Uhr, als ich endlich aufhöre. Langsam trete ich zurück, ich muss zugeben, dass es mir sehr gut gelingt. Die Farben könnten noch besser sein, aber wenn ich noch ein paar Tage hieran arbeite, kann es eine perfekte Imitation einer perfekten Imitation werden.

Fünfhundert Euro …

Wenn Dylan das Porträt erst auf meine Leinwand projiziert und ich mehrmals dasselbe Bild mache und nur einmal die Farben zu mischen brauche, geht es viel schneller. Zwei pro Woche, könnte ich das schaffen?

Fälschen, das ist was für Möchtegern-Maler, nicht für Künstler, hat Louis zu Dylan gesagt. Ich bin nicht seiner Meinung; ein perfektes Replikat anzufertigen ist auch eine Kunst, und wenn ich mich nicht täusche, könnte ich hiermit die Miete für die Kamperfoelielaan 19 verdienen.

Veronique wacht auf und fängt an zu strahlen, sobald ich das Schlafzimmer betrete.

Magwan hat die Betten frisch bezogen, nur mit Laken, weil die Bettdecken zu warm waren. Jedenfalls gehe ich davon aus, aber vielleicht hat er auch alle Bettdecken im ganzen Haus mitgenommen und in einem Asylheim verscherbelt, alles ist möglich. Wenn das so wäre, kann ich nur dahinterstehen.

Ich setze mich auf den Bettrand.

»Nun leg dich schon hin«, sagt sie.

Meine Mutter würde sofort mit der Erziehung anfangen: »Meine Dame, möchten Sie sich vielleicht kurz hinlegen?«, würde sie sagen. Und Veronique versteht das nicht, die fängt megalaut an zu lachen, weil meine Mutter sie als Dame bezeichnet. Sie würden es keine Stunde miteinander aushalten, aber jetzt, da Stan und mein Atelier als Wohnung wegfallen, ist es außer der Kamperfoelielaan 19 die allerletzte Möglichkeit.

Veronique zieht mich runter, ich denke erst noch, sie will ein Küsschen, aber ich soll mich wirklich hinlegen.

»Ich hab mir die Zähne noch nicht geputzt und so!«

»Dann sagst du einfach, das hättest du längst gemacht«, sagt sie.

Sobald ich liege, schiebt sie sich rückwärts an mich, kuschelt sich ein, bis es richtig gemütlich ist, ihre Windel an meinem Bauch, und dann dieser tiefe, verzückte Seufzer.

»Du riechst nach Feuerzeug«, sagt sie mit träger Stimme.

»Das ist glaube ich Petroleum.«

»Nein«, sagt sie. »Feuerzeug.«

37

Ich wache auf, die letzten Traumfetzen noch im Kopf, etwas mit einem Sumpf, und ich war angespült worden oder so. Alles war schwer, bedrückend, und es herrschte Panik. Veronique liegt nicht mehr da, wie ist sie hier weggekommen? Langsam öffnet sich die Tür, aber niemand kommt herein.

»Simsalabim, wer kann das sein!«

Ich beuge mich zur Seite, und da sitzt Veronique, auf Händen und Knien. Unter jedem Knie ist mit einem breiten Gummi ein Flipflop festgebunden, Magwans fachmännisches Können ist unverkennbar. Ich sehe auf dem Wecker, dass es bereits zehn Uhr ist, als hätten wir heute sonst nichts vor!

»Zieh mich bitte hoch.«

Ich ziehe sie zu mir, sie riecht gut nach meiner eigenen Seife.

»Ich muss gleich kurz weg, nur eine Stunde«, sage ich.

»Bestimmt zu Oma. Ich komme mit.«

Vielleicht ist es gerade gut für sie, dann kann sie Abschied nehmen von Frau Smit. Oder ist das zu viel? Ich weiß es einfach nicht mehr.

»Ist gut«, sage ich.

Magwan hat Alexis große Fahrradtaschen, mit denen er die Zeitungen austrägt, an Frau Smits Fahrrad gehängt und schiebt ein Kissen unter die Spanngummis auf dem Gepäckträger. Während er wie ein sorgsamer Coach neben uns steht, halte ich den Lenker gut fest und stelle mich gerade vor den Sattel, Veronique auf meinem Rücken. Dann gehe ich ein wenig in die Knie, und sie lässt sich auf das Kissen sinken. Sie schlägt die Arme fest um mich und greift nach meinem Bauchfett, als wäre es eine Reling.

»Fuß in die Tasche«, sagt Magwan. »Und Fuß in die Tasche. Nicht stehen, bisschen hüngen.«

»Hängen«, sagt Veronique.

Er gibt ihr einen Kuss, und danach bekomme ich zu meiner Überraschung auch einen liebevollen Schmatzer auf die Wange, und er schiebt uns die Auffahrt hinunter. Die Häuser liegen hier so weit auseinander, ich muss eine Weile fahren, bis ich bei Nummer 19 bin, aber dann sehe ich es sofort: Das Schild ist weg. Wir sind zu spät, ich hätte natürlich gestern Abend ein Angebot machen sollen!

Veronique stupst mir in den Rücken. »Warum trittst du nicht?«

»Weil ich plötzlich Spaghettibeine habe.«

»Oh ja«, antwortet sie verständnisvoll.

Unterwegs zum Krankenhaus redet sie über Frau Smit, aber leider kann ich sie nicht gut hören, und das will ich nicht immer wieder sagen.

»Wenn Oma sich wegen meiner Füße erschreckt, müssen wir …«

Den Rest verstehe ich nicht.

»Du weißt doch, dass Oma schläft und überall Schläuche hat, oder?«, sage ich zum zigsten Mal.

Vielleicht verdreht sie die Augen oder seufzt gelangweilt, aber ich spüre nur, dass sie den Kopf gegen meinen Rücken drückt. Wir sind da. Ich schließe mein Fahrrad ab, und sie klettert wieder auf meinen Rücken. In aller Ruhe gehen wir zum Eingang, für kurze Entfernungen binden wir das Tuch nicht um, dann mache ich nur mit den Händen eine Art Räuberleiter hinter meinem Rücken, um ihr Halt zu geben.

»Hey, du Faulpelz, sollen wir tauschen?«, fragt einer der Raucher sie. Ich kenne ihn inzwischen, vorgestern war sein Rollstuhl mit Girlanden verziert und so einem hässlichen Aluminiumballon, auf dem »65! Hurra!« stand. Zwanzig Jahre jünger, als ich ihn geschätzt hätte. Im Vorbeigehen gratulierte ich ihm, und da erzählte er, er sei zweiundachtzig, aber dafür gebe es keine Ballons. »Die laufen hier nicht gut«, erklärte er mir.

Er ist viel zu dick für seinen Rollstuhl, an allen Seiten quillt sein Speck über. Ich habe Angst, dass Veronique »Fuck you, Fettsack« sagt, aber sie lässt sich von seiner Unansehnlichkeit nicht verleiten.

»Wir gehen zu Oma«, erzählt sie stolz.

Er hebt den Daumen in die Höhe, als wolle er seinen Kalknagel demonstrieren. »Bestellt ihr mal schöne Grüße!«

»Weißt du, wie er heißt?«, flüstert sie, als wir weitergehen.

»Nein, aber Oma schläft, wir können ihr die Grüße also sowieso nicht ausrichten.«

Der Aufzug steht bereit, ich stelle mich genau vor den Spiegel.

»Mal kurz schauen, wie wir aussehen.«

»Bah, hässlich.« Sie streckt sich selbst die Zunge raus, der Ekel ist nicht gespielt.

»Wie kommst du denn darauf?«

Sie drückt gegen meine linke Schulter und zieht an meiner rechten, als würde sie ein Boot lenken. »Dreh, dreh, dreh …«

Also gut. Ich stelle mich mit dem Rücken zum Spiegel und denke an die zerknüllte Zeichnung. Hätte ich gestern Abend nur ein Porträt von ihr gemacht, einfach ein schönes Kindergesicht. Dieser Eastwood ist überflüssig geworden, jetzt, da wir Nummer 19 nicht mehr mieten können.

Wir verlassen den Aufzug, und ich zeige auf die offene Tür von Frau Smit. »Dieses Zimmer ist es.«

Veronique drückt gegen meinen Nacken. »Rennen!«

Als wir ins Zimmer kommen, hält Veronique den Atem an. Zum Glück sieht Frau Smit heute gut aus, ohne Grimassen. Wir setzen uns auf den Stuhl neben ihrem Bett. Veronique auf meinem Schoß, sie ist genauso fasziniert wie vor ein paar Tagen bei John und ihren Jungen.

All meine Zweifel sind verschwunden, ich habe die richtige Entscheidung getroffen, Veronique ist gerührt und froh. Vieleicht findet sie es ein wenig aufregend, aber nicht beängstigend oder gar eklig. Allerdings ist mir klar, dass ich Frau Smit jetzt nicht versorgen kann, die schlaffen Brüste, die Windel … Das will ich Veronique nicht antun.

»Darf ich ihren Kopf streicheln?«, flüstert sie nach einer Weile.

Ich hebe sie aufs Bett, damit sie sich neben Frau Smit knien kann.

»Warum hat sie diese Strohhalme?«

»Durch die kommt ihr Essen.«

»Saugt sie mit der Nase?« Sie klingt nicht erstaunt, sondern eher voller Bewunderung.

Da kommt Fleur rein. »Einen wunderschönen guten Morgen zusammen!«

Sie spricht noch lauter, als ich es in Erinnerung hatte; umständlich fange ich an zu erklären, warum Veronique da ist, aber das ist überhaupt nicht nötig. »Dann kannst du mir mal schön helfen!«

Veronique schaut zu mir, ich nicke.

»Erst mal schauen wir nach, ob Oma gepieselt hat!«, ruft Fleur. Sie schlägt das Laken zurück und löst die Klettverschlüsse der Windel, sodass Veronique Frau Smits fast kahle Vagina sieht.

»Ja, gepieselt!«, sagt sie.

»Gut so, Oma!«

Fleur gibt Veronique einen feuchten Waschlappen. »Dann wasch du mal ihre Arme.«

Mit der vollen Konzentration, mit der sie zuvor den Abwasch erledigt hat, fängt Veronique an, Frau Smits Arme zu waschen, begleitet von Fleurs Kommandos. Ab und zu vergewissert sie sich schnell, ob ich immer noch schaue.

»Wirf die Windel einfach in die blaue Mülltüte«, sagt Fleur.

»Nein!«, rufe ich.

»Huch!« Veronique hatte es, glaube ich, wirklich vergessen.

»Sie darf nämlich nicht laufen«, erkläre ich schnell.

Fleur fragt nichts. Eine Krankenpflegerin, die ein Kind mit zwei bandagierten Füßen sieht und nicht wissen will, was los ist. Das kann einfach kein Desinteresse sein, das ist ausgeschlossen. Haben sie damals im Krankenhaus vermutet, dass etwas an Veroniques Geschichte nicht stimmte? So ein gelenkiges und geschicktes Kind, das plötzlich einfach so von der Treppe fällt, haben sie sich damit abspeisen lassen?

Ich will es Fleur fragen, ich will Fleur alles fragen. *Hilf uns, was sollen wir machen, Fleur?*

Veronique sitzt noch da mit der vollen Windel in den Händen, ich würde sie ein Stück von mir weghalten, aber sie hält sie fest, als wäre sie ein Ball. Omas Windel ist nicht eklig. Fleur geht zu ihrem Karren und hebt den Aluminiumdeckel der Mülltüte hoch. »Werfen!«

Mit einem kräftigen Wurf schmeißt Veronique die Windel gegen den Deckel, damit sie in der Mülltüte landet. Was den Pflegestil angeht, passen die beiden gut zusammen.

»Tor!«, sagt Fleur.

Veronique schaut zu mir, also hebe ich den Daumen.

Fleur misst in der Zwischenzeit Frau Smits Puls. »Was ist mit dir passiert?«, fragt sie.

Veronique schaut zu mir.

»Erzähl's ruhig«, sage ich. Zu meinem Schrecken merke ich, dass ich rot werde. Pflegekräften wird empfohlen, auch auf die Reaktionen der Eltern zu achten, las ich beim Googeln. Wenn man sich zum Beispiel Sorgen macht um blaue Flecke, aber die Eltern winken nur lässig ab, ist das verdächtig. Sieht Fleur den Unterschied zwischen schuldig sein und sich schuldig fühlen?

Veronique biegt Frau Smits Hand achtlos in alle Richtungen. »Ich hab mich in Glas gestellt.«

»Das ist nicht so clever, du Pflaume!«, sagt Fleur.

»Weiß ich selbst«, murmelt Veronique. Sie schaut zu mir, und ich nicke, als würde ich meinen: Gut so, du hast gesagt, was wir vereinbart haben.

Ich traue mich nicht, weitere Erklärungen abzugeben, aus Angst, zu lässig zu klingen. An Fleur erkenne ich keine Reaktion, auch nicht, dass sie mich genauer mustert oder so. Sie macht ein Häkchen auf dem Klemmbrett, das am Fußende des Bettes hängt, brüllt einen Gruß und verschwindet.

Veronique wartet mit geheimnisvollem Blick ab, bis sie wirklich weg ist, und ahmt sie dann nach: »Leutemachtetjuht!«

Jetzt höre ich erst, was Fleur gesagt hat: »Leute, macht's gut!«

Wir müssen beide lachen.

»Du hast einen Kopf wie eine Tomate«, sagt Veronique.

Ich schaue in den Spiegel. »Mir ist warm. Vronchen, als du ins Krankenhaus musstest, nicht gestern, sondern das Mal davor, wer hat dich da gebracht? Deine Mutter?«

Sie schüttelt den Kopf. »Oma und Louis.«

»Aber es war doch zu Hause passiert?«

»Nein, bei meiner Mutter.«

Zu Hause, das ist natürlich die Kamperfoelielaan.

Mit einem Zeigefinger streichelt Veronique Frau Smits Wange, genau wie sie es bei John getan hat.

»Ich habe eine superschöne Idee«, sagt sie dann. Es sind nicht nur meine Worte, sondern es ist auch genau mein Tonfall. Bestimmt möchte sie noch mal ins Kino.

»Aha?«, frage ich.

Sie unterbricht das Streicheln einen Moment, um mit dem Finger auf den Boden zu zeigen.

»Was meinst du?«, frage ich.

»Sie hat Räder.«

Ich schaue nach unten und dann wieder zu ihr. Die Idee ist pikant, das sehe ich ihr an. Will sie durch die Gänge fahren? Spritztour mit Oma?

»Wir nehmen sie heimlich mit nach Hause«, sagt sie im Small-Talk-Ton.

»Wen?«

Sie nickt in Richtung Frau Smit.

»Was meinst du mit *mitnehmen*?« Mein Herz klopft schneller, als würde mein Körper schon spüren, dass hier etwas Wichtiges passiert.

Dieses Mal gibt sie nicht auf, weil ich so trottelige Fragen stelle.

»Ganz einfach, ich bleibe hier auf dem Bett sitzen, und du schiebst uns.«

Sie meint es ernst, sie glaubt wirklich, wir könnten uns mit diesem Bett aus dem Staub machen. »Dafür kriegen wir eine Anzeige«, sage ich.

Sie schweigt.

»Wirklich, Vronchen, wir können nicht einfach …«

»Oma, dürfen wir?« Sie nimmt Frau Smits Kopf und lässt ihn nicken.

»Sei vorsichtig!«, sage ich, während ich einen Lachkrampf kaum unterdrücken kann.

Wir hören Fleurs Stimme im Nachbarzimmer oder im Zimmer daneben.

Ich muss jetzt blitzschnell nachdenken, aber Veronique soll mir nichts anmerken, sie soll nicht an meinen Augen sehen, dass ich vielleicht den Hauch einer Lösung rieche.

»Ich vergesse etwas.« Ich renne zur Tür.

»Was macht sie?«, fragt Veronique Frau Smit.

»Fleur!«, rufe ich.

Sie ist schon am Ende des langen Ganges angekommen.

»Ich möchte dich was fragen«, fange ich an.

Breitbeinig und mit verschränkten Armen wartet sie, bis ich bei ihr bin.

»Kommt es vor, dass ein Komapatient zu Hause gepflegt wird? Wenn die Familie das Pflegeheim zu unpersönlich findet oder zu teuer? Ist das medizinisch gesehen möglich?«

Völlig unbewegt schaut sie mich weiterhin an.

Also gut, dann eben konkret: »Ich will Frau Smit zu Hause pflegen.«

»Ist sie einigermaßen versichert?«

Sie lacht mich nicht aus, sie sagt nicht, dass ich unglaublich naive Vorstellungen habe …

»Ich glaube schon«, sage ich.

»Kann Vollzeitpflege für sie organisiert werden?«

»Ganz bestimmt.«

»Hat sie einen flexiblen Hausarzt?«

»Auf jeden Fall!«

Sie spitzt die Lippen, denkt einen Moment nach und sagt dann: »Warum nicht?«

EPILOG

Ich schiebe meine Staffelei zu den Orchideen vors Fenster, in der Sonne trocknet die Farbe schön schnell. Noch ein paar Tupfer, und dann ist wieder eine Mona Lisa fertig.

Frau Smit gähnt. Sie liegt im Hinterzimmer, die Schiebetür steht jetzt immer offen, also höre ich alles. In den ersten Tagen habe ich immer nach ihr geschaut, aber inzwischen kenne ich all die unterschiedlichen Töne, die sie von sich gibt. Ich bin froh, dass sie nie weint, manche Komapatienten scheinen das zu tun.

»Sie ist müde, oder, Julia?« Veronique sitzt auf Frau Smits Bett und spielt mit ihr, als wäre sie ein Riesenschlumpf. Es wird geschwatzt, und immer, wenn Veronique mit der alten, kraftlosen Hand winkt, weiß ich, dass jetzt Frau Smits Text dran ist.

»Oh ja, Liebes?«, höre ich oft.

John liegt auch immer da, die Ärztin erlaubt es nicht, und ich habe sie bestimmt schon hundertmal weggeschickt, aber in der nächsten Sekunde ist sie schon wieder da, als ginge es hier um das höchste Ziel in ihrem Leben.

Frau Smits Zustand ist unverändert. Veronique und ich recken, strecken und reiben sie dreimal am Tag ein. Außerdem wendet Alexi sie mit eiserner Regelmäßigkeit. Jeden Morgen kommt der häusliche Pflegedienst und jeden Nachmittag die Ärztin. Gwen kümmert sich um ihre Frisur und ihre Fingernägel.

Wir wissen alle, dass dort im Hinterzimmer unser Akku liegt. Solange sie atmet, haben wir ein Haus und einander.

»Sie ist müde, oder, Julia?«, wiederholt Veronique.

»Stimmt!«, sage ich.

Oder, Julia, oder, Julia, oder, Julia?

Seit dem Tag des Kinobesuchs, der jetzt einen Monat her ist, hat Veronique sich wie ein Rhesusäffchen an mich geklammert. Sie darf wieder gehen, ihre Locken kommen zurück, und sie ist umwerfend fröhlich. Ich warne sie nicht mehr davor, dass sie mich vielleicht schon bald wieder loslassen muss, das ist eine Sache, die ich von Louis gelernt habe: Es ist sinnlos, Alarm zu schlagen, wenn es keinen Notausgang gibt.

Nächste Woche fängt die Schule wieder an, und ich muss zugeben, dass ich mich darauf freue.

Wenn ich an die Stunden zurückdenke, die auf Fleurs Startsignal folgten, sehe ich mich mit Veronique auf dem Rücken wie eine Besessene von A nach B rennen, um möglichst viele Menschen zu überzeugen. Das Bild stimmt nicht, denn in Wirklichkeit waren wir einfach zu Hause, Dylan passte auf Veronique auf, und ich habe ununterbrochen telefoniert.

Aber als Erstes ging ich zu Louis. Er stand mitten im Garten und starrte vor sich hin, struppig und traurig wie ein alter Reiher.

»Das Schild ZU VERMIETEN ist weg.« Seine Stimme war so tief, dass ich sie nicht hörte, sondern spürte.

»Stimmt, aber ich habe eine andere Idee.«

Ich weiß nicht, was er dachte, aber besonders erwartungsvoll war sein Blick nicht.

»Frau Smit kommt wieder nach Hause, und wir pflegen sie hier«, erklärte ich.

Es ist schön, an diesen Moment zurückzudenken. Sein Gesichtsausdruck veränderte sich langsam, Muskel um Muskel, von besorgt über interessiert zu sehr anerkennend.

»Das hätte eine Idee von Smit sein können«, sagte er schließlich, und das betrachtete ich als ein Riesenkompliment.

Wir hielten eine Art Eilbesprechung ab, ich wollte möglichst schnell alle Hindernisse aus dem Weg räumen: Hausarzt, Pflegedienst, Hausversicherung, Krankenversicherung ... und Berend dann einen fix und fertigen Plan präsentieren – aber Louis meinte, ich solle es lieber umgekehrt machen: »Fang mit Berend an, wenn wir den erst mal haben, ist der Rest ein Kinderspiel. Zeig ihm sofort den Hauptgewinn: das volle Sparschwein, dann kommt er gleich in die richtige Stimmung. Erst danach sagst du: Ein paar Kleinigkeiten müssen noch geregelt werden.«

Eine wasserdichte Grundlage schaffen, das kann man Louis getrost überlassen, dachte ich, und mir fiel wieder Dylans erster Satz ein: »Kennen Sie vielleicht zufällig die Kamperfoelielaan?«

»Gut, dann rufe ich jetzt erst Berend an«, sagte ich nervös.

Er schaute mich grüblerisch an.

»Vergesse ich gerade etwas?«, fragte ich.

»Nein, *ich* vergesse etwas.« Er gab mir die Hand, sie fühlte sich grob an wie ein Baumstamm. »Klasse, Mädel.«

»Also … du meinst, es könnte klappen?«, fragte ich.

»Das habe ich nicht gesagt.«

Berend war sofort Feuer und Flamme, wirklich sofort.

Ich sagte nur: »Wir können deine Tante auch zu Hause pflegen, das wird wohl häufig so gemacht.« Ich holte tief Luft, um mein restliches Plädoyer abzuhalten, aber das war gar nicht nötig.

»Dann werden wir deinem Plan mal Hand und Fuß geben«, sagte er mit der Flexibilität, die einen wahren Unternehmergeist auszeichnet. Auch als ich vorsichtig meinte, ein paar Sachen müssten wir dann noch regeln, blieb er weiterhin positiv. »Nur die Harten kommen in den Garten.«

Nach diesem Gespräch habe ich mich, wenn ich mich nicht in der Reihenfolge vertue, an jemanden von der Rechtsberatung gewandt. Dort sagte man mir, dass die Beteiligte – also Frau Smit – gesetzlich betrachtet handlungsunfähig sei, wodurch der Erbe automatisch eine Vollmacht bekam, damit und so weiter und so weiter. Ich war viel zu aufgeregt, um genau zuzuhören, aber die Botschaft war klar: Es klappte.

Inzwischen hatte Louis die Hausärztin angerufen, und sie setzte sich mit dem Krankenhaus und dem häuslichen Pflegedienst in Verbindung, während Louis zur Reha-Beratung ging, um Sachen zu holen und allerlei Papiere zu regeln. Ich habe auch jemanden vom Elmahof angerufen, wo man positiv reagierte und sogar Hilfe anbot. Danach habe ich noch mit mindestens sechs weiteren Leuten telefoniert, und überall bekam ich Unterstützung und positive Reaktionen, aber eigentlich wusste ich nach Berend bereits, dass wir es schaffen würden. Weniger als eine Woche nachdem ich mit Veronique im Krankenhaus bei Frau Smit gewesen war, hielt der Krankenwagen vor unserer Tür, und sie wurde hereingetragen.

Von Stan habe ich nichts mehr gehört, bis auf einen recht förmlichen Brief, in dem er mir mitteilte, er fühle sich nicht motiviert, mich noch länger zu unterhalten.

Kein Problem, finanziell geht es uns ausgezeichnet: Erwartungsgemäß werden wir über zehntausend Euro pro Monat mit den Replikaten verdienen, sehr viel mehr, als ich gedacht hätte, in etwa aber so viel, wie Louis geschätzt hatte. Während ich bei Stan zu Besuch war, hatten er und Dylan ausgerechnet, wie viele Bilder pro Woche ich malen müsste, damit wir alle zusammen die Miete für Nummer 19 zusammenbekämen.

»Erst musst du ihr das Bild von Clint Eastwood zeigen, dann erzählst du, dass es fünfhundert Euro eingebracht hat und dass ich gesagt hätte, sie würde sich weigern, so was zu machen, weil es keine echte Kunst ist«, hatte Louis zu Dylan gesagt. »Dann stellt sie sich quer und macht es doch.«

So in etwa jedenfalls wird es gelaufen sein, sie waren zumindest überhaupt nicht überrascht, als ich erzählte, dass ich es versuchen wollte, und sie hatten sofort zwei Aufträge für mich.

Wir führen einen straff organisierten Betrieb: Dylan kümmert sich um Kundenwerbung und Verkauf sowie um gute Projektionen als Grundlage für die Porträts. Magwan hilft mir beim Malen, er hat keine Technik, aber Talent. Ich habe mir den Namen *Atelier Twins* ausgedacht und ein Logo mit Zwillingsbrüdern als Silhouette für die Visitenkarten entworfen.

Als ich sie Dylan zeigte, war er gerührt und bedankte sich bei mir mit einer langen Umarmung.

»Igitt«, sagte Veronique.

Wir brauchen das Geld unbedingt. Natürlich haben wir die Schatzkiste, einen riesigen Gemüsegarten und kaum Wohnkosten, aber Louis denkt schon weiter. »Wir müssen richtig sparen, dann kannst du das Haus irgendwann auf einen Schlag kaufen.«

Irgendwann, das heißt, wenn Frau Smit gestorben ist.

Magwan ist die Seele unseres Haushalts, er könnte mit links ein großes Hotel führen, so effizient und vielseitig ist er.

Alexi zeigt sich inzwischen auch ab und zu. Er ist ein grobschlächtiger Kerl mit einem Gangstergesicht, aber laut Louis empfindsam wie eine alte Jungfer. Weil die Polizei ihn sucht, muss er eine Weile untertauchen. »Mehr solltest du besser nicht wissen, Julia«, sagt er zu mir. Vielleicht ist er ein Auftragsmörder, das könnte gut sein, aber er wirkt wie ein kleiner Junge von ungefähr vierzig Jahren, ein Riesen-Kindergartenkind, das, sobald es einen ins Herz geschlossen hat, sein Leben für dich gibt. Oder einem anderen das Leben für dich nimmt. Seine Aufgabe ist es, Frau Smit umzudrehen, tagsüber alle zwei Stunden und nachts alle vier Stunden. »Auf geht's, Schätzchen, eins, zwei und los«, sagt er dann. Er wohnt im Schuppen, hat aber sein Handy so eingestellt, dass er automatisch erinnert wird. Er ist immer auf die Minute pünktlich.

In letzter Zeit kommt Berend häufiger vorbei, um mal kurz was zu regeln: »Was ist mit der Buchhaltung?« Erst dachte ich, er würde auf einen unbeobachteten Moment warten, für ihn wäre es natürlich am allergünstigsten, wenn Frau Smit das Zeitliche schnell segnen würde. Voilà, so machen wir das … Also sorge ich immer dafür, dass er nie mit ihr allein ist. Aber ehrlich gesagt glaube ich jetzt, er kommt einfach wegen der Gesellschaft und weil er ein wenig einsam ist. Er weiß noch nicht, dass Magwan, Veronique und eigentlich auch Gwen und Alexi hier mehr oder weniger wohnen, aber ich glaube, er fände auch das einfach okay.

Ich bin mir der Tatsache, dass das Ganze hier auf Sand gebaut ist, ständig bewusst. Wenn Frau Smit stirbt, haben wir längst nicht genug gespart, um das Haus kaufen zu können. Oder sie wacht wieder auf – auch das ist noch immer nicht ausgeschlossen. Ich kann nicht einschätzen, was dann geschieht. Der Sensor in ihrer Hand fing schon einmal an zu piepsen, während des Abendessens. Alle erstarrten, keiner sprang auf. Später stellte sich heraus, dass John sich daraufgesetzt hatte. Absichtlich natürlich, dieser Quälgeist.

Eine andere Gefahr ist, dass das Jugendamt plötzlich vorbeikommt, um Veronique in eine Pflegefamilie zu bringen oder doch in eine Wohngruppe. In diesem Fall haben wir rein gar nichts in der Hand. Dasselbe gilt, wenn ihre Mutter auf den Putz haut. Magwan und Alexi können einfach so verhaftet werden, die Ärztin kann sagen, dass es ihr zu viel wird, und wo findet man einen Hausarzt, der jeden Tag vorbeikommt, wenn man ganz normaler Kassenpatient ist?

Na ja, das sehen wir dann. Bis jetzt läuft alles gut. Und wenn es nicht gut ist, ist es nicht das Ende.

Informationen zu unserem Verlagsprogramm, Anmeldung
zum Newsletter und vieles mehr finden Sie unter:

www.harpercollins.de